愛の本能に従え！

樋口美沙緒

白泉社花丸文庫

愛の本能に従え！　もくじ

イラスト／街子《まちこ》マドカ

――好きな人を見つけてね。その人は、歩《あゆむ》がその人を好きな以上に、歩のことを、好きになってくれる人じゃなきゃ、ダメよ。

母がそう言っている声を、最後に聞いたのはいつだっただろう？

歩のことを好きになってくれる人。好きになってくれる人。母は呪文のように繰り返し、十四歳になって、異形再生《いけいさいせい》の治療を始めたとき、歩の心の中にその言葉はずっとひっかかっていた。

このまま自分が自分じゃなくなって、それで誰かが愛してくれたとして――それは本当に「自分を好きになってくれる人」だろうか……？

胸の奥につっかえたその疑問は、結局異形再生が失敗するその日まで、とれることはなかった。

一

鏡の中には、いつもとは違う自分が映《うつ》っている。

七安歩《ななやすあゆむ》。高校一年生の第一日目。

春休みの間に、歩は友人の協力を得て「イメチェン」した。した、というと少し語弊《ごへい》がある。正確には「させられた」のだ。

そうしたらきっと、誰かに好きになってもらえるからと――。

歩は明るい色の髪に、緑の眼をしている。パーツだけ見ればわりと派手なのだが、起源《きげん》種《しゅ》のせいでなぜだか地味に見られてしまう。それでも友人から教えられ、何度も練習して横髪をヘアピンでとめた。中学時代には規則通りに着ていた制服も、ブレザーの中にピンクのパーカーを入れ、袖を雑にまくって着崩してみた。学生鞄には友人がつけた缶バッジやらの装飾がガチャガチャと光り、見る限りナンパそのものの姿――。

「これ大丈夫なのかな？　ほんとに……」

派手に変えた風貌《ふうぼう》には似合わず、声は控《ひか》えめだ。

いけない。もっと元気に喋らねば。そう思って、こほん、と咳払いし、

「どう俺！　イケてるだ……うっ⁉」

と、鏡に向かって言ってみたが、その声は裏返り、挙《あ》げ句《く》舌を噛んでしまって、歩は口を押さえて体を震わせてしまった。どうも格好がつかない。

薄い胸の下では、心臓がドキドキと鳴っている。生まれてからこのかた、目立つための努力はしたことがなかった。歩の起源種であるナナフシの特性は、一に隠れ、二に隠れ、三四がなくて五に隠れるというものだ。当然、歩は常に「こそっと」していた。こそっとしていなくてもこそっとできるが、なんとなく生来《せいらい》の癖で、さらに「こそっと」していたい、という考えが染みついていて、人の前に出たり、目立とうとしてみたり、誰かに認められようとしてみたりは、一切合切《いっさいがっさい》、したことがない。

（でも……もうナナフシとして生きることはできないんだし、違う自分に変わらなきゃ）

変わることができたら、生きていてもいいと、そう思えるだろうか。

ふと胸の奥に薄暗い感情が湧《わ》いてきたが、歩はその気持ちをはね除《の》けるようにパチン、と両手で頬を叩《たた》いて気合いを入れ直した。それからトイレ施設を出る。

ここは星北《せいほく》学園の広い敷地内で、歩はこの学園の高等部に入学する。中等部までは通学していたが、高校からは全寮制で、今日は入寮日だった。荷物などは先に送ってあるから、真新しい制服に身を包んだ歩は、カバン一つで高校の敷地へ入っていた。

星北学園の、高等部の寮は七つある。

北斗七星《ほくとしちせい》の名前にちなみ、各寮には星の名前がついており、歩はそのうちのドゥーべ寮に入寮が決まっていた。

歴史ある金持ち学校なので、校舎と寮は大きな公園のような緑林の中に、ぽつぽつと建っている。地図を見ながら寮のほうへ歩いていくと、白亜《はくあ》の建物の前に、入寮手続きをする生徒の列が見えてきて歩は足を止めた。入寮予定のドゥーべ寮だ。

とたん歩は緊張し、しばらくその場から動けなくなってしまった。

寮の前で受付している上級生二人は、いかにも真面目そうなハイクラスの生徒二人だ。ネクタイの色からして、二年生だろう。彼らに着崩した制服を見咎《みとが》められ、初日からなんだその格好は、と叱《しか》られたらどうしよう。騒ぎになり、みんなの注目を浴びてしまったら……と、人生初の「注目」に期待と恐れが高まる。

そのとき、背中をドンと押されて、歩はつんのめるように数歩前へ出た。鼻先にはふんわりと、甘い香りが漂《ただよ》う。ナナフシ特有の控えめな性格ゆえに大声は出なかったが、慌てて振り返ると、そこに立っていたのは同級生とは思えないほど背の高い男だった。精悍《せいかん》で整った、男らしい顔だち。吊《つ》り気味の眼と眉。青紫の光をたたえた、獰猛《どうもう》な獣のような眼。

村崎大和《むらさきやまと》。中等部の二年間、クラスメイトだった相手だ。

歩は思わず「あ」と声を漏らした。頭一つは上にある顔の、整った目鼻立ちを見たとた

ん、心臓が跳ね上がってドキドキと鳴る。けれど大和は歩のことをチラと見ただけで、そのままずかずかと入寮受付の列へと並んだ。

（あ、あれ。気付かれなかったか……）

　無視されることには慣れているので腹は立たない。ナナフシの能力で、歩は眼に入っても姿形をはっきり認識されずに、するっと流されてしまうのだ。けれど今はそこそこ派手な身なりだし、一応クラスメイトだったたし、なにより相手が村崎大和だったので、歩は少しがっかりしながら、こそっと大和の後ろに並んだ。

（ここにいるってことは大和くん、同じ寮なんだ……）

　そう思うと、ほのかな喜びが胸に湧く。と、列の新入生たちから、ざわざわと声がした。

「村崎大和だ。ほら、オオムラサキが起源種の」

「テニスのジュニアランキング、今一位だっけ？」

「この前の試合だろ。ひどい内容だった。さすが野蛮《やばん》な種だよ」

　ひそひそと囁《ささや》かれる悪口に、歩は小さく眉をひそめた。本人がいるところで陰口《かげぐち》はないだろう。けれど当の大和は悪意ある噂話になんの反応も見せず、涼しい顔をしている。注目されることには慣れている様子だ。

　さすが主役の種、という感想が、歩の脳裏に浮かぶ。万年《まんねん》脇役気分でいる歩から見れば、自分以外のハイクラスはみんな主役に思えるが、そのなかでもオオムラサキは特別だ。

なにしろ日本産チョウ種の中ではかなり大型の種であり、総合的な能力はほぼトップの層に君臨《くんりん》する——国蝶《こくちょう》として指定されてもいる、美しいチョウなのだ。

この世界の人間は、二種類に分かれている。

一つがハイクラス。そうしてもう一つが、ロウクラスだ。

遠い昔、地球に栄えていた文明は滅亡《めつぼう》し、人類は生き残るために強い生命力を持つ節足《せっそく》動物と融合《ゆうごう》した。

今の人類は、ムシの特性を受け継ぎ、弱肉強食《じゃくにくきょうしょく》の『強』に立つハイクラスと、『弱』に立つロウクラスとの二種類に分かれている。

ハイクラスにはタランチュラ、カブトムシやオオムラサキなどがいる。ロウクラスはもっと小さく、弱く、脆《もろ》い種族を起源とした人々だ。ハイクラスの能力は高く、体も強いので、彼らが就《つ》く仕事は自然と決まってきて、世界の富と権力はいつしかハイクラスが握るようになった。ムシの世界の弱肉強食が、人間の世界でも階級となって現れている。

歩の起源種はヤスマツトビナナフシで、日本にいるナナフシの中ではわりに大きく、一応はハイクラスに属している。

しかしその生殖《せいしょく》は特殊《とくしゅ》で、強いとは言えない。そもそもヤスマツトビナナフシは単為《たんい》生殖であり、メスは繁殖《はんしょく》にオスを必要としないから、オスが生まれることはそう多くない。

単為生殖という形態はムシには強みでも、両性生殖の人間には弱みだ。ヤスマツトビナナフシを起源種にした血筋では、男はほとんど生まれない。女たちは下位種《かいしゅ》のナナフシ男性と交配することで血を繋《つな》ぐ。

歩が生まれた七安家は、旧家《きゅうか》ながら落ちぶれ、社会の片隅に隠れるようにして、細々と命を繋いできた家だった。生き残ることが至上《しじょう》と見なされる家の中にあって、男として生まれてきた歩は用なしだった。

ヤスマツトビナナフシの男には、まともな生殖力がないのだ――。

――お前が生まれたのは、やっぱり間違いね。

ふと、歩の耳の奥には苦々《にがにが》しげな、祖母の声が蘇ってくる。今年の高校入学を機に、歩はとうとう家を追い出された。異形再生《いけいさいせい》に失敗したからだ――。最後の切り札を使っても、歩はもう、ヤスマツトビナナフシを生めなくなった。

「なんだい、きみ。その服装は」

と、前方から聞こえてきた剣呑《けんのん》な声に、物思いに耽《ふけ》っていた歩はハッと我に返った。見ると、いつの間にか大和の番が来ていたらしい。書類を出した大和の身なりに、受付係の二年生が眉をひそめ、かけていたメガネを持ち上げて注意していた。

歩は後ろからそーっと見てみたが、大和はさほど制服を着崩しているわけではない。ただブレザーの前を開け、シャツの第一ボタンをはずして、袖を軽くまくっているだけだ。体格が良いうえに無愛想な表情と態度なので、必要以上に粗野《そや》に、そして威圧的に見えるのだろう。

「はあ、暑いんですよ」

　大和はため息混じりに言いながらも、素直に袖を下ろしている。きれいに筋肉の乗った腕は、たしかに少し汗ばんでいて、オオムラサキ特有の甘い匂《にお》いがあたりに漂っていた。

「きみは態度が悪いな。テニスで少し強いからといって、傲慢《ごうまん》になってるんじゃないか」

　もう一人が嫌みったらしく言い、歩は嫌な人だなあ、と思った。大和くらい着崩している生徒などいくらでもいる。なにより大和はすぐに制服を直しているのに。

「村崎、テニスプレーヤーがルールを守らないのか」

　すると突然、後ろの列からブーイングが飛んできた。

「この前の試合も、反則勝ちしたもんな」

　言われた大和がこめかみに青筋をたてて怒鳴る。

「つるせえな！　テニスは関係ねえだろーが！」

　野獣――とは、こういうことをいうのだろう。怒号《どごう》と一緒に放たれた大和の怒気は、言われたわけではない歩でさえぎくりとするほど激しく、本能的な畏怖《いふ》に体が竦《すく》んだ。自分より、圧倒的に強い上位種からの威圧《いあつ》。美しい見た目とは裏腹に、オオムラサキは獰猛《どうもう》なチョウだ。世界でも有数の大型種に入るオオスズメバチですら、単騎では負けてしまう。一喝《いっかつ》されたとたん、文句を言っていた生徒も上級生も黙りこみ、大和は舌打ちすると、イライラした様子で寮の中へ入っていった。

（……やっぱり大和くんて、どこにいても目立つなあ）

それにしても大和の服装が注意を受けたのだから、自分はもっと怒られるかもしれない。順番がきたので、おそるおそる書類を出すと、受け取った二年生が「ヤスマットビナナフシ？　聞いたことない種だな。一応ハイクラスなの？　えーと……七安歩くん。部屋は二階だが」と言いながら、顔をあげた。緊張して固まっている歩と相手の眼と眼が合う。ところが上級生はちらっと歩を見ただけで「はい、次の人」とあっさり流した。歩の書類をチェック済みのボックスに入れながら、もう歩など忘れたように「くそ、村崎大和め」と悔《くや》しそうに独りごちている。

まさか、と思ったが、やはりそうらしい。呆然としていると、後ろの生徒にぶつかられ、列を押し出された。それから数秒後、歩は理解した。

「イメチェン」は失敗したのだと――。

歩は服装を注意されるどころか、今までどおり、空気のように扱《あつか》われてしまった。

「ないわー。この俺が、せっかく春休み潰《つぶ》してプロデュースしてやったのに。ナナフシの存在感の薄さ、舐《な》めてたぜ」

そう言ったのは、向かいに座る後家《ごけ》スオウだった。正直に言えば、歩も少し傷ついていたので「俺だって……まさかまったく、効果がないとは思わなかった」とため息をついた。

「僕とスオウは歩を見つけ慣れてるからね、十分派手になったように見えたけど……」

そうでもなかったか、とおっとり首を傾げたのは、もう一人の友人、後家チグサだ。

入寮式が終わり、部屋も決まって落ち着いたところで、歩は寮の食堂に来ていた。

寮の食堂といっても、星北学園は名だたる名家のお坊ちゃんが通う金持ち学校。食堂はまるで高級ホテルのロビーラウンジのように広々としており、一面がガラス張りで採光《さいこう》も明るく、フレンチレストランのような空間だった。夕刻の寮の集まりには時間の余る午後三時、食堂には他の生徒たちも大勢いて、賑やかに歓談している。

「髪の毛、金髪にしたら気付かれるかな？」

アイスティーのグラスを両手でぎゅっと握りしめて訊《き》いた歩に、イチゴ牛乳を飲んでいたスオウが、紙パックをきゅうっといわせて、

「いっそ、紫にしてみろよ」

と、辛辣《しんらつ》な回答をしてくる。チグサは懐《ふところ》から煎餅《せんべい》を取り出して食べながら、

「それってもはや、おばあちゃんのファッションじゃない？」

と、呟《つぶや》いた。それにしても、唯一といっていい友人二人が同じ寮でよかったと、歩は思った。そうでなければ今ここで、目立てなかった情けなさを愚痴《ぐち》る相手もいなかった。

スオウとチグサは双子で、どちらもゴケグモ科に属すハイクラスである。小学校から一緒のこの二人が、奇跡的に歩と仲良しなのには、三人にとある共通点があるからだった。

「あれ、ロウクラス？　いや、違う。あ、セアカゴケグモとハイイロゴケグモっ？」

「え、本当に？　珍しいなあ、小型種のハイクラス」

隣の席にやってきた新入生二人組が、そんな声をあげてちょっかいをかけてきた。どうやら外部生らしい。中等部ではそこそこ有名だったスオウとチグサだ。今さら、持ち上がりの内部生でこんな反応をする人間はそういない。

珍しい、小さいと言われて覗《のぞ》き込まれたスオウの顔には、はっきりと苛立《いらだ》ちが浮かぶ。それを見て、あ、まずい、と歩は身構《みがま》えた。

双子の兄と弟がどちらなのかは、両方とも自分が兄だと言い張るので分からないのだが、お洒落《しゃれ》に気を使うスオウの起源種はセアカゴケグモで、おっとり天然風のチグサはハイイロゴケグモを起源種としている。

どちらも実物は爪の先ほどの小さなクモだが、その毒性はムシの中でもトップクラス。ゴケグモ二人がハイクラスなのは、体格ではなくその並外れた攻撃力によるものだった。

ハイクラスのほとんどは大型種であり、ヤスマットビナナフシの歩が一応ハイクラスなのも、起源とするナナフシが比較的大型だからだ。それでも背は低く、ハイクラスの中にまざると十センチは違っている。けれどスオウとチグサはそんな歩よりもまだ小柄で、手足も細く、黙っていれば女の子にさえ見えるほど華奢《きゃしゃ》だった。

けれど、そこはそれ。そもそも、毒性の強い生物は大抵が派手な色味と決まっている。

二人は美少女で通るほど可愛い。スオウは黒髪に、切れ長の赤い瞳。上も下もばさばさと長い睫毛《まつげ》が人形めいていて、赤い唇が印象的だ。チグサは桜色の頬に、くりくりとした丸い灰色の瞳。ぽってりとした小さな唇がなんとも愛らしい。二人とも色白で髪はさらさら。驚くほど可愛いが、可愛いのは見た目だけであることを、歩は知っていた。

「あ？　誰が珍しいって？　人のこと珍獣みたいに見てんじゃねーぞ、この粗チンども」

きれいな顔からはとても想像できない荒々しい言葉でスオウが言ったとたん、隣から覗き込んでいた背の高い男子二人は、「粗チ……な、なんだと？」と色めきたった。

（スオウ……ああ、またケンカ始めちゃったよ……）

歩は幼馴染みのケンカっ早さに、内心でため息をついた。

相手のハイクラス男子二人は、けっして見目が悪いわけではない。上背もあるので、クワガタやカマキリなどの、それなりに強い種であることは知れる。

「こ、こいつ……こっちだってお前みたいな、ロウクラスもどきなあ……っ」

男の一人がスオウの胸倉を掴《つか》んだので、歩は慌てて立ち上がった。

「ちょっと待って……悪気があるわけじゃないから」

口を出したが、存在感が薄いので無視された。

と、それまでのんびりと成り行きを見守っていたチグサの姿が、いつの間にか歩の隣から消えていた。かわりに、スオウに摑みかかっている男の足元から「うーん、大体、十二センチかあ。勃起《ぼっき》したら十四くらい?」という声がする。男はぎょっとして後ずさった。

チグサはいつの間にか男の足元にしゃがみこみ、半分食べた煎餅を股間にあてて計っていた。硬直している男に、チグサはにっこりと微笑んだ。

「あ、こんなところに、僕から抽出《ちゅうしゅつ》した特製ゴケグモ神経毒の小瓶が。ここって神経通ってるのかな? かけたらどうなるんだろ。やっていい?」

可愛く首を傾《かし》げながら、チグサが胸ポケットから出した小瓶には、透明な液体がたっぷりと入っている。ゴケグモの毒が致死性《ちしせい》の猛毒であることは、もちろん世間の常識だ。

男はそれを見たとたん、顔を青くさせ、友人と一緒に、さーっと別の席へと逃げていった。

「ふん、やっぱり粗チンじゃん」

胸倉を放されたスオウがため息をつき、

「普通サイズでしょ。スオウがすぐケンカ売るから、僕たち高校でも浮いちゃうじゃん」

チグサが小瓶をポケットにしまいながら立ち上がり、可愛い顔で、恨《うら》めしそうにスオウを睨《にら》む。

「……べつに媚《こ》び売ってまで、仲良くしたいやつらなんていねーし」

ぷいっとそっぽを向いたスオウの顔はいじけているが、傷ついてもいる。

長く一緒にいるので、歩にはスオウの気持ちも、チグサの気持ちも手に取るように分かった。スオウの気の強さは、言うなれば傷つきやすい繊細《せんさい》さを覆う虚勢《きょせい》だ。チグサはそれを知っているが、距離が近すぎて優しくなれない。傷つくスオウに、チグサはまともにイライラしているのだ。

ついさっきの男が放った「ロウクラスもどき」という言葉が、歩の耳に蘇ってくる。

（あ。ダメだ、他人ごとじゃなく……痛いや）

じっと見ているだけで、そんな言葉に傷つけられているスオウの気持ち、傷つけられているスオウに、腹を立てているチグサの気持ちが、歩の中に流れこんできた。

歩が二人と仲良くなったきっかけは、単純に全員背が低いから……で、それはたぶん言葉にしてしまえば、「それだけ？」と思われてしまうほど些細《ささい》な理由だった。けれど背が小さいというのは、ハイクラスの中ではわりと大きな弱点になる。それはもうそれだけで、「主人公じゃなくなる」理由になる。異端《いたん》になり、浮き、物珍しがられ、バカにもされる。目立たない歩はまだ、「あれ？　いたの？」と言われるくらいだが、スオウとチグサは、見た目が美しい分、揶揄《やゆ》と注目を浴びることがとても多い。

――私もお前も、そう変わらない。同じだと思うわ。

ふと歩は、春休みを最後に別れてきた、年の近い姉の言葉を思い出した。姉は歩が家を出されることが決まったとき、そっと言った。

——私たちはいずれ滅びる種族でしょう。男のお前が生まれてきたのは、その淘汰《とうた》の始まりかもしれない……。

だから、お前が失敗したことだって、お前のせいじゃない。

これから生まれてくる命も、きっとこの星には、さほど必要ないのよ……。

慰《なぐさ》めというわけではなく、ただ単に事実を述べているような顔で、姉はそう言っていた。歩と同じ淡色の髪に、緑の瞳。姉はいつも無表情で、静かに話す。ナナフシだからだ。

あのとき自分がどんな顔で姉の言葉を聞いていたか、歩には分からない。ただ思った。

理不尽な感情を持てあまし、どうしていいか分からずに立ち往生《おうじょう》しているのは、なにも自分だけではないのかもしれないと。

（お祖母さまも、姉さんも……みんな苦しんでいるのかな）

自分が苦しんでいるときに、同じように誰かも苦しんでいる。

考えると辛くなり、歩は自分の後ろ側、見えない場所にその過去を追いやった。考えても考えても、変えられないことは考えない。昔からそう決めて生きてきた。

歩は手を伸ばし、「スオウ」と名前を呼んで、そっとそのシャツに触れた。男に掴まれて皺《しわ》になった場所を、きれいに整えてあげる。スオウも制服を自己流に着崩しているので、うまくできたか分からなかったが、ついでによしよし、と頭を撫でた。

子ども扱いするなよ、という視線が返ってきたけれど、歩は「へへ」と笑った。笑うくらいしか、自分にはできない。

「スオウはかわいいし、強いんだから、気にするなって」

上手い慰めの言葉など浮かばないから、ありきたりの励《はげ》ましを言う。

「俺はスオウが友だちで、楽しいよ」

だから大丈夫。スオウのいいところを理解してくれる人が、これからはきっとたくさん現れる。言外《げんがい》にそんな気持ちをこめて言う。不器用な言葉だったが、スオウの顔からはいじけた表情が消え、かわりに白い頬に赤みが差した。長い睫毛がふるっと揺れている。機嫌は直ったようだ。よかった、と歩はホッと息をついた。

「歩はすぐ、スオウを甘やかすんだから」

隣でふくれ面になっているチグサの頭も、歩は続けてよしよし、と撫でた。

「チグサも甘やかすよ。チグサも俺の、大事な友だちだもん」

自分に気付いてくれる、心優しい二人。二人がいなければ、自分はとっくに生きていなかったような気さえするから、それは本音だ。

「……チグサはほんとに優しいね」

小さな声でつけ足すと、チグサはぷいっと顔を背けた。

歩はチグサが、自分からケンカをふっかけることは絶対にないと知っている。チグサが無茶をするのはいつでもスオウを守るときだけだ。そういうチグサの分かりにくい優しさを、歩は好ましく思っていた。

「それにしても、お前、ほんと気付かれないよな。さっきの二人に、声までかけたのに」

ようやく和《なご》やかな空気に戻りホッとしていると、おもむろにスオウに言われ、歩は「う」と固まった。

「食堂のおばちゃんにも、一人だけ水もらえてなかったよね」

のんびりした口調で、チグサも追い打ちをかけてくる。

「ピンクのパーカー着てるのにな」

「ピンクのパーカー着てるのにね」

遠慮のない双子に、歩は言葉もない。眼の中がゴロゴロと痛む。資金をケチってワンデイじゃなく、ハードタイプにしたコンタクトレンズのせいだ。

「やっぱり目立とうとするのは、俺には向いてないよな……?」

思わず呟いたとき、

「新入生で、村崎大和が入ってきたって？」

という声がすぐ後ろから聞こえてきた。大和の名前に、歩は思わず耳をそばだてた。見ると、上級生が五人固まって雑談している。大和は目立つ生徒なので、早速《さっそく》話題になっているようだった。歩はどうしてか、自分のことのように緊張してドキドキしてきた。

「ああ、あれな。なんでうちの寮なんだ。二年に志波《しば》がいるのに」

　上級生の一人がため息をつき、「志波と村崎か」と憂うつそうに言う。

「俺、中等部のころ、あいつらに苦水を飲まされてるんだよ」

「ああ、それなら俺も経験ある」

　一人が呻《うめ》くと、隣にいるもう一人がそう言って同調した。すると、その他の三人も、俺も俺もと口をそろえた。なんのことかと不思議に思っていると、

「寝取り寝取られスパイラル。始まるな」

　と、ため息が聞こえた。

「……ねとりねとられ？」

　耳慣れない単語は、少ない知識の中から「寝取り寝取られ」と変換されたが、たしかそれはとある性的嗜好《せいてきしこう》のことではなかったろうか。鈍いわけではないが、ヤスマツトビナナフシのオスは極端に性欲が弱い。ないといってもいい。そのせいか、その単語は歩の脳内で自動的に削除されてしまう。ふと、イチゴ牛乳を啜《すす》り終えたスオウが、

「そういや、ナナフシってフェロモンの匂いがしないもんな。だから目立たないんだ」

　と、納得したように頷《うなず》いた。チグサがそれを聞き、「あっ、そうか」と頷く。

「僕たちハイクラスって、匂いで人を判別してるところ、あるし」

「歩、無臭だもんなあ」

スオウが歩の首筋に顔を寄せ、くんくんと鼻を動かした。

「やっぱり手っ取り早く目立つには、恋人作ってセックスすることだよな」

そう言われて、歩は眼を見開いた。たしかにムシを起源種とした今の人類は、それぞれがそれぞれの起源種特有のフェロモン香を持っており、上位種になればなるほどその匂いは強く蠱惑《こわく》的になる。そうして、セックスをすれば相手の香りがうつる。

だが、ナナフシはその特性ゆえにフェロモンが無臭。五感の中でもかなり嗅覚《きゅうかく》を使うハイクラスに、歩の存在が薄く感じられるのはそのせいでもある。歩は顔を赤らめ、「いや、それはちょっと」と、手を振った。

「なんで。そもそもなんのためのイメチェンだよ。俺がかわいくしてやったのに」

歩の否定に、スオウがムッと眉を寄せた。

「恋人がほしいわけじゃないなら、なんで急に変わりたいなんて言い出したのさ」

追いかけてくるチグサの問いに、歩は言葉に詰まり、二人を見つめた。

――好きな人を見つけてね。

幼いころに言われた母の声が蘇り、胸がズキンと痛んだ。

歩が二人に「変わりたい」と相談したのは、春休みのことだ。これまでの弱い自分では、生きていけないと思った。もう失敗しないよう、強くなりたかった……。

手っ取り早いのは見てくれを変えることだとスオウが言い、なんの見通しもなかった歩は、すがるように受け入れた。けれどそれは、恋人を作るためではない。

そもそも歩には、誰とも恋愛できない理由があるのだ。

「歩さあ……。なんか俺らに隠してねえ？」

じっと睨みつけられ、歩は一瞬だけ迷った。二人に全部、話してしまおうか……。

――家を追い出されたこと、一生一人で生きること。ナナフシとしては役立たずになった自分を、祖母は疎《うと》んでいること。

（セックスも、しちゃいけないって言われてること――……）

脳裏には、古い日本家屋の奥で、だだっぴろい座敷に正座した祖母の厳しい顔が浮かんできた。畳三畳ぶん。歩は小さなころからずっと、それ以上は祖母に近寄れなかった。

ずっとずっと、それは変えられなかった。

今回のことだって、話しても変わらないことだ。変えられない話をしたくなくて、歩は小さく笑った。薄暗い考えはすべてどこかへ押しのけて、見ないようにした。

「……ありがと。でもほら、まずは目立たないと、誰にも好きになってもらえないし」

作り笑いと一緒に誤魔化すと、スオウは顔をしかめ、チグサはじっと歩を見つめていたが、結局は引き下がってくれた。

「まあ、誰も見つからなかったら僕が歩の恋人になるよ。僕なら幸せにできるし」

チグサが言うと、スオウが嫌そうな顔をする。

「は？　俺のほうが幸せにできるに決まってんだろ」

いつものケンカが始まり、互いに俺だ、僕だと言い合うのを、歩はホッとして、微笑ましく眺めていた。けれどそのうち、スオウが「とりあえずさあ」と、歩を振り返った。

「そのパーカーはダサイわ。なんでブレザーの下に着て、ジッパー全部閉めちゃうわけ」

「……えっ」

お洒落が分からない歩は、思わずなにがダメだったのかと声をあげた。それにスオウが、

「えっ？」

と青ざめる。まさか分かってないのかよ、という顔だ。

お洒落には、歩と同じくてんで興味のないチグサが、可愛い顔で煎餅をもう一枚、パリンと割って食べていた。

二

恋人云々《うんぬん》の前に、まずは目立つことから。

（って、スオウには言ったけど、その目立つことが、やっぱり無理だよな……）

歩は部屋にある全身鏡を前に、その日の夜、ため息をついていた。

高等部に入学してから一週間。

中等部からの持ち上がりなので、学校そのものには割とすぐに慣れることができた。しかも、歩は「当たり」の部屋を引き当てていた。

星北《せいほく》学園の高等部は全寮制だが、一年生は必ず二人部屋に入ることが決まっていて、二年生からが一人部屋になる。しかし今年は人数が少なかったらしく、歩だけ、二人部屋を一人で使えることになったのだ。二人仲良く同室になったスオウやチグサには散々羨《うらや》ましがられたが、歩の抱える一番の問題は、なにも変わっていなかった。

そう。歩は結局、全然、まるきり目立っていなかった。なにしろいまだに、クラスメイトにすら覚えられていない。教室では、たまにプリントを回し忘れられるし、教師も出欠を取り忘れたりする。用事があってクラスメイトに話しかければ、「誰⁉」と驚かれる。もっともそれは、中学時代もそうだった。歩をはっきり認識していたのは、スオウとチグサくらいだ。当時は目立つ努力もしていなかったので気にしていなかったのだが、多少努力しても効果がないのには、さすがに少し落ち込んでいた。

（だけど結局俺が、心底目立ちたいと思ってるわけじゃないのが、問題なのかな）

ふっと、ため息が出る。

（これじゃ異形再生《いけいさいせい》のときと同じだ。自分の気持ちを決めきれなくて、失敗する……）

もやもやと薄暗い感情がうずまき始めていた。それは歩の細い足首に絡《から》みつき、沼のような深みに引きずり込もうとしている。歩は考えないよう、急いでブレザーを脱ぎ、中学時代から愛用している部屋着に着替えた。

部屋着は小豆《あずき》色のジャージの上下で、脇に白いラインが二本入っている。スオウからは「イモジャージ」と激しく不評だが、ここは部屋の中で、誰にも見られない。いまだに痛いコンタクトレンズをはずし眼鏡をかけると、開放感に、つい伸びをしてしまった。

やっぱりこっちのほうが自分らしいと、鏡に映る自分に、つい苦笑が漏れた。

寮の二人部屋は入り口から入ってすぐ、二手に分かれている。真ん中には二段ベッドが置かれており、下段は向かって右、上段は左側に板がはめこまれ、ベッドヘッドが奥の壁にぴったりくっついているので、相手のスペースをベッドから覗くことはできない。それぞれの部屋は、ベッドのないスペースはアコーディオンカーテンで仕切られていて、そこから六畳ほどの部屋の両端にそれぞれ机や棚、クローゼットや鏡などが配置されている。音はさすがに漏れるが、一応プライバシーの守られた作りだ。

歩はその片側の部屋だけを使っている。一人なのでもう一方の部屋にも荷物を置いたりできるのだが、生来の性格から、そんなことは思いつきもしない。

机の前に座ると、歩は几帳面に並べてある大学ノートを一冊引っ張りだした。それは毎晩つけている日記で、開くと、真新しいページの片側に、昨日書いた文字が並んでいた。柔《やわ》らかで読みやすい字。字は歩の唯一誇れる特技だ。

七安の家では、上の姉たちはそろって書道に華道、茶道に弓、薙刀《なぎなた》と習わされていたが、男の歩は放っておかれた。ただ姉のそばにいて勝手に習うぶんにはなにも言われなかったので、歩はいつも年の近い姉から半紙や墨を分けてもらって、部屋の隅っこで書道を学んだ。

華道や茶道は続かなかったが、書道だけ続いたのには理由がある。

七十路《ななそじ》を過ぎた書道の先生は、他の先生たちと違って歩を無視せず、きれいに書けると半紙に赤丸をくれた。よしよしと頭を撫《な》で、よくできましたと褒《ほ》めてくれた。幼かった歩は相手をしてもらえるのが嬉しくて、毛筆もそうだが、鉛筆やペンでの書き文字も先生にお願いして教えてもらった。

「字には人柄が表われる」

優しい先生はそう言って、歩の字は伸びやかで素直だと、言ってくれた。

（……うん。昨日の字、ちゃんと書けてる。ちょっとこのひらがな、乱れてるけど）

字を書くのは好きなので、歩はしばらく、じっとノートを見つめていた。昔から一人で過ごすことが多かったから、一人遊びは得意だ。机の引き出しからスクラップブックを取り出すと、しおりを入れたページを開ける。するとそこには、先日切り抜いたばかりの記事がいくつか挟まっていた。

『村崎大和《むらさきやまと》選手、ついにジュニアランキング一位へ――』『努力を支える信念とは？ ロングインタビュー掲載』などの煽《あお》りに混ざって、『村崎、痛恨《つうこん》のラフプレー。明暗分かれる試合展開』という、やや辛辣な見出しの記事もある。

それはどれも三月、春休みの間に行われた全国大会の決勝戦の記事だった。試合開始まで、大和はランキング二位だったが、勝利して一位となった。テニス選手にとってランキングは特に重要なもので、プロになるなら上位に食い込まなければ難しい。

三桁をきるランキングにいる選手達は、一年を通して試合に出続けて、抜きつ抜かれつの緊迫した中で、チャンスを懸《か》けてポイントを争っている。大和もその一人であり、初めて一位に昇り詰めたその試合を、歩は実際観戦しに行っていた。

全国一位になるかもしれない試合だ。学校でもずいぶん話題になっていて、観戦に来ていた関係者は多かった。見に行くと言うと、スオウには眉を寄せられ、なんで？　村崎と仲良くないだろ？　なんか繋がりあったっけ？　と訊き返されたが、春休みで暇だからと、双子も付き合ってくれた。

瞼《まぶた》に返ってくるのは、春だというのに妙に強い陽射しが、テニスコートに反射していたこと。そしてコートの中を、縦横無尽《じゅうおうむじん》に駆け回っていた大和の姿だった。

印象深い試合だった。最終セット、大和はがっしりと鍛《きた》えられた体を低く下げ、相手を睨みつけていた。短めの前髪の下で、青紫の眼が獣のように爛々《らんらん》と光っていたのを覚えている。

観客席で、歩はドキドキしながら試合を見つめていた。

サーブ権は相手選手にあり、試合は接戦。あちらが有利な状況だった。相手がサーブを打ち込み、ラリーが続く。ここで落とせば、この試合、相手の勝利という場面。鋭く切り込んできたボールを、大和は力強く打ち返した。

そこで事件が起きた。

ボールはコートの上でバウンドし、そして相手の手首に激しく当たった。

会場中の観客が息を呑んだ。相手選手が痛みに倒れ込み、審判が手をあげて試合を一時中止した。張り詰めていた緊張が解けたように、とたんに観客席からブーイングが飛んだ。

汚いぞ村崎、テニスは紳士のスポーツだ、あの返球はラフプレーだ。反則だ……。

膝をついた相手選手に声援が送られ、大和側の応援席は鳴りをひそめていた。

その間中、歩はずっとそわそわしながら、大和を見つめていた。

大和はコートに立ったまま、まだ臨戦態勢《りんせんたいせい》だった。足を開き、低く腰を落として、じっと相手コートを見つめている。その眼にはギラギラと獰猛な光が宿っており――見た瞬間、歩はドキリとした。そして、不意に思った。

（大和くんの集中、切れてない。たぶん全然、周りの声なんて聞こえてない……）

大和は獲物を前にした野獣のように、ふー、ふーと背中を大きく膨《ふく》らませながら息をしていた。顎の先から汗がしたたり、コートに落ちる。さっきのプレーも、わざとのはずがない、と歩は思った。

結局、試合は続行不可能となり、相手選手は棄権《きけん》して、大和は優勝した。

「あの反則野郎が勝ったのかよ」

「あーあ、あいつ、オオムラサキだろ。さすがだよ、国蝶様は違うな。中身は獣だけど」

あちこちから、大和の優勝を嘆《なげ》く声が聞こえ、一緒に来ていたスオウは「嫌われてんね～」と呑気に呟いていた。歩は膝の上でぎゅっと、拳を握りしめた。

「でも……自分のためだけに、闘ってた……すごいよ」

そうしてぽつりと呟いた。本当にそう思ったし、大和の勝利は反則などではないと思えた。

そのときの試合の顚末《てんまつ》は、雑誌や新聞にも大きく取り上げられた。大和はいずれ国のテニス界を背負うだろう存在として、二年ほど前からずいぶん注目を集めていた。けれどメディアに対して素っ気ないせいか、いつもあまり良い印象はない。

あのときにスクラップした記事に眼を落とすと、ちょうど、試合直後のインタビューが載っている。トロフィーを持った大和が、流れてくる汗をユニフォームの裾《すそ》で拭いながら仏頂面《ぶっちょうづら》をしている、そんな写真も撮られている。

――とうとうランキング一位が確定しましたね。やはり、どんなことをしても勝ちたかったのでしょうか。

という、まるで反則勝ちを匂わせるかのようなインタビュアーの問いに、『勝ちたい相手は、いつも自分なんで。自分に勝ちたくて、闘ってるんス』

不器用そうな敬語で、大和は答えていた。横にはムッとした顔の写真が載っている。

けれどこの一言は、読むたびに歩の胸に刺さった。コートの上で大和が睨みつけていたのは、相手選手ではなく、自分の心だったと思えば――あの激しい眼差しの理由が、少しは分かる気がした。

スティックのりを取り出し、記事を一つ一つ丁寧に貼り付けると、過去のページもぱらぱらとめくった。歩は二年前からこっそり、大和の記事を集めていた。

あの日――春休みの、試合観戦の日に、祖母から最後通牒《さいごつうちょう》を言い渡され、家と縁を切ることが決まったのだ。社会に出るまで金銭面では援助するが、親戚の集まりには出ないことや、長期の休暇も家には戻らないことを約束させられた。いずれ自立すれば、籍《せき》を分けるようにとも。落ち込んでいた歩は大和の試合を観て、ふと思った。

……俺は大和くんみたいに、自分と闘ったこと、あったっけ……。

長い間、歩は変わろうとしなかった。だから異形再生も失敗した。けれどもう変わらなければ。変わりたい。

強くそう感じたし、だから考えた。

自分はヤスマットビナナフシという、いずれ滅んでしまう命に生まれた。ならばせめて、後悔しないように生きてみたい。少なくとも自分だけは、自分が生きていてもいい、そう思えるようになりたいと……。

ため息をつき、歩はスクラップブックを閉じた。まさか変わりたいと言い出した理由が、大和の試合を観たからだと知ったら、スオウもチグサも驚くだろう。

(二人とも、べつに大和くんのこと好きじゃないしな……)

好みじゃないし、仲良くもないので、無関心といったところだ。

スクラップブックをしまうと、歩は再び日記に向き直り、今日の日付を書いた。いつもながら今日も平凡な一日だった。朝食をとった食堂では、スオウとチグサがケンカしていて、理由はチグサが間違えてスオウの歯ブラシを使ったからだと言っていた。しばらく二人を宥《なだ》めていると、大和が食堂に下りてきた。

今日の大和はイライラした様子で、隣にいた上級生に文句をつけていた。

「いい加減にしろよ。次から次に、わけわかんねーヤツを連れてきやがって」

「いいじゃない。だってあの部屋は、僕の部屋でもあるし」

そう答えていた上級生は知らなかったが、美形ばかりのこの学校でも驚くほどの美形だった。長めの髪をアップにして結び、ニコニコと笑いながら、大和の悪態を受け流していた生徒。スオウが見るなり「志波久史《しばひさふみ》だ」と言ったので、歩は彼が以前大和と一緒に噂にのぼっていた「志波」だと知った。きっと有名人なのだろう。

「あいつらまたやってるのか？　寝取り寝取られ」

後ろのテーブルで上級生が呆《あき》れていた。

悪い噂なのだろうが、歩は志波に怒鳴りながら歩いていた大和の姿を思い出すと、くすくすと笑みが漏《も》れて、楽しい気持ちになる。誰にも言ったことはないけれど、歩はあんなふうに人目を憚《はばか》らず怒れる大和を羨《うらや》ましいと思うし、少し可愛い――とも、思っている。

（だってあんなに素直に怒れるなんて……正直な証拠じゃないかな）

自分とは正反対の大和に、歩は憧れている。そうなったのは、初めて大和と同じクラスになった二年前の初夏から。もっとも、こんな想いは自分だけの秘密だった。誰にも知られなくていい。歩はそう思いながら、日記を書きだした。友人二人がケンカをしていたこと。それから食堂に、誰よりも目立つ、かっこいい『彼』がやって来たこと。

『……彼は僕を見つけると、よお、と言って笑った』

歩はそう書いた。

おはよう、と声をかけられた。自分もおはようと返した。すると彼は隣に座って、今日の宿題やったか、と訊いてきた……。

これはすべて、嘘の日記だ。

歩は日記に、一切、固有の人物名を入れていない。自分だけは誰のことか分かるけれど、他の人には分からないように書いている。それはこそこそ、ただ楽しみのためとはいえ妄想だらけの日記を書いていることへの罪悪感からだった。

『僕が急にお洒落になったと、彼は驚いた……』

書き足すと、これはものすごい嘘っぱちだ、と、自分でもおかしくて、つい笑ってしまった。お洒落だなんて。重ね着したパーカーのジッパーを上げておくのと下げておくのと、どっちがいいかさえまだよく分からないのに。

（でもいいよな。……ただの日記だもん）

この日記のなかの自分は、すごく幸せで満ち足りて見える。ありえない現実を笑うと、そのおかしさで、歩はなんとなく気が済むのだった。

とそのとき、廊下のほうから騒がしい足音が聞こえてきた。足音はだんだん大きく、だんだん強くなってくる。どうやらこの部屋に近づいているようだ。しかも聞いていると、足音と一緒になにやら怒鳴り声も聞こえてくる。

――うるせえ、あれ以上あんな部屋にいられるか！

がなっている声がしたあと、部屋の扉がノックもなく開けられ、歩は息を止めた。急いで日記を閉じ、立ち上がる。

（なっ、なに⁉）

声を出すより先に、部屋を仕切るアコーディオンカーテンが乱暴に引かれた。

「おい、誰かいるかっ？　あ？　いねーな。留守かよ」

歩は棒立ちになっていた。驚きすぎて、眼を見開く以外なにもできない。イライラした口調でそう言ったのは、村崎大和だったのだ。

大きなスポーツバッグを二つ肩に引っかけ、大和は部屋の仕切りのところで、偉そうに仁王《におう》立ちしている。

――どうして。どうして、大和くんがこの部屋へ？

もしかしてこれは、白昼夢《はくちゅうむ》だろうか。自分が日記にまで書いて、彼に焦《こ》がれていたから、とうとう幻を引き寄せてしまったのかと思うほど驚いて、歩はしばらく呆然《ぼうぜん》としていた。

「……いねーならいいか」

硬直したまま固まっていた歩は、大和のその独り言にようやくハッとした。

少し奥まった場所に引っ込んでしまったせいか、声をあげなかったせいか、気付かれなかった。背を向けられて、歩はまごつく。声をかけるべきか？　と思うのと同時に、自分が野暮《やぼ》ったい姿なのを思い出した。

せっかくの話すチャンス――しかしこの姿は、できれば大和には見られたくない。わたわたと髪を掴み、なんとか格好をつけられないかと思っていると、大和が持っていたバッグを隣室にドサドサと置いた。さらに中身を取り出し、クローゼットにしまい始めたので、歩はなにをしているのだろう……と不思議に思った。カーテンは開いたままなので、大和の様子はよく見える。窺《うかが》っていると、またなんの前触れもなく部屋のドアが開く。

「大和。本気で移動する気？」

ねっとりと鼻にかかる、甘いしゃべり方。驚いて見ると、扉口に立っていたのは長身にポニーテールがトレードマークの志波久史だ。志波はニヤニヤと面白そうに大和を見ている。瑠璃《るり》色の眼は切れ長で、長い睫毛に縁取られ、口元には小さなほくろがある。それがただでさえ色っぽい志波を、よけい妖艶《ようえん》に見せていた。雄々《おお》しさが先に立つ大和とはまるで違う種類の美貌だが、漂ってくるフェロモン香は強く、大和のものとかなり似ている。

と、志波を振り返った大和が「出てけよ、久史」と言い放った。

「寮長の許可は得た。俺は今日からここで暮らす。もう俺に、お前のセフレを押しつけるんじゃねーぞ、胸くそわりぃ」

　イライラと言う大和に、志波はおかしそうに肩を竦めた。

「従兄弟《いとこ》にそれは冷たくない？　せっかく同じ寮で、また楽しくやれると思ってたのに」

（この二人、従兄弟なのか……？　じゃあ、同じオオムラサキだったりする？）

　新情報に驚きつつ、歩は眉根を寄せた。それよりも、大和はこの部屋で暮らすと言わなかっただろうか。とたん、大和が「なにが楽しくだ！」と怒鳴り散らした。その剣幕に驚いて、歩は一人でびくっと肩を揺らした。

「楽しいのはてめーだけだろうが！　大体初めっからそうだった。俺をハメるような真似ばっかしやがって。俺を性具にしてんじゃねーよ！」

「あれ、やっぱり初体験のこと気にしてる？　折角の初恋だったのに、盛大にフラれちゃったのが恥ずかしかった？　でも仕方ないよ、大和より僕のほうがセックス上手いし」

「ああ⁉　なんだと⁉」

　大和は青筋をたてて立ち上がり、志波の胸倉を摑んだ。志波はおかしげに笑っている。

「僕のこと殴るの？　どうぞどうぞ、そのかわり、次の大会出られなくなるけど」

　挑発的に眼を細めた志波に、大和が「く……っ」と呻いた。どうやら口では、志波が上手《うわ》手《て》らしい。歩はおろおろし、どうしたらいいのか分からずに慌てていた。とにかくこの部屋でケンカをされるのは困るし、志波を殴った大和が、テニスの大会に出られない——というのも、おおごとだと思う。

「大和はえらいよね。欲求不満を解消するためなのに、とうとう一位にまで昇っちゃうんだから。でも意味なかったでしょ。結局お前、僕から寝取るんだから」

からかうような志波の言葉に、大和の眼がカッと見開かれる。青紫色の美しい瞳に、ごうごうと怒りの炎がうず巻いている——。それを見た志波は、なぜか嬉しそうに微笑んだ。

「いいね。ぞくぞくするよ、大和のその、攻撃的な眼——」

「そうかよ。……ああそうだな、たしかに意味ねーわ。だったら一回くらい、大会出なくても問題ない。今日こそ殴らせてもらうぜ、久史」

もはや我慢できなくなったのか、こめかみに血管を浮き上がらせた大和が、大きな拳をぐっと振りかぶったときだった。歩の頭の中で、なにかが弾けた。とたん、歩は声にならない声をあげて、大和の腕にしがみついていた。

「だ、ダメ！　殴っちゃダメだって！　もうすぐ大事な大会だろ!?」

全体重をかけてしがみつき、胸に大和の逞《たくま》しい腕を抱え込む。虚《きよ》を突かれたらしい大和が、がくん、と肩を落として志波の胸倉から手を放す。放された志波がぱちくりと眼を丸くしているのが見えた。

「……誰？　いつからいたの、この子」

不思議そうに志波が言い、歩のほうへ腰を屈《かが》めてくる。見上げると、大和も訝《いぶか》しそうに歩を見ていた。

歩は我に返った。よりにもよって、一番ダサい格好で、大和だけではなくその従兄弟だという志波にまで見られてしまった。しかし相手は飛び抜けた美形二人。歩のことなど歯《し》牙《が》にもかけないはずだと、気持ちを切り替える。

「な、七安歩《ななやす》です。この部屋の入居者で……」

去年までクラスメイトだったので、名乗れば思い出してもらえるかなと思ってちらっと大和を見たが、大和は相変わらず怪訝《けげん》そうな顔をしているだけだ。そのことにほんの少し気落ちしたが、そんな場合でもない。

「全然匂いしないね。もしかしてナナフシ？」

くんくんと鼻を動かしながら、志波が訊いてくる。歩が「ヤスマットビナナフシです……」と答えると、志波は「ヤスマットビナナフシ！」と声をあげて仰《の》け反《ぞ》った。

「の、男⁉　うわ、すごい、めちゃくちゃ希少種《きしょうしゅ》じゃない！」

初めて見た、と言われ、歩はどう返せばいいのか分からずに困ってしまった。

「僕、家のパーティでナナフシの女性には会ったことあるよ。楚々《そそ》とした美少女が多かったなあ。存在感ないのは知ってたけど、もしかして、初めから聞いてた？」

さっきまでの妖しげな雰囲気もどこへやら、志波は歩が思っていたのと違い、かなり人なつっこい性格らしい。初対面なのにずけずけと訊かれ、体を小さくしながら「は、はあ、すいません」と思わず謝っていた。忘れていたが志波は二年生で、一応先輩である。

「ほらほら、大和。あゆこちゃん？　あゆみちゃん？」

「あゆむです……」

「あ、あゆむね。大和、あゆちゃんだって。きみ、今日から本気でこの部屋に移るなら彼にまず挨拶しないと」

「……うるせーな久史。もういいから出てけよ」

大和はうっとうしそうに舌打ちしたが、怒りが散ったのか歩と志波に背を向けてまた荷物を片付け始めた。

「従兄弟が無愛想《ぶあいそう》でごめんね？　あゆちゃん」

肩を竦めた志波が、「いえ……」と言いかけた歩の肩を、突然ぐいっと引き寄せてきた。

「ねえ、ところで物は相談なんだけど、部屋、僕と替わらない？　それか、僕とエッチしてくれるんでもいいんだけど」

突然のことに歩は固まり、緑の瞳を大きく見開いて志波を見上げた。志波は眼を細め、妖艶な微笑を浮かべている。

「先に言っておくと、僕、上手いよ？」

肩を抱かれた指にぐっと力をこめられて、歩は息を止めた。混乱して、声が出ない。今

まで、人からこんなあからさまな誘惑を受けたことがない。真っ赤になって口だけをぱくぱくと動かしていると、

「おい、やめろ、このクソバカ」

低い唸り声を発し、大和が志波の手を力任せに摑んでいた。そしてものすごい勢いで、歩からひっぺがす。

「こんなん、お前の趣味じゃねーだろ。せっかく部屋を移ったのに面倒ごと増やすな」

舌打ちまじりに言う大和に、志波はニヤニヤしている。

「そう？　たまには、こういう変わり種を相手するのもいいんじゃない？」

「お前はなんでもよくても、俺は好みってのがあるんだよ。こいつみたいなの、まったく好きじゃねーんだよ」

（……好きじゃない……）

会話に思考がついていかないなか、そこだけが妙にくっきりと耳に残った。

「おいお前、こいつになにか言われても、部屋は替わるな。あと抱かれたりもすんじゃねーぞ、俺が迷惑する。もしこいつとヤリやがったら、お前にもこの部屋から出ていってもらうから、そのつもりでいろよ。透明ヤロー」

数秒、歩はなにを言われたか分からなかった。

（……とうめ……透明やろう？）

大和が蹴るようにして、志波を部屋の外に追い出す。志波はニコニコして「じゃあね、あゆちゃん」と手を振って出て行ったが、その間も、歩はその場に固まっていた。

「や、大和くん」

なにかよく分からない、熱くて痛い感情が胸のなかに湧き上がってくるのを感じながら、歩は気がつくと声を出していた。大和は不機嫌そうに「ああ？」と振り向いてくる。

「俺……大和くんとは中等部のとき、同じクラスだったんだけど」

覚えてる？　訊く声が震えた。一体自分はなぜこんなことを、大和に確認しているのだろう。答えなど分かりきっているのに……。頭の冷えた場所でそんな声がする。

大和は顔をしかめ、それから一言、「知るかよ」と、断じた。

「お前がいたかどうかなんて興味ない。覚えてねえよ」

うっとうしそうにため息をつくと、大和は冷たく眼をすがめて歩を見下ろす。

「先に言っとく。俺や久史に抱かれたいとか、妙な気起こすんじゃねーぞ」

意味が分からず固まっている歩に、大和は「よくいるんだよ」と吐き出すように続けた。

「オオムラサキとセックスしてみたいってやつ。特にお前みたいな下位種にな。そういうのクソ迷惑だから。ナナフシなら、隠れるのが得意なんだろ。見えねーとこにいろ」

後頭部をはたかれたようなショック。同時に、胸にのぼってきた痛いほどの感情がなにか理解した。きっと、これは悔しさだ。

（勝手に部屋に来たのは大和くんだろ……）

抱かれたいなんて大それたこと、思うわけがない。大和が自分など相手にしないことは、言われなくとも十分分かっている。それなのに……。

頰にかあっと熱がのぼり、やり場のない怒りが湧いてきた。けれどケンカに不慣れなので、なにをどう怒ればいいかが分からない。理不尽な気持ちだけを抱えたまま、もう歩のことなど完全に無視している大和に背を向け、自分のスペースに戻ってカーテンを閉める。眼の端には放置した日記帳が映る。すると頭の熱がすうっと冷めて、心が静かになっていった。

（……現実なんて、こんなものだよな……）

気がつくと、歩はその場にのろのろと座り込んでいた。うつむいた顎が、ジャージの立て襟《えり》の中にすぽっと隠れる。眼鏡の向こうに、スリッパを履《は》いた自分の爪先が見えた。

長い間憧れてきた大和と、なぜか同室になれた——なれたけれど、妄想の中とは違い、友だちにさえなれそうもない。

……好きじゃない。

先程言われた言葉を思い出すと、胸が痛む。じゃあどういう人なら好みなのだろう。もっときれいで、もっと目立つような人？　少なくとも自分とはかけ離れたタイプだろう。

立てた膝にこてんと頭を乗せると、じわじわと情けなくなってきた。

（叶わないって分かってるから、あんな日記、書いちゃうんだしな……）

思ったとたん、胸に薄暗いものが押し寄せてきた。それは足元から地面が消えて、暗い奈落《ならく》の底に、たった一人落ちていきそうな不安だった。

――お前が生まれたのは、やっぱり間違いね。

そう言う祖母の、苦い顔が浮かんでくる。畳三枚分離れた向こうに座り、祖母は冷たい眼をしている。

――アニソモルファの血が入ったから、お前は男で生まれたのだわ。異形再生にだって、きっと失敗すると思っていた。

できそこないですからね、と祖母は呟き、歩を追放した。こうして、私たちは滅んでいくのかもしれない。怯《おび》えたように独《ひと》りごちながら。

（だから俺は、生きてる意味がないのかな……）

ひたひたと暗い感情が忍び寄ってくる。歩は唇を引き結び、じっとして、その感情が通り過ぎるのを待った。変えられないことについては、考えないと決めているのだ。

歩の背の向こうで、大和は荷物を片付けている。ぼんやりその気配に意識を向けていた歩は、突然ハッと思い出していた。

（……訊き忘れてた。大和くんは結局なんで、この部屋に来たんだろう？）

三

「どういうこと？　なんで村崎大和《むらさきやまと》が歩《あゆむ》と同室になってんの⁉」

　大和が部屋にやってきた翌日の昼、歩はいつものように隣のクラスにいるスオウとチグサと三人、校舎の屋上で昼食をとっていた。

　学内には豪勢《ごうせい》な食事を出す食堂もあるが、スオウとチグサは好奇の眼を嫌い、三人は購買でなにか買って、屋上に集まることが多かった。そこで歩はようやく、昨日あったことを話したのだ。予想通り、最初に声を荒げたのはスオウだった。

「……さあ。それがよく分からなくて」

　答えて、歩はため息をついた。

　今朝、歩は大和になぜ部屋を移動してきたのか訊こうとした。関わるなと言われたが、説明してもらうくらいの権利はあるだろう。しかし朝になり眼が覚めたときにはもう、大和は身支度を整えて部屋を出ていくところだった。制服ではなくジャージを着ていたので、テニスの朝練なのだろう。歩は慌てて二段ベッドの上から降り、大和を呼び止めたが気付いてもらえなかった。結局朝の食堂で寮長を探し、理由を訊いたものの「前の部屋でいろいろと問題が起きてね。きみ相手なら大丈夫だろうから」と濁《にご》されただけで、詳細は分からなかった。

「前の部屋って、二年生の志波《しば》さんと同室だったよな？　噂で、志波さんが勝手に本来の同室者と入れ替わったって……なにがあったか、スオウとチグサは知ってる？」

昨夜も、大和と志波はもめていた。理由が分からず訊くと、チグサが「志波さんとも話したの？」と訊いてくる。歩は「話したっていうか……」と呟いた。

「部屋を替わってくれるか、エッチしないかって、冗談言われたけど……」

完全にからかいだ。ところがそう言ったとたん、スオウが飲んでいたイチゴ牛乳をぶっと噴き出した。どこで買ってきたのか焼き鳥を食べていたチグサも青い顔になり、なぜかポケットからゴケグモ特製の神経毒の小瓶を、すうーっと取り出している。

「本気で言われたのか、それ！」

「まさか。だって最初、あの二人、俺に気づきもしなかったもん」

そんな相手と、誰が本気でセックスしようなどと誘うものか。呆れながら言うと、スオウがはーっとため息をつき、それからしばらくして「歩、お前もう、目立とうと頑張るの、しばらくナシな」と呟いた。そもそも努力はしたものの特に成果もなかったし、歩の目的は変わることであって目立つこととは少し違っていたからやめてもいいのだが、どちらかといえば積極的に見えたスオウがなぜ突然「ナシ」と言い出すのかと首を傾げる。

「……それはいいけど……なんで？」

「あんまり言いたくないから黙ってたけどさあ……歩、村崎大和のこと好きだろ」

いきなり言われ、歩は一瞬固まった。

――村崎大和のこと、好き。

「お前、あいつに恋してんだろ」

口の中が、急激に乾いていく。

なに言ってんの――そう言う前に、チグサがまん丸の眼をさらに丸くして「えっ、やっぱりそういうこと？　だから春休み、テニス見に行ったの!?」と高い声をあげた。歩は顔が、かっと熱くなるのを感じた。

「ち、ちが……あれはただ……クラスメイトがランキング一位って、すごいから」

「クラスメイトっていっても、話したこともねーだろ」

辛辣に突っ込まれ、思わず歩は「あるよ」と言ってしまった。

「……プ、プリントの受け渡しのときとか……」

「そういえば歩って、村崎と席が前後だったことあるっけ」

チグサがぽん、と手を叩く。歩は中学二年生のころ、一時、くじ引きで窓際最後尾の席を引き当て、その前が大和だった。

「なーにが、受け渡しのとき、だ。どうせ向こうはお前が後ろだって認識もなかったろ」

スオウに言われ、歩は返す言葉がなかった。大和は歩の存在など気づいてもいなかった。でなければ、昨夜名乗ったときに無反応というわけがない。

「でもじゃあ……歩が変わりたいって言い出したの、村崎のためなのっ？」

ハッとしたあと、今度は怒ったようにチグサが覗き込んでくる。

「はっきり言うぜ。村崎だけはやめとけ。あいつとは恋愛できねーから」

否定しているのにまだ言われて、歩は黙り込んだ。

「今まではお前らに大した接点もないし、あの無神経男相手じゃ、歩にはなにもできねーと思って放置しといたけど。同室になったんなら別だ。志波がいるからな」

「だから、好きなわけじゃないって言ってるのに……」

小さく言った歩に、スオウがムッとして言葉をかぶせてきた。

「なんでそうやって、いつも大事なこと、隠すんだよ？」

苛立ったような声だ。チグサも眉根を寄せ、心配そうに歩を見ている。

隠してなんかいない。そう言いたかったが、どうしてか言葉にならない。心臓がドキドキして、歩は背後から薄暗い感情が忍び寄ってくるのを感じていた。それは底なし沼のようで、捕まればどろどろとした暗い水の中に引きずり込まれて、もう出てこられないということを歩は肌で感じている。

――好きじゃない。好きなわけないじゃないか。俺は誰にも好かれないし、好きになっちゃいけないんだから……。

　痛いような叫び声が一瞬喉から出てきそうになったのを、歩は拳を握って耐えた。額にじわっと汗が浮かび、わずかに吐き気がする。

（落ち着け。スオウやチグサは、異形再生《いけいさいせい》のこと知らないんだ。……俺が、不純物だってことも――）

　そのとき昼休みが終わる予鈴が鳴り、「とにかく」とまとめながらスオウが立ち上がった。

「しばらくはおとなしく隠れてろ。お前なら見つからないだろ」

「僕も、歩には村崎は合わないと思うよ。あいつ寝取り体質だもん」

　チグサがおっとり賛同して続く。お前の相手は、俺らでちゃんと見つけてやるから！　と、妙なことを口走って、スオウはチグサと屋上を去っていった。一人取り残された歩の髪をさらって、まだ肌寒い四月の風が吹いている。ふと階下を覗くと、大勢の生徒たちが楽しげに行きかっている。肩を抱き合ったり、笑い合ったりして。

（誰かに見つけてもらえるって、どんな気分なんだろう……）

　見つめながら、歩はそんなことを考えた。それは一生、自分には分からない気がする。この世には自分が知ることもないまま死んでいく、そんな感情や幸福があるのかもしれない。

　そしてその一つが、たぶん愛というものだろう。

　歩はいつもどこかで、そんなふうに思っていた。


　寝取り寝取られ。

　インターネットで調べると、それは一種の性的な行動を示す言葉だった。寝取りは特定の恋人や配偶者のいる相手と性行為をし、寝「盗る」こと。寝取られはその逆。特定の恋人や配偶者を他の相手に寝「盗られ」ることだ——。

　どちらにしろ、歩には理解できない行動だ。大体、単為生殖であるヤスマットビナナフシの男は性欲と無縁で、歩は自慰《じい》さえしたことがない。

（これから先、誰かとセックスすることもないだろうし……）

　そもそも、セックスを禁じられている。

　授業が終わり、寮に帰った歩はため息をついて机に座っていた。

　机上にはまだ書いていない日記と、部活動の一覧表が載っている。テニス部のところに、歩は赤丸をつけていた。大和が入っているので興味があって見学に行ったのだ。ちょうど他の一年生が来ていて、声をかけてもキャプテンにもマネージャーにも気付いてもらえなかった。ただ、コートは自由に見て回れた。屋内と屋外の二つ、広々とした施設は過去にプロ選手を輩出したこともあるからか充実しており、屋内練習場の奥では、ちょうど大和がストロークの壁打ち練習をしていた。

「あ、村崎選手だ。ランキング一位なのに、一人で練習してるんですか？」

隣からおかしそうな声が聞こえ、見ると、見学に訪れていた一年生が案内しているキャプテンに訊いているところだった。その口調には揶揄がこめられていたが、瞳には、ありありと大和への興味が見てとれた。

（興味はあるくせに、どうしてそんなバカにしたような態度、とるんだろ……）

大和に関して、歩が見てきた反応は大抵そんなものだった。

明らかな敵意や悪意か、そうでなければ揶揄と関心。なぜかよく嫉妬混じりの暴言を受けている大和だが、一方ではとてもモテてもいる。日本産チョウ種のトップの魅力を、本当は誰もが認めているのだ。キャプテンは一年生に向かって「大和くんはねえ、壁と練習するほうが相性いいんだよ」と嗤っていた。

大和はそんな周囲の注視や噂など気にもせず、ひたすらストロークを繰り返していた。額から汗を飛び散らせ、右に左にボールを打ち返しながら、彼は風のように走っていた。青紫の瞳はひたとボールを見つめ、その横顔の真剣さに思わず胸が高鳴ったほどだ。

中等部の最後の試合、春休みに見た決勝戦のときと同じ。大和は練習でも、まるで獣のように純粋に、ただひたむきに全力を出しているように見えた。

（……やっぱり大和くんに限って、寝取ったり寝取られたりなんて……あるわけない）

と、窓の外が暗くなってきたので歩は顔をあげた。見ると窓の向こうに黒雲が湧いている。一雨くるな、と思う間に雲は空を覆い尽くし、バケツを逆さにしたような激しい雨が降り始めた。すると不意にベッドの向こうから大きな音がして、歩は眼を見開く。

慌てて立ち上がり、仕切りを開けると、やはり大和の部屋のベランダに通じる掃《は》きだし窓が開いていて、雨風がびゅうびゅうと吹き込んでいた。大和はテニスの練習らしく、まだ部屋には帰ってきていない。迷ったが、歩は大和の部屋へ入った。窓を閉め、部屋の中を見渡す。とりあえず床はびしょびしょだ。持っていたハンカチで拭きながら、ベッドや机を確かめる。そちらはほとんど濡れておらずにホッとした。

「……あれ」

ふと、机の上に眼を奪われた。大和の部屋はカバン二つで移動してきただけあって驚くほど物が少なく、ストイックだ。ぶっきらぼうな物言いに似合わず、意外にきちんとしているのか、ベッドもきれいに整っている。机上にはテニス雑誌が一冊だけ。そしてその横に、写真が一枚置かれていた。

（これ……昔の大和くん？）

たぶんそうだ。十二、三歳らしき少年の大和が志波と、それからもう一人見知らぬ少年と一緒に写っている。全員テニスのユニフォームを着ており、志波が優勝カップらしいトロフィーを持ってVサインし、大和も笑っていた。真ん中を陣取るのは見知らぬ少年で、彼は大和と志波より少し背が低かった。

（でも……きれいな人だな）

二人よりほっそりとして、中性的な雰囲気。穏やかで優しげな顔だちを、黄色っぽい髪がふんわりと包んでいる。不意にそのとき、歩の脳裏に昨夜の志波の言葉が閃《ひらめ》いた。

——やっぱり初体験のこと気にしてる？　初恋だったのに……。

昨夜は混乱していて聞き逃していた言葉だった。大和には初恋相手がいて、初体験の相手もいる。あれだけのルックスだから当然なのに、写真の相手がその初体験、初恋の相手かもしれないと思うと、胸の中にモヤモヤしたものが湧いてくる。思わず写真から眼を逸《そ》らし、歩は自分をバカみたいだ、と思った。昼間はスオウにもチグサにも、大和に対してそんな気持ちはないと言っておいて——。

机から離れようとしたそのとき、廊下のほうからガタガタと音がし、突然部屋のドアが開いた。歩はぎくりとして固まり、息を詰めた。仕切りの向こうからもみ合うようにして、二人の生徒が入ってきた。

「ルームメイト、いないみたいだね、ふふ、やった。ここでできそう」

歩の鼻先に、むっと甘い香りと湿気が薫った。妖しく笑う声のあと、「うるせえ、黄辺《きべ》」

と不機嫌そうな声が続く。それは大和と、そしてついさっき見た写真の中で、志波と大和の真ん中に立っていた、優しげな顔の生徒だった。

二年生のネクタイをつけているが、顔だちは間違えようもなく彼だ。ふわりと頬を包む、黄味の強い髪の色もそのまま。黄辺と呼ばれたその人は眼を細めて笑うと、大和の首に腕を回した。寮に来るまでに雨に降られたらしく、二人とも、肌にぴっとりと張り付くほどに濡れた制服姿でベッドに倒れ込む。

（う、うそ……）

歩は思わず後ずさった。

大和が相手に覆い被《かぶ》さり、噛みつくようなキスをしたのだ。二人の舌と舌が絡み合い、部屋の中にぴちゃぴちゃと水音がたつ。一メートルと離れていない場所に立っている歩には、大和が乱暴な手つきで相手の体をまさぐり、ズボンのベルトを抜き取る仕草まではっきりと見えた。

体がカッと熱くなり、歩は心臓がドキドキと高鳴るのを感じた。激しく口づけながらも、大和は大きな手で巧《たく》みに相手の服を剝《は》いでいく。二人はまるで歩に気付かない。黄辺は眼を細めて自らズボンを脱ぐと、足を開いた。

（う……わ……っ）

歩は思わず、顔を手で覆った。彼は下着をつけておらず、開いた足の間で性器は既に勃《た》ちあがっていた。それだけではない。尻はしとどに濡れており、その後孔からはとぷとぷと白濁したものが溢れている――そして彼が足を開いたとたん、そこからは甘い花のような香りが、むわっとたちのぼってきた。

甘すぎる香りにあてられてくらくらしながら、歩は後ずさる。踵《かかと》がカツン、と掃きだし窓の桟《さん》に当たった。

「ねえ、もういいから入れてよ。……準備は十分でしょ？」

大和に組み敷かれて、黄辺は蠱惑的に笑うと、長い指を後孔に這わせて、そこを広げた。甘い匂いはまた一段と、強くなる。その匂いは大和のそれによく似ていた。

「くそったれが……」

大和が喉の奥で、獣のように唸《うな》っている。射殺《いころ》すような眼で相手を睨みつけ、苛立たしげに荒い息をついている。黄辺は楽しげに微笑み、膝頭《ひざがしら》で大和の股間を、すり、と撫でた。ズボンの上からでも分かるほど大和の性器は大きくなっていて、歩は息を呑んだ。

「そのくそったれに、入れたくてたまらないだろ？　……感謝してよ。大和が楽しく寝取れるように、今日だってちゃんと、久史に抱かれてきたんだからさ――」

大和の眼から理性が飛び、獣のような唸り声が喉から漏れる。それ以上はもう怖くなって、歩は、気がついたら掃きだし窓を開けていた。びゅうっと風が吹き込み、雨が顔を叩く。

「ちょっと……なに⁉　いきなり窓開いたけど！」

　とたんに、黄辺が叫び声をあげた。歩は構わずベランダに飛び出すと、自分の部屋の窓まで駆け寄った。幸い、鍵はかかっていなかった。全身ずぶ濡れになったまま、部屋の中に駆け込む。隣で窓を閉める音がした。

　なに、なんで急に窓が開いたの、とまだ黄辺は気にしている。そうして歩はその隙に、とにかくこの部屋から逃げたくて、廊下へ駆け出していた。

四

頭の中がぐちゃぐちゃとしている。廊下を走りながら、嘘、嘘だ、と歩《あゆむ》は繰り返していた。息が苦しい。大和《やまと》が、誰かを抱こうとしていた――。

（……あの人からしてた匂い、志波《しば》さんのものだった）

ショックを受け、混乱し、歩はぎゅっと眼をつむった。角を曲がったところで、そこにいた人と思いきりぶつかる。あっと声をあげると、

「あれ、大丈夫？」

歩は誰かに腕を引かれていた。支えてくれていたのは、志波久史《ひさふみ》だった。歩がぶつかったせいで、志波の制服が湿ってしまっている。

すいません、と言おうとして、けれど喉の中に声が張り付いて出てこなかった。たった今、歩は見たばかりなのだ。大和が志波の恋人を抱こうとしている現場を。心臓がばくばくと鳴っていて、濡れた体から、さらにどっと汗が噴き出る。

「あ、もしかしたら、あゆちゃん？　眼鏡かけてないとこんな感じなんだ」

志波はしばらく歩を見ていたが、思い出したように言った。

――志波さん、今、部屋で、あなたの恋人……恋人？　が、大和くんと……。

言うべきか言わざるべきか分からず固まっている歩を見下ろして、志波がおかしそうに肩を竦めている。

「見ちゃったのかな？　大和、今、部屋でセックスしてるでしょ？」

思考が停止し、歩は信じられない気持ちで志波を見つめた。そんな歩の反応を面白がるように、志波がくすっと笑う。

「相手は黄辺《きべ》ね。僕たちの幼馴染み。あ、今はセフレか。さっき僕が、黄辺にたっぷり中出ししといたから、大和は我慢できないだろうと思ってたんだ。そろそろ寝取ってるころだろうから、今度は僕の番かなって」

（なに？　なんの話？　なに言ってるんだこの人？）

訳が分からず、歩はただ立ち尽くしていた。志波はニヤニヤし「知らない？　オオムラサキの習性」と続けた。

「僕らはね、同種が抱いた相手を寝取りたくなる体質なの。大和は嫌がってるけど、所詮《しょせん》本能には抗《あらが》えない。――あいつから寝取るのが、僕の趣味」

頭の奥で、張り詰めていたものがパチン、と弾けた気がした。眼の前が揺らぎ、白くなる。志波が驚いたように眼を見開くのが見えたのを最後に、歩は気を失っていた。

夢を見た。十四歳のころの夢だ。

遠く、小雨の降る音がしていた。窓の外には紫に染まったアジサイの花。薄暗く、人気《ひとけ》のない中等部の図書室に歩はいた——ちらっと目線をあげると、頬杖《ほおづえ》をつき、難しそうな顔をして本を読んでいる大和の顔があった。お前、書き終わった？　と訊かれて、歩はあとちょっとと答えている。できたところまで見せろよと言われて、ノートを差し出すと、大和は「へー」と呟いた。

「きれいな字……」

独り言のようなその言葉が、歩の胸にじわっと染みて、そこだけ熱を持ったように温かくなった。


「てめー、ふざけんなよ！　死ね、そして死ね！　一回死んで、もっかい死ね！」

不穏な怒鳴り声が聞こえる。あれはスオウの声だ。

——また誰かとケンカしてる……。ダメだよスオウ、あとで傷ついて、落ち込むのはスオウなんだから……チグサも心配するよ——。

そう言おうとしたけれど、歩はまだまどろんでいて、上手く声が出せない。一体ここはどこで、スオウは誰に怒鳴っているのだろう。分からないけれど、なぜか胸が痛くて苦しかった。

「すっごいなあ、ゴケグモの双子？　珍しいしかわいいー、ねえね、きみたち、僕と大和とエッチしてみない？」

よんぴーで、と続けたのはたぶん、志波だ。

「もしかして、今ここで死にたい……？」

呟いたのはチグサだろう。声が本気だ。まったく笑っていない。志波は「あはは、冗談だよ。僕、黄辺とセックスしたいから先に戻るね」とすごいことを言いのけ、やがて扉の閉まる音のあと、「だから、悪いのは俺じゃねーんだよ」と言い訳する大和の声がした。

「お前らも中等部から一緒だから、知ってるだろ。俺がヤりたくなくても、久史が俺にふっかけてくるんだよ。あいつは俺から寝取るのが趣味だから」

大和の声音は、心なしかいつもより覇気《はき》がない。いくらか弱っているようにさえ聞こえる。それにしても、他人に興味のなさそうな大和でさえ、さすがにスオウとチグサがクラスメイトだったことは覚えていたらしい。

「歩はなあ、純粋培養なの！　ナナフシなんだぜ、性欲と無縁なの！　ドラマのキスシーンも見たことないのにてめぇの汚い寝取りシーンなんか見せやがって！」

自分の名前が出された瞬間、さすがに歩は我に返った。思わず眼を開くと、天井が見える。ここは二階建てベッドの上段、いつも自分が寝ている場所だ。

「だから気付かなかったんだよ。大体、勝手に部屋に入ってたのはあいつだろ」

「うるせえ！　そもそもてめーがこの部屋に移ってくるから悪いんだろうが！」

怒鳴る声はすぐ下から聞こえる。起き上がるなり、視界が一瞬ぐらっと揺れた。顔も頬も熱く、頭が痛い。どうやら自分は熱を出して倒れていたようだ。

ベッドの端から身を乗り出すと、歩の部屋にはスオウとチグサがいて、二人して大和に詰め寄っていた。部屋の中には甘ったるい匂いがこもっている。ついさっき見た大和と黄辺の情事のせいだろう。なぜか胸が締め付けられたが、歩は左胸を手で押さえ深呼吸した。

「とにかくお前は有害だ、毒素だ、歩に近寄られたらあいつが汚れるんだよ、出てけ！」

スオウがぎゃあぎゃあと怒鳴っているなか、歩は焦りながら、はしごを伝って下りた。熱のせいでフラフラし、最後の段で足を滑らせて尻餅をつく。

「うわ……っ」

情けない声をあげると、チグサとスオウがハッとして振り向いた。

「歩！　大丈夫？」

近くにいたチグサが膝をついて、歩を助け起こしてくれた。大きな丸い瞳をうるうると潤ませて、チグサは心底心配してくれている様子だ。

「歩！　大丈夫か？　眼、腐ってねえ？　変なもん見せられて知恵熱出すなんて……」

スオウのほうも、もう涙声になって歩に駆け寄ってくる。

「ス、スオウ。チグサ。えーと、ごめん。なんか俺、倒れてたみたい？」

「村崎と志波の、寝取り寝取られドＭ腐れプレイを見ちまったんだ、倒れもするぜ」

「しかも、志波さんに介抱されてたんだよ。僕らがすぐ見つけなかったら、レイプされて村崎との変態プレイに使われてたよ……無事でよかった、歩」

「おい、さっきから聞いてたら俺まで変態扱いすんじゃねえ、俺だって被害者なんだぞ」

思わずのように大和が口を出し、とたん、スオウが「はあっ？」と腹を立てたように言った。

よく見ると、情事の直後だからか、大和の制服は乱れ、ネクタイもなければシャツのボタンが三つも開いている。そこからは厚く肉の締まった胸板が見えていて、歩はそれだけでドキリとした。ついさっき、黄辺を押し倒していたときの獣のような眼を思い出し、頬が熱くなる。そして同じくらい、苦しくもなる。ドキドキと心臓が痛いほど早く打っているけれど、その緊張を閉じ込め、歩は努めて冷静になろうとしていた。

「大体なあ、そいつ、ナナフシだろ。普段でも分かんねーのに、興奮してるときに気付くか。いるならいるで声かけりゃいいじゃねーか。地味すぎて気配ねえんだよ」

地味すぎて気配がない――。

真実だが、大和に言われると傷つく。けれど自分でなにか言うより先に、スオウが「あっ⁉　なんだって⁉」と怒鳴った。

「ふざけんな、よく見てみろよ、すっげえかわいいだろ！　普通にかわいいけど俺がさらにかわいくしてやってんだよ、完璧だろ、気付かねえお前の眼がおかしいんだよ！」

「村崎みたいな脳筋には、歩のかわいさは分かんないんだね。志波さんに仕込まれた相手としかセックスしたことないんだから、結局、素人童貞ってことだよね」

チグサも相当怒っている。言っていることがおかしい、と歩は思ったが、大和は「素人童貞……」と呟いて青ざめた。

「ス、スオウ。チグサ、あの……大丈夫だよ。俺、びっくりしただけで……黄辺さんて、えっと……大和くんの恋人？　あれ、志波さんの恋人なのかな」

どっちなのだろう。いやどちらでもないのか、と歩は思った。そういえば志波からはセフレだと聞いていた。スオウがイライラしたように「違うって」と顔をしかめる。

「オオムラサキの変態習性でなあ、べつの男のフェロモンつけた相手を寝取る癖があんの！　こいつら縄張り意識が強いから。志波は、それ知ってて自分のマーキングした相手を村崎に寝取らせてるんだよ！」

「それで寝取らせた相手をまた自分が寝取るの。黄辺さんだけじゃなくて、そういうプレイ仲間がいっぱいいるの。学校中の男どもからオオムラサキが嫌われてんのは、恋人を寝取られてるからだよ。歩、鈍すぎるよーっ」

チグサにまで鈍いと言われては、さすがに返す言葉がなく、歩は黙ってしまった。

オオムラサキは美しいチョウだが、気性は格別荒い。その縄張り意識の強さは人間と融合したあと、寝取ったり寝取られたり、人のものを奪いたくなる性的嗜好として残ったようだ。

「こいつらは自分の子どもが生まれるまで、そういう性癖治らねーの。まともな恋愛できない種なの。歩みたいな少女趣味とは合わねーから、俺はやめとけって言ったんだよ！」

「……おい、まるで俺がそいつに手を出す前提みたいな話し方やめろよ。俺はそいつになんの興味もねえんだぞ」

思わずのように大和が言う。するとスオウがまた地団駄を踏んだ。

「てめー、村崎、歩のことバカにしてんのか！　どう見たって学校一かわいいんだよ！」

歩はこめかみが、ズキズキと痛むのを感じた。

「スオウ……チグサ。あの……とりあえず、ありがとう。大和くんとちょっと二人で、話し合っていい？」

二人には感謝しているが、このままでは話が進まない。スオウは二人きりになったら犯されるぞと言い、チグサは歩にひしと抱きついてきたが、なんとか説得し、二人に出て行ってもらった。大和と二人きりになると、歩はフラフラと椅子に座った。時計を見るとまだ夕方の六時で、自分が寝ていたのは一時間とちょっとらしかった。

疲れと緊張でため息をつくと、「……悪かったな」と、小さな声がかかる。顔をあげると、どこか怒った気まずげな顔で、大和が歩を見ている。歩は「ううん」と、小さく笑った。冷静に冷静に、落ち着いて落ち着いて、と頭の中で念じる。

「……よく分かんないけど、志波さんと黄辺さんて人と、納得しあって、ああいうことしてるんだろ？　俺が勝手に部屋に入ってたから……こっちもごめん」

言うと、大和が「納得はしてねえよ」と慌てたように一歩、近づいてきた。

「俺は全然、そういう趣味ねえんだ。久史が勝手に相手をけしかけてきて……部屋を移ったのは、前の部屋だと毎晩そういうプレイに付き合わされるから」

「毎晩て……すごいな」

想像がつかない。思わず眼を丸くして呟くと、大和は気まずげに頬を赤らめ、もごもごと言い訳した。

「……後家の言ったとおり、素人童貞だよ。久史の抱いたヤツとしかヤったことねえし」

「ふ、ふうん？」

素人童貞とはどういう意味だ、と歩は思ったが、なんとなく訊ける雰囲気ではない。いじけた口調に、大和が落ち込んでいるらしい、と分かる。ナナフシにはナナフシの苦労があるように、オオムラサキにはオオムラサキの苦労があるのだろうかと、ふと思う。

大和はどこか拗《す》ねた表情で、「毎回引っかかるわけじゃないぜ」と言い訳した。

「テニスやってくたくたのときとか、三回くらい出したあとだとさすがに性欲抑えられる。けど、十代が一番こう……抑えがきかないらしくて、死にものぐるいで抗ってんのに、気付いたら押し倒してて、大体入れてから眼が覚めて……」

「……そ、そうなんだ」

よく分からなかったが、どうやらこれは聞いたほうがいいらしいと思って、歩は頷いた。

「特定の相手作って、毎晩ヤってりゃいいんだろうけど、そんなの作ったら久史にすぐ食われるだろ。大体、俺の事情に巻き込んだら、相手にもわりぃから」

「……そっか。大和くんて、優しいんだな」

思わず言うと、大和が「はっ？」と大声を出して仰け反った。けれど、その顔は赤くなっている。予想外に素直な反応で、歩はまた少し驚いた。

「優しくねーよ！　この学校中の男どもから、恋人寝取ってんだぞ」

「……最初のきっかけ作るのは志波さんなんだろ？　本能とか、種の運命……みたいなの、抗えない気持ちは分かるし……」

ほら、俺がそうだし、と言って、歩は苦笑いした。なんだか疲れていて、建前《たてまえ》が言えない。眼の前の大和の反応が、素直なせいもあるかもしれない。

「スオウは俺のことかわいいなんて……言ってたけど。全然、存在感ないし……眼の前にいたのに、大和くんも気付かなかったし。それはもう抗えないものだから……」

少しは気持ちが分かるかも、と歩は呟いた。

（……でも、黄辺さんて人のこと、大和くんは好きなのかな）

机に写真があったのだから、そうかもしれない。初恋で初体験の相手にフラれ、自分に寝取られて引きずっている、とつい昨日志波は言っていたが、あれはやっぱり黄辺のことだろうか。だとしたら、大和がひねくれてしまうのも分かる。

「……でも、大和くんは大丈夫だよ。テニスあれだけできるんだから。自分に勝ちたくて、やってるんだろ？」

きっとそのうち、コントロールできるようになるよ、と言って笑う。それは本音だった。

大和は眉根を寄せると、なんだか訝しげな表情で「ああ、まあ……」と呟いている。

「好きな人とだけ、できるようになるといいな。あ、でも部屋でするのはさ……俺がいないときにしてほしいな。ちょっと困るし……声かけてくれたら返事するから」

本能ならなかなか制御も難しいのか、と思い、なんとか妥協案を考える。口に出すと、心臓がズキンと痛んだが、歩は必死になって落ち着きを保った。大和が他の誰かを抱いている……と思うとどうしてか辛いが、それは歩の勝手だ。

けれど大和はしばらく黙り込み、じっと歩を見つめていた。

「いや、もう部屋ではやんねーわ……気をつける」

「そう？　無理しなくても……」

と、大和が歩の言葉を遮《さえぎ》って近づいてきた。「ん」となにやら差し出され、見ると、それは歩が大和の部屋の床を拭くときに使ったハンカチだった。

「……それ、なんか汚れてたから、漂白剤使って……乾燥機に突っ込んだんだ。そしたら、その刺繍《ししゅう》のとこが色落ちしちまって……」

「……あ」

受け取った歩は、思わず声を漏らした。白いハンカチに、ひらがなで「ななやす　あゆむ」と入っている。糸の色はもとは赤だったが、漂白剤のために、うす桃色になっていた。それは幼稚園に通っていたころ、まだ家に一緒に住んでいた母が縫ってくれたものだった。

「大事なものだったんだろ」

小さな声で言われ、歩はそんなんじゃないよ、と言おうとした。けれど大和が大きな体を折り曲げ、深々と頭を下げて「ごめん」と言ったので、歩は言葉を失った。

──歩のお父さまは、赤い瞳なのよ。だから、赤い糸で縫おうね。

忘れていた声が、ふっと耳に蘇ってくる。

微笑んでいた母の面影。七歳で出て行ったときに見送った、細い背中……。

愛されていると思っていたのに、そうではなかったと知ったときの、あの鋭い絶望が、ふと胸の奥に下りてくる。するとそれは、大和が他の人を抱いていたのだと知った痛みに重なった。

落ち着け落ち着けと言い聞かせ、宥《なだ》めていた緊張の糸が、不意にふつりと切れたようだった。そんなつもりなどなかったのに、涙が数粒ぽろっと頬にこぼれ落ち、ハンカチの上にぱたぱたと散って、歩は慌てて眼を擦《こす》った。

「わ、なんだこれ。……ごめん」

あはは、と笑ったが、上手に笑いきれない。歩はハンカチを瞼《まぶた》に押し当てた。下手な洗濯のせいだろう、ハンカチはガビガビになっている。

ずっと考えないようにしている、悲しい気持ちの蓋が開いてしまった。歩はぐっと唇を噛みしめて、再びそれに蓋をしようとした。

「……わ、悪い。俺、バカだから洗濯とかしたことなくて」

とにかく早く、きれいにしないとと思ったから、と大和が慌てて言っている。ハンカチを瞼に押しあてたまま、歩は「ううん」と言った。

もしこれが妄想日記の中なら、大和は歩を抱き締めて、慰めてくれるのかもしれない。でも、大和と、今日は少し話せた気がする。またすぐ名前も顔も忘れられてしまうかもしれないが、それでもわりと日記に近いことをしたのではないか。

自分の思考が本当に少女漫画のようで、歩は少し笑ってしまった。

きっと自分は慣れないことに直面して、驚いているだけ。明日になればまた、いつもどおり笑って暮らせるだろうし、派手な色のパーカーを着ても目立てないやなんて、バカみたいなことを言っていられるはず。

そんなことを考えながら顔をあげたときには、歩の涙はもう止まっていた。

「いいんだ。これ、幼稚園のときから使ってるの、貧乏くさいだろ？　こういうの持ってるとこも、地味の原因だってスオウに叱られるんだけどな」

笑い話にして、歩は着たままのパーカーのポケットに、ハンカチを突っ込んだ。

「……俺、ほんとに世間知らずで、……セックスとか分からなかったから、ちょっと混乱してるだけ。洗濯してくれて、ありがと」

ニコッと笑うと、大和はなぜか呆けたように、歩を見下ろしている。どこか驚いたようなその顔に、不思議に思って首を傾げると、「いや」と小さく、少し慌てたように大和が呟いた。

「その、俺の気がすまねーから、弁償《べんしょう》させてくんねえかな……」

その週の土曜の午後、歩は学校を出て坂を下りたところにある恩賜《おんし》公園の入り口に立っていた。待ち人は大和。ハンカチを弁償してくれるというので、てっきり購買で買ってくれる程度のことと思い込んでいたら、

「土曜の昼は、オフだから。待ち合わせて買いに行くの、付き合えるか？」

と、訊かれたのだ。なんの予定もない歩はただただびっくりしながら、もちろん、と頷いたのだが。翌日、それを聞いたスオウは激怒し、チグサも一日口を聞いてくれなかった。

そんなわけで、歩はその日、休みだというのに制服で出てきてしまった。

（……スオウが見立ててくれないと、なに着ればマシなのか分からないんだもんな。大和くんはたぶん、カッコイイし……）

まさかジャージで出てくるわけにもいかず、他に着るものがなかったのだった。

そわそわと待っていると、やがて遠目《とおめ》にもすぐ分かる、長身の姿が道の向こうに見えた。午前の練習を終え、一度寮に戻って着替えてきたらしい。マウンテンパーカーにパンツとスニーカーを合わせただけのシンプルなスタイルだが、やたらすっきりとして、オシャレだった。カジュアルさがまた、逆に都会的に見える。ひょいとかけた小ぶりのカバンも、気取っていないのに洗練されて見えるのは、恵まれた体格と男らしく整った容姿のせいだろうか。近づいてくる大和に、歩は思わず見とれていた。

示し合わせていた公園入り口の立て看板前に来ると、大和はあたりをぐるっと見回した。その視線は歩の上をするーっと通り過ぎていく。大和が一息つき、看板に凭《もた》れて電話をいじり始めたので、歩は「あの……」と声をかけた。

「大和くん。……大和くんっ」

なるべく近くで大きな声を出した。とたん、大和が「うあっ」と声をあげて飛び退く。

「なんだよ、いるならいるって言え！　心臓にわりーな」

「……あ、ごめん」

左胸を押さえながら言われ、歩はそう返す。大和は眼をすがめて歩の顔を見、それから服装を見た。

「なんでお前、制服着てんの？」

できればそこは突っ込まないでほしかった。しかし、大和は思ったことがすぐ口をつくようだ。歩は「着てく服がなくて」と弁解し、さすがに恥ずかしくて頬が赤らんだ。

「私服持ってねえのかよ」

「……前に俺の部屋着見たの覚えてない？　俺、ダサいの。今日は都心に出るって言ってたけど、そんなお洒落な服持ってないから」

制服姿だって、洒落てるかどうか分からないが、一応はスオウの監修《かんしゅう》が入っている。正直に話すと、大和は納得したようだった。

「そういやはじめ、お前、顔半分くらいあるデカい眼鏡してたっけな……」

しかしあまり興味もないのか、大和は「まあいいや、行くぞ」とさっさと歩き出した。どうやら駅に向かうらしい大和におとなしくついていく。が、数メートル歩いたところで大和は立ち止まり、急に後ろを振り向いたり、横を見たりしてきょろきょろし始めた。

「探し物……？」

顔を覗き込むと、また「うわっ」と仰け反られた。

「急に気配消えたからいなくなったかと思うだろ。お前一緒に歩いてて、消えるなよな」

探し物は自分だったのか、と歩は苦笑した。

「気配消してるつもりないんだけど……ずっと名前呼びながら歩く？」

「……いやそれ、恥ずかしいわ」

大和は疲れたようにため息をついた。

「すげえのな、ナナフシって。双子と一緒のときはどうしてんだよ」

双子とはスオウとチグサのことだろう。歩は考えながら返す。

「あの二人は俺に慣れてるから……ついてきてるのも分かってるし」

それでも最初のころは、大和と同じ反応をされたなあと思い出す。やはり自分と一緒に都心のような人混みに行くのは、大和を疲れさせるだけなのではないだろうか。既に疲れたような顔の大和に、「やめとく？」と訊こうか迷う。そのほうが親切だろう、と思うのだけれど、歩は歩で、もう二度と大和と出かけることなどないだろうから、惜しい気持ちがある。どうしようと思っていたら、不意に大和が歩の手をとった。

「こうすっか。これなら、さすがにいるの分かるし、お前存在感ないから、周りからもなんとも思われねーだろ」

（え……）

驚きで、歩は眼が点になった。全身が茹《ゆ》でられたように熱くなったのはその直後だ。大きな手にすっぽりと握られると、自分の手は思ったより小さかったのだな……と感じた。いつも一緒にいるのがもっと小さいスオウやチグサだから分からなかった。

体温が高いのか、大和の手は温かくて、ごつごつと硬かった。手のひらの数ヵ所に、たこができている。テニスだこというものかもしれない。歩の心臓は跳ね上がり、ドキドキとしたけれど、大和は普通だった。ふあ、とあくびまでしている。大和はきっと、歩など恋愛の対象外もいいところだから意識しないのだろう。

（一人で舞い上がってバカみたいだけど……嬉しいや）

唇がむずむずとほころぶのを抑《おさ》えられない。こういうとき、存在感が薄いのは得だと思う。ニヤニヤ笑っていても、気付かれないですむ。

やがて駅について、一緒に電車に乗った。休日の昼、車内はそこそこ混んでいる。三駅ほどなので座らず、二人で扉口付近に立った。大和が乗り込むと、車内の女性客が頬を紅潮させて嬉しそうに噂しあう。かっこいいとか、どこの人だろうとか聞こえたが、そんな視線にも慣れているらしい大和は、また大欠伸していた。

「……練習大変だったのか？」

眠そうだから、と言うと、「いや。むしろ動きたりねえ」と返ってくる。

「昨日、考えごとしてて寝れなかったからな」

「考えごと？」

「おう。久史のペースに、これ以上巻き込まれないためにどうしたらいいかってな。テニスの練習くらいじゃ最近、くたびれないしな」

ドアの窓に額を寄せて、大和がため息をついた。いろいろ大変なんだなあ、と歩は思う。

「性欲ないってのはいいよな。羨ましいぜ」

しみじみと呟かれ、歩は「そうかな」と答えた。恋愛に興味がないわけじゃないけど……とも思ったが、言わなかった。大和の手の体温が移って、歩の手も温かくなっている。

「そういえばさー……、お前、俺のテニスの記事読んだの？」

ふと訊かれ、歩はドキリとした。

「……昨日言ってたろ。俺がテニスやってるのは、自分に勝つためだろって。あれ、三月の試合の後に、インタビューで訊かれたことだったから」

窓の外を見たまま、どこか不機嫌そうな顔で大和が言う。訳知り顔で諭《さと》したことを、不愉快に思われただろうか。歩は少し慌てたが、「うん、そう」と正直に肯定した。

「あの試合、コートまで見に行ったよ。……結構注目されてたし、春休みだったし」

思わず言い訳するようにつけ足すと、

「ふうん……最悪な試合だったろ」

ぽつん、と大和が呟き、歩は眼を見開いた。

「なんで？　勝ったろ？　すごかったよ」

「ラフプレーで勝ったんだ。相手を怪我させた……あんなの勝ちじゃねえよ」

舌打ち混じりに言う声に、歩はドキッとした。同時に、大和が意外にも気にしていたことに驚いた。あのときは周りからどれだけ野次を飛ばされても、まるで聞こえていないように見えたのに。

「……わざとじゃないのは見てて分かったよ。俺は感動した。――なんていうか、自分のために闘ってるんだなって、分かったし……最後まで諦めてなくて、尊敬したよ」

あのときも思ったことを伝えると、大和は弾かれたように歩を見た。

「……あんなプレイで？」

神妙な顔で訊かれる。大きな体なのに、大和は自信がなさげに肩を縮めている。お世辞《せじ》だと思われたくなくて、歩は言葉を足した。

「俺、あのとき、えっと、家でいろいろ揉《も》めてて」

暗い話をしたいわけではない。なるべく明るくなるよう歩は笑って話す。

「それでちょっと落ち込んでたときに、試合見に行った。だから、勇気もらったよ。大和くんは自分と闘ってる。そういうの、すごいと思ったから……」

上手く言えない。もぞもぞと言うと、「そんな格好いいもんじゃない」と呟かれた。

「セックスしたくなくて、イライラしてるんだ。いつも。……自分にも、久史にも腹が立って……でも一番は、やっぱり本能に負けてることが悔しい。ラフプレーは、相手を見てなかったから起きたことだ」

良くない試合だった、と続ける大和に、歩は見かけよりも謙虚な人なのだなあと思った。

（……いや、本当は昔から、それは知ってたっけ）

「……真面目なんだね。大和くん」

なんだか嬉しかった。微笑みながら小さく言うと、大和が歩を見下ろす。どうしてか、大和は歩の笑顔を見ると、ムッとしたように顔を背けてしまった。

駅を下りると、ファッションビルが立ち並ぶ都心部だった。大和は一番手近な、若者向けのビルに入った。一階の片隅に、ハンカチ類を売るコーナーがあった。

「好きなの選べよ。悪いな、どこで買うか分かんねーからこんなので」

「え、全然いいよ。全部ブランドものだし……むしろ本当にいいの？」

いいと言われ、歩は悩んだ。

「こういうほうが使えるんじゃね」

アイロンかけなくていいし、と言って、大和がひょいと取ったのは、チェックのタオルハンカチだった。右下に、有名ブランドのマークが入っている。大和が選んでくれたとあれば、それが一番輝いて見えた。

「それにする」

即答すると、大和は眉根を寄せた。いいのか、と訊かれ、それがいい、と言うと、「ふうん……」と呟いて、大和は色違いのハンカチを他にも二枚とり、さっさと会計してしまった。三枚入った包みを「ほい」と渡されて、歩は少しうろたえた。

「一枚でいいのに……」

「それじゃ見合わねーだろ」

軽く返されて、歩は眼を瞠《みは》る。すると大和は言いにくそうに、頭を掻《か》いてつけ足した。

「俺がダメにしたやつには、思い出があるんだろ。枚数や金額じゃねーけどよ」

わりーな、とまた言われて、歩は首を振った。思い出なんて、今こうして大和と買い物に来られて、買ってもらえて、このハンカチにも十分つく。優しくされると、なぜか胸がドキドキとしてくる。

（どうしたんだろう、俺）

心臓が壊れたようだ。頰が赤らみ、なんだかとてもウキウキした気持ちだった。ハンカチを三枚買ってもらえたからではなくて、大和が歩の気持ちを考えてくれた。そのことに、舞い上がっている。買い物は終わったので、もう寮に帰るのだろう。少し淋しく感じていると、「ちょっと付き合え」と言って、大和が歩の手を再びひいた。

今度は服のショップに連れて行かれ、店舗に入ると、女性店員が大和を見て嬉しそうに近づいてきた。店はユニセックスのブランドで、ベーシックなアイテムが多い。

「なにかお探しですか？」

女性店員は、眼にハートが浮かんでいそうな表情だ。やっぱりどこにいても、大和はモテるのだなあと感心していると、大和は「ああいや。こっちで探すんでいいっす」と無愛想に断ってしまう。言い慣れていない感じの敬語で可愛い。それからハンカチを選んでくれたときと同じように、迷いなくシャツやパンツを手にとっていく。

「お前、細いよな。パンツのサイズこれくらい？」

訊かれて、歩は首を傾げた。

「……さあ。俺、自分で服買ったことなくて……」

「マジかよ。枯れてんな。まあ俺もあんまり興味ないけど……」

「えっ、それでそんなにカッコイイの？」

「男の服なんて大体一緒だろ。勘でいいんだよ」

そうかなあ、と歩は思った。やはり着ている人の素材で差がつく気がしたが、それは言わないでいる。すると大和が選んだ数着を歩にあて、「こっちかな」と呟いた。

「ほら、これちょっとそこで着てこい」

「えっ、俺が着るの？」

ぐいぐいと手を引かれ、連れて行かれた先は試着室だった。服を渡され、困惑する。

「そうだよ。外で待ってるから声かけろよ。出てきても気付くかわかんねーから」

　大和に試着室へ押し込まれた歩は、渡された服を見た。白と紺のパンツが一本ずつと、ボーダーやストライプのトップス、ネイビーに赤や白のラインが入ったポロシャツなど、全体的に色味やデザインの爽やかなものが多い。とりあえず手に取ったものから着てみる。カーテンの隙間から覗くと、すぐ横の壁に大和がもたれかかっていた。

（……なんで俺に服を着せるんだろう）

　今さらのように思いながら、「大和くん」と声をかける。着てみても、洒落ているのかどうなのか分からずに不安で、カーテンから首だけ出した形だった。

　振り向いた大和が、なにやってんだ、見せろよ、と言うので、歩はおずおずと外に出た。ネイビーのトップスに、白のパンツを着ていた。ふうーん、と大和が見て、ボーダーのパーカーを着せてくる。

「いいんじゃね、お前、顔が甘いからそういうの似合うよ」

　大した容姿じゃないと分かっているので、顔について言われると恥ずかしい。思わず眼を伏せると、頬が赤らむのが分かった。大和は次々に着せて、ようやく終わると、いくつか選別し、残した数着を歩に渡した。

「買えば？　外に着てく服もいるだろ？」

　言われてようやく、歩は大和の意図が分かった。待ち合わせした最初に、制服しかないと言ったので、気をきかせてくれたのだろう。

せっかくだから買おうかとも思ったが、値札を計算すると、一着一着は見た目よりリーズナブルだったが、数があるぶんわりとかかる。毎月もらう小遣いから出せないわけではないが、実家へは負い目があるので、歩はあまりまとめて金を使う気になれなかった。

「……どうしよう。上下で一着ずつだけ、買おうかな」

ぽつりと言うと、黙って見ていた大和が、カゴを持ってレジに行ってしまった。会計して、大きな紙袋をぽいと渡してくる。歩はさすがに面くらった。

「や、大和くん。え、ど、どうして？」

先に立って店を出て行く大和を追いかけ、慌てて歩は訊く。それだけでは気付かれないかと、大和の服の袖をツン、とつまんで引っ張る。高校生が、同級生の、それも特に仲が良いわけでもない相手に何万もかけて服を買う理由が分からない。

「いいんだよ、こないだ雑誌の取材、まとめて受けたから、金もらったんだ」

「え？　でもそれは、俺の服を買う理由にはならなくない？」

大和はエレベーターに乗り込み、屋上へとあがった。ついていくと、屋上は広々として人工芝が敷かれ、テニスコートもある。ベンチや軽食を売る店などもあったが、穴場なのかさほど人はいなかった。

「あのラフプレーの、ひどい試合の取材だったんだよ」

ベンチにどさっと腰を下ろした大和が、怒ったような顔で言う。大きな紙袋を抱えたまま隣に歩が座ると、だからさっさと使いたかったんだ、と続けた。

「……でも、なんで俺の服」

「あの試合、褒めてくれたのお前だけだから……だからいいんだよ」

ぷい、とそっぽを向いて呟く。歩はしばらくの間言葉を探して黙り込んだ。

（――もしかして、嬉しかったのかな？　褒められて）

それと同じくらい、長い間落ち込んでいたのかもしれない。

受け取るにはあまりに高額だが、あの試合への後ろめたさを、大和が少しでも緩和できるのなら……とも思う。せめてなにかお礼できないか、歩は少し考えて立ち上がった。ちょっと待ってて、と言い置いて、売店へ駆ける。離れるともう歩を見失ったらしく、大和が驚いたように顔をあげていた。

「はいこれ。どっちがいい？」

あまり待たせては悪いので、歩は全速力で戻ってきた。売店で、バニラとチョコレートのソフトクリームを一つずつ、買ってきたのだ。はあはあ息を乱しながらお礼、と言うと、大和は歩の顔とソフトクリームを、三往復くらい見比べた。

「……じゃあこれ、もらうわ」

選ばれたのはバニラだった。隣に座り直し、歩もチョコのソフトクリームを両手で持って食べることにした。こんなものではお礼にならないから、ゆっくり返していこうと思う。もっともオオムラサキの家系は金持ちなので、大和にとってははした金かもしれない。七安のような貧乏貴族とは羽振《はぶ》りが違うだろう。

「……ありがとう。買ってもらった服着たら、ちょっとは目立つかな？」

言うと、ようやく大和は小さく笑った。

「どうかな。目立たないいんじゃねえ？　お前の場合、服とかの問題じゃなさそうだし」

ひどい、と歩は言ったが笑っていた。なんだか楽しく、心が弾んだ。

「……でもべつに、目立つ必要なんかねーと思うけどな。そのまんまのお前でいいだろ」

ぽつりと大和が言う。そうかな、と言いながらも、そのままでいいと言われると、それはなぜか染みいるように嬉しかった。

「だってお前、人の良いとこ探すの得意だろ」

さらっと言われ、歩は思ってもみない言葉に驚いた。けれど大した意味はないのか、大和は、「俺なんか隠れたいときばっかりだぜ」と、もう別の話題に移っている。

「大和くんは、なにしてても目立つもんな」

「おうよ。でもまあ、十三くらいまでは良かったんだよ。まだ性欲とか分からなくてさ……それが久史が、先に目覚めちまって」

思い出したように、大和が淡々と語りはじめる。突然打ち明けられてちょっとびっくりしたものの、とりあえず歩は静かに聞くことにした。一つ上だから、志波のほうが先に目覚めたというのはまあ、分かる話だ。

「志波さんとは従兄弟で……テニスも一緒だったのか？」

大和の部屋で勝手に見た写真を思い出して訊くと、「そう。同じクラブだった。黄辺もな」と大和が肩を竦める。

「小さい大会の、チーム戦で優勝したり……結構楽しかったんだよ。でもある日、久史が抱いた黄辺を俺んとこに寄越しやがった。俺はムラムラして、気がついたら寝取ってた」

当時のことを思い返して落ち込んだのか、大和は大きく息を吐いて頬杖をつく。やっぱり初体験の相手はあの黄辺なのか。そう思うと胸に小さく痛みが走る。

「……じゃあ、大和くんは黄辺さんが好きだったのか？」

「なんでそうなる。あんな最悪の淫乱ヤロー、誰が好きになるか」

しかし、勇気を出して訊いた言葉はしかめ面で否定された。

「でも一応抱いたからな。責任感じて……付き合おうって言った。そしたら翌日、黄辺のヤツ、久史とセックスしてたんだ。最悪だろ？」

最初に付き合おうと言ったあたりに、大和の真面目さを感じる。志波にはセックスフレンドが何十人もいる。みんな誰かから寝取った相手で、寝取ったら、必ず大和のところへ送り込む。大和は今のところ八割方誘惑に負けていると、とんでもない話を、けれど猥談《わいだん》というよりは、愚痴のようにこぼして教えてくれた。

「モテるって大変なんだなあ……」

ついため息をつくと、大和が拗《す》ねたように「モテてねーだろ」と唇を突き出した。

「セックスしたいだけだ。性具だよ、性具。俺自身が好きなんてやつ、一人もいねえ」

まあ俺も好きとか分かんねーけど、と呟きながら、大和は息をつく。こんなに恵まれていて、魅力的で、誰からも興味を注がれるような大和でも、そんなことを考えるのかと歩は驚いて、ソフトクリームを食べるのも忘れてしまった。

(……自分を好きな人が誰もいない気持ち……大和くんみたいな人でも、感じたことあるのかな?)

ふっと、まだ幼いころ、母に置いていかれたばかりの七歳の自分の姿が歩の脳裏によぎった。広さだけはある実家の木造家屋で、歩はすることがないといつも玄関の軒先《のきさき》に立っていた。もしかしたら、母が帰ってくるかもしれない——と。

どれだけ待っても、母は帰ってこなかったけれど。

「とりあえず俺は、本能に負けたくねえの」

と言いながら、大和はソフトクリームをあっという間に完食した。そっか、と頷くと、大和が顔をあげて、なぜか驚いたような顔をした。どうしたのだろう。見返すと、大和は
「いや……」と複雑そうに眉根を寄せた。

「……なんで俺、お前にぺらぺら、こんな話したんだろうな？」

訊かれても分からない。歩が「なにそれ」と笑うと、大和もしばらくして笑った。それはほとんど見たことがないあどけない笑顔で、年齢より大人びた大和の顔がそうすると一瞬で少年のようになった。

「――お前、目立たないけど……目立たないからかな。話しやすいわ」

聞いてくれてる感じがする、と言われ、歩は少し嬉しくなる。役に立てたなら良かったと思う。そんな気持ちだけこめてニッコリすると、大和も眼を細めてくれた。

「あ、お前。全然食ってねーじゃん。垂れてんぞ」

不意に腕をとられ、見るとチョコのクリームが溶けて、手首にまで垂れていた。ティッシュを探すより先に、大和の大きな体が近づいてくる。そうして大きくて熱い舌が、歩の手首から手のひらの窪《くぼ》みまで、垂れたクリームを舐めとっていった。

間近に見ると、大和の睫毛は思っていたよりずっと長かった。日に焼けた頬に、その影がうっすらと落ちている。

「……お前って、腕まで、ほっそいのな……」

触ってから気付いたというように言う。大和は手を放し、なぜか気まずそうに顔を背けた。歩は顔に、火がついたように熱く感じた。心臓が痛いほど鳴っていて、どうしてか眼まで潤んでくる。早く食べろよと言われ、おとなしく残りを食べたが、そこからは頭の中がふわふわして、なにをしていても夢見心地のようになった。

寮に帰る間も、なにを話したか、歩はあまり覚えていなかった。

そうしてやがて夜になり、歩は日記帳を前にしたが、今日はなにも創作するところがなくてただありのまま、「彼」との半日を書き綴《つづ》ることにした。

嬉しくて、幸せな一日。

書いているうちに全部、いつもの自分の妄想なのではないかと思えたほどだ。長々と、二ページにもわたって書き終えると、歩はそのページを何度も何度も読み返してしまった。もらった服もハンカチも、大事にクローゼットにしまったのに、何度も立ち上がって、本当に入っているか確かめたりした。

(今日死んでもいいや……)

眠るときまで日記をベッドに持ち込み、読み返すと、歩はそう感じた。

今日死ねたら、きっともう考えないですむ。

この世界には誰も、自分を好きな人はいないし、誰とも生きてはいけないということ。

眼をつむりまどろみながら――今日死ねたなら、忘れたまま幸福に逝《い》けるなあと、歩は思ってしまった。

五

週末が空けて月曜、歩《あゆむ》は朝から学校の購買で本を一冊買った。その日は風があったので、昼食は屋上ではなく食堂でとることになり、食べ終えた歩がその本を取り出すと、イチゴ牛乳を飲んでいたスオウが嫌な顔をした。

「『資格～将来就《つ》きたい職業を考える～』……？　なんの本、これ」

紙袋から鯛焼《たいや》きを取り出したまま、チグサも歩の本を覗き込む。買ってきた本は、高校生向けに書かれた職業適性に関する本だ。いわゆる進路相談本である。

「俺、目立つことを頑張るよりも、大学出たあと、存在感なくてもできて、人の役に立てる仕事に就くこと考えたほうがよさそうだなって思って」

今はその準備期間。部活も、それに合わせてもう一度考えてみる、とニコニコ笑って言った歩に、スオウは眉根を寄せていた。チグサも鯛焼きを頬張りながら、可愛いほっぺたをぷくっと膨らませている。不機嫌そうな二人に、歩は不安になった。

「……あれ。二人は反対？」

「べつに反対しねえけどォ、歩、今、楽しそうだし。でもそれ、村崎《むらさき》と土曜に出かけた影響だろ。そこにムカついてる。あいつなんか、歩の魅力なんも分かってねーのに！」

「村崎なんかに歩をとられたくなーい」

心配しすぎの二人に、歩は思わず苦笑した。土曜日も、双子は歩が大和《やまと》と帰ってくるのを、寮の部屋の前に座り込んで待っていた。しかも戻ると持ち物からなにからチェックされ、匂いも嗅《か》がれた。なにもされていないので当然匂いなどついていなかったが、買ってもらった服のことはばれ、

「彼氏気取りか！　自分色に染めようって魂胆《こんたん》か！」

と散々、大和に絡んでいた。落ち着かせるために、歩はその日双子を自室に招き、遅くまでべったりくっついて過ごしたのだ。呆れかえった大和には、あとあと、「あいつらはお前依存症なのか？」と訊かれたほどだった。

「……大和くんは良い人だと思うよ。根が真面目っていうか……」

言いながら、ふとテーブルの上に置いたハンカチが眼に映り、歩は笑みをこぼす。それは土曜日に買ってもらったチェックのハンカチだ。一昨日の思い出は、これまでの人生でたぶん一番幸福だった一日として、歩の中でもう何度も再生されている。ハンカチを見るといまだにヘラヘラ笑ってしまうのも、止められない。そんな歩を、スオウとチグサは白けた眼で見ていた。

そのとき、食堂の中に甘ったるい香りが匂いたち、双子は顔をしかめた。歩もそわそわして顔をあげると、案の定、ジャージ姿の大和が入ってくるところだ。昼も少し練習をしていたらしい。かいた汗がそのままフェロモンとなって、空気中に振りまかれている。まくったジャージの袖の下から見える、日に焼けた逞しい腕。首もとから覗く、鍛えられた胸筋に無意識にため息をつきながら、今日も素通りされるものと思って見つめていた歩は、不意に大和が足を止めたのでドキッとした。

しかも大和はスオウの隣の、空いた席に食事のトレイを置く。それに、スオウが眼をつりあげた。

「てめー、なんのつもりだ」

「空《あ》いてんだろ？」

勝手に椅子をひいて座ると、大和はスオウからチグサに視線を移し、それからバッと歩のほうを見た。

「やっぱりいた。双子と一緒だと思ったんだよ」

精悍なその顔に得意そうな笑みが広がり、歩は思わず息を止めた。チグサがムッとし、

「歩サーチに僕らを使ったってわけね」と舌打ちしたが、探してくれたと思うと嬉しくて、歩の胸は弾んだ。平静平静、と自分に言い聞かせたが、やっぱり微笑んでしまう。

「しょうがねえだろ、こいつ目立たないんだから。逆にお前らはすぐ分かるからな」

言いながら、大和は山盛りによそったご飯とおかずを、育ちのよさそうな手つきで、けれどものすごいスピードで食べていく。スオウとチグサ、大和の三人がやかましく言い合っているなか、歩は一人ドキドキしていた。

（……日記が、現実になったみたいだ）

そのとき後ろから、「あ、いたいた。大和」と、どこか甘えるような声がした。声をかけてきたのは黄辺《きべ》で、少し緊張した。スオウとチグサも嫌そうな顔をしている。黄辺はにっこりと微笑み、

「なに？　ずいぶんかわいいお友だちと食べてるね」

大和の肩に横から手を伸ばして置いた。なぜか歩は胸がざわめくのを感じた。彼が動くと、覚えのある甘い匂いが漂う。志波《しば》の香りだ――。

（……もしかして、志波さんが大和くんに相手を仕向けるって、こういうこと）

不安になって顔をあげると、大和は表情を硬くしていた。その眼はだんだんぎらついていき、大きな手はぶるぶると震え、大和の体からも、突然甘いフェロモン香が立ち上った。

「ちょっと、やめろよ。食う場所で」

スオウがイライラと言い、チグサがポケットからマスクを取り出して着ける。歩はただひたすら、ハラハラして大和を見守っていた。黄辺は面白そうに大和の肩から背中へ指を滑らせ、腰を屈めて耳に唇を近づけた。

「食事終わったら、次は俺を食べない？」

眼を細め、艶めかしく囁く。久史の匂い好きでしょ、とからかうように黄辺が言い、大和の眼からすーっと理性が遠のいていくのを、歩は感じた。大和は黄辺の誘いに乗ろうとしている。歩が諦めかけたそのとき、大和はカッと眼を見開き、テーブルに置いていた歩の手を、向かいから伸ばした手でぎゅっと握りしめてきた。

（……え）

一瞬、なにが起きたか分からなかった。スオウとチグサも固まっている。眼を見開いて大和を見つめると、大和も歩をじっと見つめていた。青紫の眼の中に燃えていた、怒りのような炎が、ゆっくりとだが落ち着いていく。大和はなにか渾身の力を振り絞るようにして、空いた手で黄辺の体を押しのけた。黄辺が、心底びっくりしたように眼を丸くする。

「……他当たれよ。オオムラサキなら、他の寮にもいるだろ？」

その額には脂汗がにじんでいたが、大和は勝ち誇ったようにニヤリと笑って言い放った。

黄辺は「へーえ」と感心したように肩を竦めた。

「今日は耐えられたんだ？　じゃあまた今度ね」

それだけ言うと、意外にもあっさりと立ち去っていく。

「……勝った」

小さな声で言うと、大和はへなへなと机に突っ伏した。握られたままの歩の手の上に、その短い髪がさらりと触れる。

「……おい、てめー、なに歩に触ってんだ？」

ドスのきいた声でスオウが言ったが、大和は無視して、全身疲労したように深々とため息をついた。

「大和くん、大丈夫か……？」

心配になって歩が訊くのと、チグサがフォークを構えるのは同時だった。

「村崎大和……その手を歩から退《ど》けてくれない？」

大和は舌打ちし、とうとう起き上がって歩の手を解放したが、歩はまだ緊張していた。

「過保護なやつらだな。七安《ななやす》に、ちょっと助けを借りただけじゃねえか」

歩はその言葉に驚き、思わず訊いてしまう。

「俺？　なんか助けになれたのか？」

「……いや、なんかお前といると清い気持ちになるっていうか……。見たり触れたりしてると、正気を保てそうだったから」

言いながら照れたのか、大和がほんのわずかに頬を赤らめて、鼻の頭を掻いている。とたんに、スオウが叫び声をあげた。

「なにが清い気持ちだ、てめーっ、千人斬りがどの口で……立ち去れ！　悪霊退散！」

イチゴ牛乳のパックや机の上の紙ナプキンなどを、スオウが大和に投げはじめる。

いて、いてえよ、やめろ、と大和は腕で顔を庇《かば》いながら言い、歩もどうしていいか分からずに苦笑していた。けれど反面、ホッとしていた。大和が黄辺を抱かなかったことを、どうしてかとても嬉しいと思ってしまったのだ。


「お前の友だちは、相当お前が好きだよな。親でもあるまいし過保護すぎるだろ」

昼休みが終わり、食堂を出ると歩は大和と二人きりになった。スオウとチグサは移動教室で方角が違う。渡り廊下から中庭へ出て一年の校舎に向かうと、晴れた日の温かい風が頬に当たって心地よかった。

「大和くんはスオウやチグサには全然反撃しないよな」

体が小さかろうが、ゴケグモはハイクラス中のハイクラスだ。腕力はさほどないが、一度でも噛みつかれれば最上位種でさえ勝てないので、ケンカで二人に遠慮をするハイクラスはいない。けれど大和は二人になにを言われても、志波や他のハイクラスに対するような怒鳴り声をあげたりはしない。基本的には、ほぼ受け止めているように見える。それを言うと、「いや」と大和は、決まり悪そうな顔になった。

「あいつら、毒は強いけど体は小さいだろ」

俺そういうの、よく分かんねーんだわ、と、大和が呟く。

「お前もだけど。……あんまり小さいと、加減が分からないだろ。だから、どこまでやったら傷つくか分からないし。分かんねーなら、傷つけないようにするしかない」

なんとなく振った話だったが、歩は思わず大和の横顔を見つめていた。よく分からないが、傷つけてもいい。大抵のハイクラスはそう考えているはずだが、大和は逆らしい。

分からないから優しくする。そう考えているのだ。

――お前が使えよ。お前のほうが小さいんだから。

歩の耳の奥に、ふと、二年も前の初夏の日のことが蘇ってきた。

「その本、なんか資格でも取るのか？　大事に抱え込んで」

そのときふと訊かれ、歩は我に返った。大和が言っているのは進路相談本のことだ。歩はスオウたちに伝えたのと同じことを話した。

「へー、すげえな。高一でもう先のこと考えてんのか」

素直に褒められて、歩は「大和くんのおかげだよ」と返した。きょとんとする大和が可愛く見え、どうしてか歩の心はいつになく弾んだ。

「……そのままでいい、って言ってくれたろ。だから今の俺でもできること、探そうって思えたんだ」

ありがとう、とつけ足すと、大和が気恥ずかしそうに眼を逸らす。そんな大した意味ねえよ、と、照れ隠しのように怒った声が返ってくる。

「進路考えようって決めたのはお前だろ。なにを言われるかより、どう考えるかだ。そういうの、受け取る側の心のほうが大事だと思うぜ」

どこか確信を持ったような言い方だ。ポジティブで、自立した考えだな、と歩は思い、すると大和の横顔にも、なぜか大人びた色が乗って見えた。

「……大和くんのそういう、シンプルな考え方って、テニスしてるからなのかな」

ふと、そう感じて言った。

大和の中にはとてもストイックな場所がある気がする。

コートの先をじっと見つめて集中しているときや、一人で黙々とストロークを繰り返しているとき。たぶん大和はそこにいる。

その場所はシンとして静かで、誰もいない。きっと大和しか。そして大和はたった一人で、自分に向き合っている――。だから大和の口からは「勝ちたいのは自分」だという言葉が出てきて、その心には「分からないから、傷つけない」というルールができあがる。

「……孤独に強いよね」

歩はなにげなく、呟いていた。

――孤独に強い。

口にすると、それがどうしてか、胸に染みるほど羨ましく感じられた。

「そうかな……分かんねえけど。テニスは一人でしてるけどな」

大和はぼんやりと言いながら、でもそういうの、限界かもなあ、と独りごちた。歩はそれに、顔をあげた。

「自分のために闘って、自分のために勝つ。それでいいんだろうけど、最後の最後、ここってときに、思うことがあるんだよ。俺が勝っても誰か嬉しいのかなーとか」

矛盾《むじゅん》してるだろ、と大和はため息をついた。

「でもたまにな。たまーに、思う。自分のためだけに闘うより、誰かのために闘ってたほうが、強くなれるんじゃねえか。……俺がどっか弱いのは、そういうとこかなって」

負けるのは嫌いだから、頑張るけどよ、と大和は淡々と言った。

（……そんなことさらっと話せる人が、弱い人かなあ）

歩には、とても強い人間に思えた。けれど大和の言う弱さは、もしかすると先日の試合の、ラフプレーのようなことを指すのかもしれない。

「大和くん、プロになるんだろ？」

訊くと、大和はうーん、と唸《うな》った。それから一言、考え中、と返ってくる。

「なんかまた、変な話しちまった。お前相手だと、なんでかいろいろ、話しちまう……」

お前が否定しないからかな。頭の後ろで手を組み、ぼやいていた大和が、眉根を寄せて立ち止まる。歩も廊下の先に見えた影にドキリとした。無意識か、大和は大きな体を歩の前に出して隠してくれる。

「やー、大和。今日は黄辺の誘惑に勝ったって？　久しぶりに僕の負けだね」

ニコニコと声をかけてきたのは志波だった。大和はあからさまに志波を睨みつけている。

「久史、黄辺にも言ったけどな。オオムラサキなら他にもいる。寝取ったり寝取られたりしたいなら、他を当たれ。俺はウンザリなんだよ」

「ウンザリしてる大和が、嫌々僕から寝取るっていうのがいいんでしょ。……それより聞いたよ。黄辺をはね除けたとき、かわいい双子といたんだって？」

志波が眼を細め、試すように大和を見る。大和はすぐに「あいつらは関係ねえよ」と言い、志波も「だろうね」とニッコリした。

「黄辺は気付かなかったみたいだけど、その場にいたんでしょ？　あゆちゃん」

歩の心臓がドクンとはねる。気がつくと、体を小さくしていた。隠れたい、という気持ちが久しぶりに全身を駆け巡る。そのおかげか、大和の後ろに潜《ひそ》んでいる歩には、志波は気付かなかった。大和は眉をひそめ、舌打ちした。

「おい、気安く名前呼ぶんじゃねえよ。あいつが汚《けが》れるだろうが」

その言葉に歩は眼を丸くしたが、志波も「汚れるって」と苦笑している。

「あゆちゃんてなによ。天使なの？」

「呼ぶなっつったろ。お前の舌で毒される」

ついさっき過保護と称した双子のようなことを言い、大和が志波を睨みつけた。

「……ゲスいこと考えてるんだろうけどな。あいつに手を出したら、さすがに殺すぞ」

低い声には本気が混じっていて、歩は息を詰めたが、志波は面白がっていた。「愛着でも湧いたわけ？」と眼を細める志波に、大和が七安は、と続けた。

「俺たちとは違う。あいつとは、セックスしたくない」

きっぱりという大和の声は真剣だった。

――セックスしたくない。

そのとき心の奥に、なにか言葉にならない重たい感情が押し寄せてきた。

聞いた志波の顔からは、すうっと笑みが消えていく。まるでつまらないものを見るように大和を眺め、志波は「ふうん」と肩を竦めた。

「俺たちと違う、ね……。どう違うか知らないけど、いい加減本能に抗うの、やめたら？」

僕らオオムラサキはさ、と、志波が呟く。

「愛してるって言った一秒後に、他の相手を抱いてる。そういう種だろ」

言われた大和が、ぐっと言葉に詰まっているのが分かり、歩は息を止めた。

「普通に恋愛しようなんて思ってないよね？　本能と愛の区別もつかないくせに」

――本能と愛の区別もつかない……。

志波は冷たく言いのけると、興味をなくしたように立ち去っていった。奇妙な不安に駆られて、歩の胸が高鳴る。

「七安、お前、なにがあっても、久史には近づくなよ」

志波の背中を睨みつけたまま、不意に大和が呟いた。けれど歩は、咄嗟《とっさ》に声を出せなかった。セックスしたくない。大和の言葉が頭の奥に反響し、心臓がズキズキと痛んでいる。

混乱して、顔が熱くなる。どうして、と思う。

どうして俺とは、したくないの……。

口から飛び出しそうになる言葉を、歩は必死に抑え込んだ。


その日の夜、歩は寮の自室で日記帳を広げたまま、なにを書けばいいのか分からず固まっていた。食事も風呂も済ませ、もうジャージ姿だ。かろうじてコンタクトはつけている。

この三日ほどは大和と話すようになり、日記にはねつ造じゃなく事実をそのまま書いていた。そして今日も、大和と話はできた。できたけれど……。

（セックスしたくない、かあ……）

そのフレーズを思い出すと気持ちが沈む。ため息をついたとき、ドアをノックする音がした。顔をあげて、歩は立ち上がった。壁の時計は夜の八時半すぎ。同室になってまだ四日めだが、部活とはいえプロコースで練習をしている大和は九時くらいまで戻らない。

（スオウとチグサかな……）

不思議に思いながらドアを開け、それから歩は一瞬で青ざめた。細く開けたドアの向こう、壁に手をついて覆い被さるようにして立っていたのは、志波だったのだ。

「し、志波さん……」

思わず、出した声がかすれた。昼間、大和に言われた言葉が脳裏に返ってくる。

――なにがあっても、久史には近づくなよ。

扉を閉めるべきか迷ったほんの数秒の間に、志波は想像もつかない強い力で、ぐっと扉に手をかけ、中に押し入ってきた。

「やあ、どーも。眼の前にいるのに、一瞬、気付かなかった。あゆちゃんって、いると分かってても、存在感ないねー」

ニコニコと笑う志波に、歩は一歩後ずさりながら「あの、大和くんはいませんけど……」と呟いた。なにかされたわけでもないのに、心臓がドキドキしはじめ、緊張で体が硬くなってくる。頭の奥で、本能が警鐘を鳴らしている。隠れろ、景色に紛れてしまえ――。

「……ああ、今日の用事はね、まずきみからだから」

志波は微笑み、それから不意に、歩の手を取った。ヘビのような素早さだ。ハッとしたが間に合わない。ものすごい力で引き寄せられ、歩は顔をあげる。とたん、空いた手で顎を摑まれ上向けられた。

「……ん、う!?」

一瞬、なにが起きたのか分からなかった。歩は志波に口づけられ、強引に歯列を割られて口の中へ舌をねじ込まれていた。

「ん……っ、ん！」

志波の手を両手で掴み、なんとかはずそうとするのに、相手はびくともしない。柔らかなグミのようなものが一粒舌の上に載せられ、潰される。次の瞬間、舌先に痺《しび》れるようなぴりぴりした痛みが走った。

ごくん、とツバを飲み込んだのと同時に、志波の手が外れる。やっと解放された歩は、その場に座り込んだ。喉が焼け付くように痛い。なにかよく分からないものを飲まされたことだけは分かり、ゲホゲホと咳き込む。

「超強力な、フェロモン誘発剤だよー、きみみたいなナナフシは、こうでもしてフェロモン香出してもらわないと……見つけにくいし、欲情もしてくれないしね」

志波が楽しそうに言っている。

（フェロモン誘発剤……？）

それはつまり、媚薬のことだろうか。体の奥に、なにかジン、と熱が灯《とも》るのを感じ、歩は咄嗟に、四つん這いのまま移動した。

「……あれ⁉　どこいったの⁉」

ほんの数秒だったが、気配を消して移動できた。自室だときっとすぐに見つかるだろうと、歩はあえて大和の部屋の一番隅へ入り込んだ。もっと遠くまで逃げなければ。そう思うのに、いつの間にか体に力が入らなくなっている。薬のせいかもしれない。

「まいったなあ、ほんの一瞬で消えるかー、さすがだね、ナナフシ……」

隣の、歩のスペースから志波の声がする。

（どうしよう、媚薬って、飲んだあとどうなるんだ――？）

歩の体は数秒もしないうちに熱くなっていき、鼓動がどくどくと早く打ちはじめた。息が荒くなり、全身にじわっと汗がにじむ。

（なに、これ……？）

歩は困惑した。下腹部の、股間のあたりがずしりと重たくなっていく。これまで生きてきて、一度も感じたことのない切ない感覚が、うずうずと下半身に溜まってきた。内股をすり合わせると、ジャージの下で歩の性器が反応し大きくなる。

（……う、嘘。こんなところ、大きくなったこと、ないのに――）

目眩《めまい》を感じる。十五年生きてきて、初めての勃起だった。どうしていいか分からず、脂汗《あぶらあせ》が額に浮かぶ。

（逃げなきゃ）

まずそう思う。志波はまだ歩を探している。狭い部屋の中ではそのうち見つかる。媚薬を飲まされたのだから、目的など分かりきっている。考えただけで恐怖に体が震えた。

（ダメ、できない。やっちゃいけないんだから……）

震えながら立ち上がろうとしたそのとき、すぐそばに人の立つ気配があった。

「……バカだね。どうして外に逃げなかったの？　いくら気配が消せても、こんな狭い場所なら、探せば分かるよ」

頭上から志波の声がした。腕を摑まれ、あっという間に大和のベッドに突き飛ばされる。

「し、志波さん……っ」

大きな体に組み敷かれ、鼻先に、甘ったるい志波の香りが匂って歩はゾッとした。

「ナナフシのフェロモン香って……こんなものか。引き出しても、微香だねえ」

――きみらはそれでどうやって、誰かとセックスするの？

志波は瑠璃色の瞳を細め、嗤《わら》った。その姿は、獲物を前にした猛禽《もうきん》のように恐ろしい。けれど歩は震える腕で、志波の胸を押しのけようとした。志波の体は見た目より分厚く、びくりともしない。

（いやだ……！）

歩は足をばたつかせ、体をねじる。それでも腹の上に乗られ、膝で太ももを押さえられると、呆気なく抵抗を封じられた。全身から血の気が退《ひ》いていく。

「喜んでよ。きみみたいにつまらない子でも、僕は抱いてあげる。たっぷり中に注《そそ》いで、大和のところへ送ってあげる」

——そうしたら、大和はきみを抱いてくれるよ。

「……っ、は、放してください！」

抗議しても、志波はくすくすと笑うだけだった。

「こういうの初めて？　もしかして、キスも……？」

「いやだ！　やめて！」

うなじを舐められ、金切り声をあげた。眼の端に涙がにじみ、こめかみが痛む。怖い、やめて。そこを踏み越えてこないで。頭の奥で祖母の声がした。

——一度でも誰かと交《まじ》われば、いやらしいお前の本性が、晒《さら》されることになる。

「待って、待ってください！　待って……！」

歩は涙眼で声をあげた。

「お願い、志波さん、俺は、セックスしたくない……」

必死になって言っても、志波は「静かにして」と歩のジャージを脱がし始めた。

「……待って。……待ってってば！　俺は……セックスしちゃいけないんです……！」

自分でも驚くほどの大声が出た。志波が動きを止めて、歩の顔を見返す。歩は志波の胸をドン、と押しのけた。びくともしなかったが、ほんの数センチだけ、志波の顔が遠ざかる。

「お、お願い。お願いだから。したら怒られる。俺、俺じゃなくなる……っ」

声がかすれ、恐怖に涙が零《こぼ》れる。志波は「なんの話？」と眼を丸くしていたが、

「でも、きみを抱かないと大和と遊べないし」

と、肩を竦めた。自分の声などまるで届いていないかのような志波の言葉に、歩は混乱した。

「オオムラサキって性欲の塊みたいな種でね」

空いた片手で自分のズボンを寛《くつろ》げながら、志波はアハハ、とおかしそうに笑う。

「精液が強力な催淫剤だから。飲んだらきみもしたくなるよ」

「やめ……あっ」

瞬間、ぐいっと前髪を摑まれて顎が仰け反った。眼の前に、赤黒く大きな志波の性器が取り出され、歩は青ざめた。甘いフェロモンがムッと香り、そうして次には、口の中に無理矢理それを押し込まれていた。

「ん……っ、ん！」

志波のズボンの金具が頰に当たって冷たい。

「ああ、やっぱり全部は入らないか。お口、見た目より小さいね」

喉の奥をぬるりと刺激され、歩は咽《む》せた。けれど頭をガッチリと固定されて動けない。ばかりか、まだ柔らかかった志波の性器は、中で芯を持ち始め、先端から蜜のような液体をこぼしはじめた。喉の中にその液体が落ちてきて、たまらず嚥下《えんげ》する。

「いいね。あゆちゃんて……よーく見ると、すっごい、かわいいお顔、してるね？」

勝手に腰を揺すりながら、志波が言うのが聞こえた。眼の前が生理的ににじんだ涙でかすむ。離してもらおうと、志波の腕にすがりつく指に、だんだん力が入らなくなる。いけない。このままじゃ抱かれてしまう。

（……お母さん）

心の中に、思ってもみなかった名前が浮かんだ。歩の目尻に涙がにじむ。

「さっきの昼にさ。大和と話したんだけど」

ふと志波が囁く。薄眼を開けた歩に、志波は喉の奥で低く嗤っている。

「僕たちときみは違う、って。大和言ってたよ。嗤っちゃう。……セックスってそんなに汚いもの？」

大和のああいうところが、僕、大ッ嫌いなの、と、志波は呟いた。

不意に、口の中でぐにゃりと志波の性器が曲がる。それはあっさりとはずれ、次の瞬間雷のように駆けてきて、志波を殴り倒す大和の姿が眼に映った。

「てめえ、部に出てないと思ったら……っ」

大和は志波を怒鳴りつけ、足蹴《あしげ》にした。志波がベッドの下に転がり、「あはは、とうとう殴ってくれたね」と笑っている。まるで殴られたことが、おかしいような口調だ。そこにはついさっきまでの、ゾッとするほどの酷薄《こくはく》さはもうなく、志波はズボンをはき直すと

「見つかったからまたね」と、すんなり部屋を出て行った。

「クソ野郎……！」

大和は呻き、持っていたスポーツバッグを扉に投げつける。

「おい、大丈夫かっ？　なんであいつを部屋に入れた……」

ベッドの上で、まだ硬直したままだった歩は、大和に抱き起こされた。

（……たすかった、の……？）

眼の前には大和の顔があり、体が小刻みに震えている。抱かれないですんだ——そう思ったとたん、安堵《あんど》でどっと涙が溢れた。けれど大和は眼を見開き、歩の下半身を見ていた。

歩の性器は、うっすらとだが反応している。体からも、淡く志波の匂いが薫っている。

見られたことに気付き、歩は慌てて足を閉じた。

「これは……すぐ、おさまるから……」

喘ぐように言った声は、けれど大和には無視された。

「……久史の、飲んだのか？」

低い声で訊かれる。歩の口元は志波の精で汚れていた。ハッとして口を押さえたとたん、大和の眼に、剣呑な光が宿った。肌を通して、明らかにあたりの空気が変わるのを感じる。

歩はギクリとして、大和を見つめ返した。

「……大和くん？」

大和の体が震えはじめ、その唇から漏れる息が次第に荒々しくなっていく。

本能的な恐怖に、思わず体が震える。くそったれ、と大和が呻いた。

「俺は抱きたくないって言っただろうが……！」

次の瞬間、歩は肩を押さえつけられ、ベッドの上に組み伏せられていた。

それは他でもない、大和自身によって──。

六

「や、大和《やまと》くん……ど、どうしたんだよ。や、やめて……っ」

歩《あゆむ》は必死にもがいていた。手足をばたつかせて抵抗したが、大和の力は志波《しば》よりもさらに強い。乱暴に下げられて、ジャージのジッパーの金具が飛ぶ。片足を持ち上げ、下着ごとズボンを取り払おうとする大和に、歩は小さく悲鳴をあげた。

「ま、待って……、や、やめて……っ」

細く叫び、ズボンを精一杯摑む。

（どうして……っ⁉）

志波から逃げられたと思った。大和が助けてくれたのに、今度はその大和に襲われている。歩はもう完全に泣いていて、恐怖で息は浅くなっていた。

「お願い、お願い大和くん、やめて、やめてやめて……っ、俺、俺はセックスしたらダメなんだよ……っ」

泣きじゃくっても、大和は聞いていない。

「うるせえ、久史《ひさふみ》の匂いつけるからだろうが！」

その眼は血走り、獣のようにギラギラと凶暴だった。

「俺だってなあ、お前を抱きたいわけじゃねえんだよ！」

怒鳴られ、歩はひくっと喉を震わせた。怖かった。怖いし、その言葉は歩の心も、プライドもずたずたにしていく。望まれてもいないのに、抱かれようとしている。

「い、いやだ！」

足を持たれ、一気にジャージのズボンを引っ張られる。力では勝てず、あっという間に下半身が裸になった。

体を見られる恐怖が、歩の中を駆けていった。足首を掴まれ、「いやだ！」と叫び、大和を蹴ろうとしたが、ぐいっと引き上げられて、歩は呆気なく、ベッドに突っ伏した。

やめて、やめて、見ないで――。

頭の奥が冷たくなり、耳に祖母の声が返ってきた。

――お前が生まれたのは、やっぱり間違いね。……アニソモルファの血が入ったから、お前は男で生まれたのだわ。

できそこない、という声だ。

「あ？」

不意に、そこを見た大和が、吐き捨てるような声を出した。

「……お前これ、どっちに入れりゃいいんだ？」

仰向けに足を開かされた刹那《せつな》、歩は嗚咽《おえつ》を漏らしていた。涙でぐしゃぐしゃの顔を、両手で覆う。

（……見られた）

なにも答えないでいる歩に、大和もそれ以上訊いてこない。時間を惜しむように、イラと性器の下にある痕を撫で、「こっちは浅いか」と呟いて、そのさらに奥にある後孔へずぶりと指を突き立ててきた。

「あ……っ、あ⁉」

突然の違和感に、歩はびくっと震えた。中へ指を潜《もぐ》らせた大和が荒い息をしながら、もう辛抱できないように「入れていいよな？」と呟く。

大和はテニスの練習着でもある、ズボンのゴムを下げ、性急に性器を取り出した。それは既に猛り勃ち、先走りでぬらぬらと濡れていた――。口に無理矢理突っ込まれた志波のものよりも大きく、太い。歩は恐怖に、ぞくりと悪寒を感じた。

「……む、無理……や、やめて。話聞いて、お、お願い……」

志波のせいで勃ちあがっていた歩の性器は、もうすっかり萎《な》えていた。逃げなければ。自分はセックスはしない。一生しない。

「俺、俺はしちゃダメなんだ。ダメなの、大和くん、お願い……っ」

涙声で繰り返した。力では抵抗できない。懇願《こんがん》したけれど、大和は聞いてくれなかった。

「悪い、話は、あとで聞くわ」

搾《しぼ》り出すような声で言い、大和が歩の太ももを、ぐいっと割って中に大きな体を滑り込ませる。歩は思わず、細い足で大和の腰を蹴った。

「やめ、本当に！　やめて……っ、いやだ！」

後孔に大和のものが当たり、大和が舌打ちするのが聞こえた。

「あんまり嫌々言うなよ……っ」

刹那、大和のものが力任せに後孔へ侵入してくる。あまりの痛みに、歩は気が遠のき、背を仰け反らせた。

「あ……っ、い、いた……ぬい、抜いて……っ」

それでも大和は抜いてくれず、ぐっと腰を進めてくる。引きつれるような痛みとともに、うっすらと薫ってきたのは、血の匂いだ。きっと後ろが裂けたに違いない――。

（ど、どうして……？）

涙がぼろぼろと溢れ、頬をこぼれていく。なぜ自分はこんなめに遭《あ》っているのだろう。心密かに、大和に憧れていたから？　セックスしたくないと言われて、落ち込んだせいだろうか。分からない。分かっているのは、大和だってしたくてしているわけではない、ということだ。

（俺は、セックス、しちゃダメ。ダメだって、言われてるのに――）

「……くそ、狭いな」

耳元で、苦しそうな声がした。大和が小さく息を止める気配がし、とたん歩は腰を持ち上げられていた。そうして抱きかかえられるようにして、大和の股に落とされる。

「あっ……あ、あ……っ」

対面座位の姿勢で貫《つらぬ》かれ、歩は背を仰け反らせて喘《あえ》いでいた。痛みが全身を駆け抜け、体が折れるような気がした。中がぎゅうっと締まり、既に張り詰めていた大和のものが、中でどくんと脈動する。たった一回、根元まで入れただけなのに、

「……もう出る」

悪い、と大和が言った。

歩は「やめて」と叫んで、大和にすがりついていた。お願い、やめて――けれど言い切るより前に、大和がぶるっと震え、歩の下腹部には温かなものが広がった。強く抱き締められ、

（あ……あ、だ、出された……）

歩ははっきりと、そう分かった。残っていた涙が頬を伝っていく。

「……ごめん、一回、抜くわ……」

一度精を吐き出して落ち着いたのか、大和の声からは険《けん》が消え、気まずそうな顔をして

いる。ぐったりとした歩の体を支えるようにしてそうっと抱き、大和は体をずらして、歩の中から出ていこうとした。

衝動は、突然、体の内部で起こった。全身がびりびりと甘く痺れる、今までに経験したことのない狂おしいほどの快感が、下腹部から広がってくる。気がつくと、歩は後孔をぐっと締め付けていた。

「七安《ななやす》……?」

「ぬか、ないで……」

困惑したように見下ろしてきた大和の顔を、歩は濡れた眼で見上げた。青紫色の眼と眼がぶつかった瞬間、体の芯が、燻《いぶ》された鉄のように熱くなるのを感じた。同時に、萎えていた性器が脈打って膨らむ。ぎゅうっと後孔を蠢《うごめ》かすと、中に感じられる大和の杭《くい》に体が揺れる。歩の全身から、強い芳香が立ち上ったのはその瞬間だった。

「……っ、なに、なんだ……この、匂い――」

大和が困惑したように言う。歩は自分でも無意識に、唇の端を持ち上げて笑っていた。

「アニソモルファの匂いだよ……知らないよな。外来種だもの……」

ふわふわとした口調で、優しく喋っている自分の声を、頭の隅で不快に思う。気持ち悪い。自分じゃないみたいだ――。

けれどなにかに取り憑かれたように、歩の体は勝手に動いていた。ぎゅうぎゅうと後ろを締め付けながら背を反らし、もっと深く大和のものを貪ろうと、細い腰を揺らめかす。後孔がなぜか勝手に濡れて、初めて挿入されたのに、もう柔らかくなっている。

「なあ……ぬか、ないで。……俺のこと、これで、突いて……」

「……お前、なに、どうした？　変……だぞ」

眼を見開き、大和は固まっている。けれど媚肉《びにく》に擦られて、中の性器は次第に硬度を取り戻している。歩はそれが嬉しくて――体の奥が、うずうずと甘い快楽に震えて、「あん……」と喘ぎながら微笑んでいた。

「なあ、もっと、硬くして……？」

荒い息の合間に、歩は誘うような流し目を送っていた。とたんに、大和の性器が硬さを取り戻し、むくりと太くなる。中で擦れると全身がふわりと浮き上がるほど気持ち良い。

「あ、あん、あ……おっきく、なった……」

したこともないのに、歩は自慰に耽《ふけ》るように腰を振った。脳みそが蕩け、体の芯がぐずぐずに甘く崩れていく。抱かれたい。もっと強く抱かれて、中に大和の精がほしい。その欲求だけで頭がいっぱいになり、思考が消えていく。触られてもいない前の性器も、そしてどうしてか乳首までがぴんと勃ちあがって、腰を振るたびに空気に触れて、びりびりと甘い痺れをもたらす。

「あ、あ……気持ちいい……気持ちいいよ、大和くんの……」

「……っ」

大和が耐えきれなくなったように体を起こし、歩の細い腰を持った。そのまま下から強く突かれて、歩は「あああっ」と叫んでいた。

ベッドの上に押し倒され、眼を開けると、潤んだ視界に映った大和の眼は、欲情してギラギラと光っている。

歩は微笑し、細い足を大和の、太く逞しい腰に絡みつけていた。

「もっとしてくれるの……？」

あけすけな誘い文句。なぜこんなことを、自分は口にしているのだろう。はしたなくて、自分だと思いたくなくて、歩は耳を塞《ふさ》ぎたくなった。大和の眼には困惑の色が浮かんでいる。

「……いいのか？　続けて」

優しい人、と、頭の隅《すみ》で思う。頼んでいるのはこちらなのに、気を遣ってくれている。

薄ら笑いとともに、歩がゆさっと腰を揺らして誘うと、大和は息を呑んだ。後孔をひくつかせ、大和のものをぎゅうっと締め付ける。

大和はそれ以上、我慢できなくなったように、大きく腰を突き入れてくれた。

初めてのセックスは、麻薬のようだった。

最中の歩は自分から腰を振って大和の精をねだり、前の性器や乳首まで、自分の手でこねくり回して乱れた。何度も中出しされ、そのたびに自分も絶頂を極《きわ》めた。それでもすぐにまた体が疼き、抜こうとする大和を引き留め、腰を振って、

「お願い……っ、お願い、もっと、もっと抱いて……」

と、はしたなく懇願していた。大和は、

「くそ……どうしたんだよ、お前……」

と、言いながらも、結局明け方近く、歩が気絶するまでずっと抱き続けてくれた——。

そして今。眼が覚めた歩は真っ青になっていた。

時計は朝の八時。絶望が歩を襲っていた。

（してしまった。セックス……大和くんと……）

起きると、歩は大和のベッドに一人で寝かされていた。隣には誰かいた形跡《けいせき》はあるが、触れるとシーツは冷たかった。大和は大分前に起きて、部屋を出て行ったようだ。歩は見慣れぬ黒いバスローブを着せられており、大和の香りがうっすら漂ってくる。そうっと体を見て確かめると、どこも汚れておらず清潔だった。気を失ったあと、大和がきれいにしてくれたのだろう。

祖母との約束を、破ってしまった。

セックスをしたのだ。それも大和と。

罪悪感と絶望で体が冷たくなった。思考は停止し、体が小刻みに震えていた。どのくらいそうしていたのか、やがて部屋のドアを開けて、誰かが入ってくる気配があった。鼻先にふわりと匂うのは、いつもどおりの大和の香りだ。

「あ、起きたか」

その声にゆっくり顔をあげると、制服姿の大和が、食事のトレイを持って立っていた。

「あー、これな……朝メシ。起こすの悪いかと思って持ってきた」

食えるか？　と言いながら、大和はベッドに座ったままの歩の膝に、そうっとトレイを載せてくれた。パンやベーコンエッグなどの簡単な朝食が、バランス良く並んでいる。

「飲み物は……あったかいほうがいいかと思って。ほい」

途中の自動販売機で買ってくれたらしい、ホットの紅茶の缶を置かれ、歩はどうしていいか分からなくなってしまった。昨日のことを、大和はどう考えているのだろう。訊きたいが勇気が出ない。

「今日、午前中は休むか？　後家《ごけ》たちがお前のこと気にしてたから、頭痛で寝てるって言っちまった。見舞いは夕方にしとけって言っておいたけどな……」

椅子にどさっと腰掛け、大和は自分用に買ったらしいコーヒーの缶を開ける。一口飲むと、言いにくそうに「あー……それで」と続けた。

「体の具合は、どうなんだよ」

そう訊いてくる大和の目尻が、照れを含んでほんのりと赤い。

眼の端に認めたとたん、歩は突然、胸の奥で張り詰めていた緊張が、ぷつんと音をたてて崩れていく気がした。どうして——そう口にしようとして、こぼれたのは涙が先だった。鼻の奥がツンとなり、溢れた涙は、ぼろぼろと頬を落ちる。

「……ど、どうしたっ？　どっか痛いか⁉」

大和はぎょっとしたように立ち上がり、おろおろと歩に寄ってくる。歩は両手でごしごしと瞼を擦りながら、違う、違うのだと首を横に振った。

「ごめ、ごめん。大和くん……ごめん——」

最初に言わなければならないことを、とにかく声にした。なにがなんでも、まずは謝らねばならない。それだけは分かっていた。けれど謝罪を受けた大和は、困惑したように歩の顔を覗き込んでいる。

「……俺が、勝手に盛《さか》って、だ、抱かせてしまった」

「あ、ああ。いや、最初に入れたの俺だし……」

大和は言葉を探しているように視線をうろつかせ、「でもお前、なんか別人みたいだったけど。やる前、セックスしちゃダメとか……言ってなかったか？」と訊いてくる。

歩はぎくりとして固まった。お願い、抱かないで。歩はたしかにそう懇願した。

「わりぃ、あのとき、ぶっ飛んでたからちゃんと聞かずに入れちまって……」

黙り込んだ歩を見て、大和が頭を下げた。歩は横に首を振ったが、体は、寒くもないのになぜか冷えていて、ぶるぶると震えてしまう。じっと歩を見つめ、先を気にしている大和の視線に、「お、お祖母さまと、しないって、約束、してて」ぽつりと言うと、大和は「約束？」と眉根を寄せた。

「……家に迷惑かけるから、自立するまではセックスしないって。俺、家を……追い出されてて」

告白する声がかすれ、大和が眼をしばたたく。

どうしてこんなことを話しているのか、歩には分からなかった。トレイを握っている手も震え、食器がかたかたと鳴っている。歩は深い奈落の底へ落ちていきそうに思えた。どうにかして生き延びていたくて、なにか救いを求めて、大和に話しているのかもしれなかった。

「俺には半分、アニソモルファの血が、流れてて」

トレイを持つ指にぐっと力をこめて、歩はとうとうその一言を言った。

ぎゅっと眼をつむる。大和が「アニソモルファ？」とその名前を繰り返して首を傾げた。

心臓が痛い。話すな、話したってどうにもならない。心のどこかで声がしたけれど、ここまで言ったものをもう誤魔化せないとも思った。

「俺の起源種の、ヤスマツトビナナフシには、男はほとんど、生まれてこない。……普通は女子で生まれてきて、それで、女子はナナフシの下位種の男子と結婚して、子どもを生むんだ。そうすればちゃんと、ヤスマツトビナナフシの女の子が生まれてくる……」

けれど歩は男として生まれてきた。それはごく稀《まれ》にあることだが、歩の場合は少し事情が特別だった。

「俺の母親は……姉たちの父が病死したあと、海外で、外来種のナナフシと恋に落ちたんだ。そうして俺が生まれた」

父はナナフシだったが、アニソモルファという上位種だった。

「……アニソモルファは一度交尾を始めると、ずっと交尾し続ける種で……起源種にした人間は、ナナフシなのに性欲も、フェロモンも……強い」

もちろんそれは、セックスで開花する能力なので、普段は他のナナフシ同様ひっそりと隠れている。普通は結婚相手が決まれば初めて体験し、子どもをもうける。オオムラサキの寝取り気質と同じで、子どもが生まれれば落ち着く能力だ。そういう生戦略《せいせんりやく》なのだ。

「まあたしかに、すごいフェロモンだったな。あれに勝てる男はいねえよ……」

思い出したように言う大和に、歩は頰を赤らめ、震える声で訊いた。

「……嫌だったろ？　無理矢理、レイプされて……」

「……レイプ？」

大和は数秒固まり、持っていたコーヒーの缶を、一瞬取り落としそうになった。人間離れした反射神経で「うあっ」と叫びながらそれをキャッチしなおし、それから、

「レイプって？　俺がお前にレイプされたって言ってる？」

と、訊く。真面目な顔で頷いた。とたん、大和は「はは」と乾いた笑い声をあげた。

「いや、逆だろ？　俺がしたんだろ、最初。お前、やめてくれって言ってたのに無視した。腹が立って、入れちまったし出しちまった。レイプしたのは俺じゃね？」

「けど……大和くんのは志波さんのせいだし。抜いてくれようとしたのに、俺が何度も、抱いてってしつこくせがんだわけで……」

思い出すと消えてしまいたくなり、歩はうつむいた。涙がこみあげてくると、もう耐えられなくて泣いてしまう。それに驚いたように、大和が眼を丸くし、コーヒーの缶を机に置いて歩の隣へ移動してきた。

「……家追い出された理由は？　……アニソモルファだからってだけか？」

横に座った大和が、すうっと手を伸ばして、歩の頭を撫でてくれた。テニスだこのできた、ごつごつした大きな手は温かく、子どもをあやすような優しい仕草だった。

「……訊いていいかわかんねーけど。お前の体、傷あったろ。あれも家出された理由？」

体についた傷。

歩はぎくりとした。拍動が早まり、情けなさと羞恥心《しゅうちしん》で、一気に顔が熱くなる。けれど

大和の手はまだ優しく、安心させるように歩の頭を撫でてくれていた。おずおずと顔を上げると、その青紫の瞳はただただ、心配そうだった。胸の奥にじりじりと不安が迫ってくる。薄暗いところから、歩の心に向かって手を伸ばしてくる、絶望——歩は一度強く眼を閉じて、そうして観念するように言った。

「——あれは。異形再生《いけいさいせい》が、ダメだった……痕、なんだ」

大和の手が数秒、動きを止める。

異形再生は、ナナフシが持つ数少ない能力の一つだ。もちろん、昆虫網《こんちゅうもう》なら他の種も持っていることが多いのだが、隠れる以外能のないナナフシを起源種にした種族には、特に色濃く残った力だった。

それは今持っている細胞組織から、新たな内臓器官や外部器官を形成する能力として発達した。ホルモン剤の投与と、決められた手順による簡単な手術——で、ヤスマツトビナナフシの男は、十四歳になると、一度必ずその「異形再生」を行う。

「俺は男に生まれちゃったから、その再生をして……女の子に、なろうとした。男じゃ、ヤスマツトビナナフシは生めないから——」

限られた生戦略でしか血を繋ぐことができないヤスマツトビナナフシは、そうやって、長い年月をなんとか生き延びてきた。

「……俺は女の子には、なれなかった」

それを聞くと、今度こそ大和の手は完全に動かなくなった。

祖母は歩の失敗を、アニソモルファのせいだと思っている。実際それもあるだろう。大和は言葉を失ったように、半分口を開けたまま眉をひそめている。その瞳に憐《あわ》れむような色が見え、歩は顔をあげると、慌てて涙を拭《ふ》いた。

「もう終わった話だから――今は困ってないよ。心配かけて、ごめんな」

重たい話をして、離れられるのが怖かった。わざと明るく笑って、これ以上この話を引き延ばさないようにしようとした。

「いや、終わってねえだろ」

けれど大和は、低い声ではっきりと呟いた。強い断言にドキリとし、思わず口をつぐんだ歩の頭を、大和は今度は乱暴にぐしゃぐしゃと撫でた。髪をかき混ぜられて、小さく叫ぶと、大和は歩の頭を引き寄せてくれた。厚い胸板が頬にぴたりとくっつく。歩の頭を抱いて、大和はぽつりと言った。

「かわいそうになあ、お前」

……かわいそうに。

あんまりハッキリと、素直に言われたので、歩は息を止めた。

「笑うなよ。辛かったろ」

大和の胸にくっつけた耳に、制服越しにどくんどくんと心臓の鼓動を打つ音が聞こえてきた。それは歩の鼓動より、少しゆっくりに感じる。優れたアスリートは心拍と心拍の間が長くなると、どこかで聞いたことがある。大和の鍛えられた体の強さは、抱いてくれる腕や指からさえ伝わる。こんなにも強い大和が、歩の心の中の、誰にも見せたことのない場所にある辛さを想像し、分かろうとしてくれている。

——終わってない。

ごくシンプルなその一言で、歩の中にある葛藤《かっとう》を、するりと掬《すく》いあげてもくれた。

大和の言うとおりだ。本当はちっとも終わっていない。今も本当は、ずっと引きずったままの傷だ……。

堤防が崩れたように、どっと涙が溢れてきた。どうしてと思うのに、その涙は止められなかった。心の奥に、こごったように引っかかる、溶けない気持ちがある。

世界中で誰も、ありのままの歩を好きになってくれる人はいない。

そんな恐ろしい不安。

辛い気持ちを誤魔化すように、叶《かな》わないことすべてを歩は日記に書いてきた。

そうして書いてしまえば、その嘘のあまりのバカバカしさに、歩は笑えることに気付いた。笑えば、次に進める。

こんな現実がなくても、ちゃんと生きていける。そう思えるから。

双子には言ってあるのか、と訊かれて、歩は無言で首を横に振った。大和は歩の髪を梳《す》き、小さな声で独り言のように呟いている。

「お前、許しちまう癖がついてんのな……」

俺にはよく分かんねえな、と言う大和の声は、けれど裏表なく優しく聞こえた。

頭の上で、大和が、抱いてごめんなと囁く。

「お前の傷、増やしちまったよな……」

歩はなんと答えればいいのか、分からなかった。ただ言葉にならない、痛いほどの切なさが、喉の奥からこみ上げてくる。

ごめんなと大和が謝るのは、歩を抱いたことを後悔しているからだろう。

なにもかも理解してくれたような、大和の優しさを嬉しく思う。

けれどそれと同じくらい、その優しさが悲しかった。

七

午前中、大和《やまと》の部屋で休んでから、歩《あゆむ》は制服に着替えると寮を出て校舎に向かった。

電話には、スオウとチグサからメールが届いていて、歩の体調を気遣う言葉とともに『今日は雨降りそうだから、食堂にいる』と書かれていた。

（平常心、平常心……あの二人勘が良いから、顔に出さないようにしないとな）

まだ重だるい腰を抱えて歩く道すがら、気がつくとため息が出ている。けれど歩は、慌ててそのため息をしまい込んだ。考えない、考えない、と思う。いや、本当は、してはならないと言われていたセックスをしてしまったことについて、祖母に知らせるべきかとか、大和とこれからどう接したらいいのかとか、考えねばならないけれど、今はまだ思考がまとまらない。

（お祖母さまに知らせるのは、できたら避けたいけど……）

言えば学園を辞めさせられるかもしれない。歩はそれが怖かった。

食堂に入る手前で深呼吸をして、練習も兼ねて笑顔を作った。

「あっ、歩！」

スオウとチグサは目立つので、すぐに分かった。近づいていくと二人は気付いて手を振ってくれた。歩は微笑んで、「スオウ、チグサ。心配かけてごめんな」と、できるだけ普段どおりに言った。椅子をひいて座ると、チグサが心配そうに顔を覗き込んでくる。

「大丈夫なの？　頭痛、治った？」

「村崎《むらさき》の野郎、ムカつくんだぜ。俺らが行ったらうるさくて、お前がよけい疲れるから後にしろとかさ。勝手に歩の友だち面《づら》しやがって」

スオウはぷりぷりと怒っていたが、実際には今朝スオウたちに部屋に来られていたら修《しゅ》羅場《らば》だったと思うので、大和のその機転には感謝していた。二人はもう食事も終わっている。歩、なにか食べないの？　取ってこようか、とチグサが優しく訊いてくれたが、歩にはまるで食欲がなかった。

「あ、ううん。俺、朝寝てたから、大和くんが取ってきてくれた朝ご飯、さっき食べたんだ。まだお腹いっぱい……」

もともと小食なほうなので、二人は特に気にしないでいてくれた。と、近くの席から「お、ランキング一位だ」と声があがり、見ると大和が食堂に入ってきて、スオウとチグサを見つけると、真っ直ぐこちらへ向かってきた。その距離が一メートルになったところで、大和の眼が歩を捉《とら》える。

歩を見た大和は、ちょっと驚くくらいホッとしたように笑った。前に一緒に出かけたときにも見た、子どものようなあどけない笑みだ――。歩はドキリとしたが、スオウとチグサも不機嫌そうな大和の顔しか知らないせいか、訝しげに眉根を寄せている。

「よ。来れたのか。大丈夫か？」

訊かれて、歩は「うん」と答えた。

「大和くんも、これからご飯なのか？」

またこの席に座るのかと思って訊ねると、大和は「いや、練習あるから。ちょっと寄っただけ」と言い、歩の髪をくしゃっと撫でて、本当にそれだけで立ち去った。

「はっ⁉　なに、あいつ。なんで勝手に歩の頭に触ったの⁉」

スオウは声を荒げたが、足の速い大和はもう食堂の出入り口近くまで移動している。撫でられた場所に熱が灯ったようで、歩はドキドキしながらそこに手を置いた。困ってしまう。恋人でもないのに、大和の触れ方は甘ったるかった。

（でもべつに大和くんは、俺を特別好きでも……ないんだよなあ……）

抱いてごめんと言われたのだから。複雑な気持ちでため息をついたとき、横のチグサがじっと歩を見ているのに気がついた。歩はドキッとし、頭から手を離した。

「……村崎、歩が来てるか心配で見に来たみたいだったね」

「え、そうか？」

気付かなかった。チグサが丸くて可愛い眼で、歩の顔を下から覗き込んできた。

「ねえ。村崎となんかあった？」

ぎくりとした瞬間、スオウが「なんかってなんだよ！」と文句をつけてくる。歩は慌てて、なにもないと否定した。チグサが歩の肩にぽすん、と鼻先を埋め、すんすんと嗅ぐ。

「……うーん、たしかになんの匂いもしないんだよね。さすがに歩でも、あんな歩くフェロモン男の匂いつけられたら、残るだろうしなあ」

歩はどぎまぎしながら「そうだろ」と言ったが、実際にはありすぎるほど「なにか」はあった。ただ歩も初めて知ったのだが、ナナフシにはセックスしてもフェロモン香を消す能力があるらしい。歩はいつもどおり無臭だし、大和のほうにも歩の匂いはついていない。

スオウは舌打ちし、行儀悪く椅子に凭れると、イチゴ牛乳のストローをくわえる。

「ちゃんと警戒しろよ、歩。問題は村崎じゃねーの、志波《しば》なんだから」

苦笑を返すと、「ほら、言ってるそばからアレ」とスオウが冷たく眼を細めた。

振り向くと、出入り口で大和が誰かに足止めされている。上級生らしいきれいな顔の男子生徒だ。彼は大和の胸に手をかけ、微笑んでなにか言っている。

「おーおー、人目のあるとこで、よくやるぜ。志波のお手つきだよな、あの人」

「わざと人前で誘惑してるんでしょ？　見られたい性癖の人たちなんだから」

煎餅をぱりんと口で割りながら、チグサがどうでもよさそうに言う。歩は大和がどう返すか気になり、心臓がぎゅっと握りつぶされたように痛くなった。

（……なんだろ。今までより、なんか、すごく嫌な気持ちだ――）

大和が誘われているのを見たのは初めてではない。黄辺《きべ》との本番すら見たことがある。なのに、昨夜大和に自分も抱かれたせいだろうか。大和に触れている上級生を見ると、以前よりもずっとモヤモヤして、触らないでほしい、そう思ってしまって歩は戸惑った。

と、大和が相手の手を軽く払った。眉一つ動かさない素っ気ない表情で、踵《きびす》を返して食堂を出て行く。スオウが「おー」と言い、チグサが「めずらし」と呟く。

「村崎大和が、志波のお手つきを断ったぞ」

「しかもあっさり。涼しい顔で」

あちこちでそんな声が囁かれ、フラれた相手は顔をまっ赤にしていた。

「村崎、今朝も寮の食堂で、黄辺さん断ってたよ。志波さんの匂いべったりだったのに」

チグサが言ったので、歩は驚いた。

「しれっと退《しりぞ》けてたよな。ありゃ、相当自分で抜いたとしか思えねえんだけど」

自分で抜く？　なんのことかと思っていると、チグサが「たくさん出しといたら、さすがのオオムラサキでも発情しないって聞いたことあるよね」と頷いた。

「村崎が抱いたやつ見つからねーし、そうなると自分で扱いたんだろ。村崎がオナニーとかウケるよな？」

スオウとチグサがきゃっきゃと笑っている横で、歩は血の気がひいていった。「ちょっと、飲み物もらってくる」と言って、そそくさと席を立つ。

テニスの練習でくたくたになっても、最近は誘惑に負けてしまう、と大和が悩んでいたのは知っている。そのときに、三回くらい誰かに中出ししてれば耐えられる、とも聞いていた。脳裏に蘇ってきたのは、大和の上に乗って腰を振りながら、「もっとして」とねだっていた自分。乗られた大和は五回目か六回目の絶頂のあと、

「……いや、さすがに俺も、もう出るか分かんねーんだけど」

と、呟いていた。恥ずかしさに死にたくなりながら、もう絶対にセックスはしないと、歩は決意し直した。


翌日も、そのまた翌日も、大和は志波の匂いをつけた男たちからの誘いを断れたらしい。

「朝昼晩とトラップかけられて、今のところ全勝だ。俺このまま、聖人になれそうだ」

その日の昼、屋上でスオウたちといたところへ練習を終えた大和がやって来たので、教室に帰るのが一緒になり、歩は本人からそう報告を受けていた。

大和が誰とも寝ていない。どれだけ志波が仕掛けても、さらっとかわしている――とは、噂でも耳にしていた。大和は心底嬉しそうで、得意げだった。「お前のおかげだぜ」とも

言われ、歩は消え入りたくなったが、大和のほうはまるで気にしておらず屈託《くったく》がない。セックスなど、慣れているからだろう。大和にとっては歩と寝たことも、星の数ほどある経験のなかの一つに過ぎないのだと思うと、歩は少し落ち込んだ。

五限目が移動教室で、途中で大和とも別れた歩は、一人ため息をついた。

屈託のない大和に傷ついているのもあったが、今朝から、なぜか体がだるい。

移動先は生物室で、ここでは歩は一番後ろの隅っこの席なので、ただでさえ存在感が薄いぶん、なにをしていてもまったく気付かれない。授業が始まると強い眠気が襲ってきて、歩は頬杖をついてうつらうつらとした。眠ってはいけない。ちゃんとノートをとらねば……と思うのに、教師の声が遠のく。

かわりに、意識の向こうから幼い日に聞いた母の声が蘇ってきた。

──あなたはお父さまの血が出るから、ちゃんと学んでおいたほうがいいと思うの。

母は幼い歩を膝に乗せ、静かにそう話している。優しい手に頭を撫でられ、歩は不思議に思って顔をあげる。母は厳しい顔で、真剣に話していた。

──アニソモルファの能力は、結婚したあとに解放するものなの。きちんとした相手がいれば、大きな問題ではないのよ。

記憶の中の幼い歩は、よく分からずに首を傾げている。

──だから歩も、好きな人ができたら、その人ときちんとお付き合いをしてね。自分の事情を素直に話して、相談して、決めるのよ。営《いとな》みをするのは三日ごと。三日ごとにしないと、大変なことになるのよ……。

ふと気付く。大和に抱かれてから、今日はもう三日めだ。

嫌な予感がして、パチン、と眼が覚めた。

刹那、歩は体の奥底でなにかが開いたような気がした。まるで、硬く閉じていた蕾《つぼみ》のようなものがほころび、パッと咲いたような感覚だ。

「あ……」

思わず、小さな声が漏れる。どくん、と心臓がはね、瞬間、自分の体から強く甘い芳香《ほうこう》が放たれるのが分かった。そうこれは――間違いない。三日前の情事の最中、大和が歩の中に精を放った直後、歩からどっと溢れ出したのと同じ、甘ったるく濃厚な香りだった。まるで南国の花のように、この香りにはうっすらとスパイシーな刺激が混ざっている。

「おっと、プリントを忘れたな。悪いがしばらく自習しててくれ、取りに戻るから」

教師が言い、教室を出て行くのと同時に、生徒たちがざわめきはじめた。

「なんか、甘い匂いしないか？」

「嗅いだことないような……なんだこれ。誰だ？」

歩の前に座っている生徒も、そわそわとし始めている。歩はもしかして自分だろうか、と思った。まさかと思うが、今自分から急に香りがたっているのはたしかだ。その上妙に全身が熱く、心臓はどきどきと高鳴り、体の奥にうずうずと疼《うず》く感覚があった。ごくりと息を呑み、隠れるように縮こまっていると、やっと教師が戻ってきた。室内のざわめきも一応落ち着く。歩はそこでおそるおそる手を挙げた。

「せ、先生」

いつもなら、声を出してもなかなか気付かれない。けれど今日はそう言って立ち上がると、すぐに教師が見てくれ、驚いたような顔をした。教室にいた生徒たちも、ぎょっとしたように一斉《いっせい》に振り返る。

「……あ、ああ。なんだ？　えー、きみは……」

「七安《ななやす》です。あの、気分が悪いので、保健室に行ってきていいですか……」

名前を覚えられていないことはよくある。教師はなぜかうっすらと頬を染め、「あ、ああ。行っておいで」と許可してくれた。歩はぺこりとお辞儀をし、廊下へ出ようとした。急ぐつもりが体がだるくて上手く動かない。一歩踏み出しただけでじわっと汗が額に滲み、同時に甘い香りが、風に煽《あお》られたようにまき散らされるのが分かった。と、すぐ前の生徒が、

「せ、先生。お、俺、付き添います」

と、突然立ち上がり、歩は驚いてその生徒を見た。歩は彼の名前を知っている。彼だけではなく、最初の自己紹介でクラスメイト全員の名前と起源種を覚えている。けれど彼らは歩のことを知らないだろうし、話したことももちろんない。それなのにどうして、付き

添うのだろう。

「ちょっと待って。先生、付き添いは俺がします。えーと、たしか、同じ班なので」

ところが、他にも生徒がまた一人立ち上がった。ちなみに同じ班どころか、同じ係になったこともない相手だ。

「おい、なに勝手に決めてるんだ？　七安？　くんなら、俺が送るよ」

最初に挙手した生徒は、たしか起源種がカマキリ。好戦的な性格らしく、イライラと二番手の相手を見た。二番手はクロアゲハ。アゲハらしい優美な容姿で、小馬鹿にするようにカマキリの生徒を流し見る。

「きみこそ、親しいわけでもないのに図々しいんじゃないかな？」

「いや、待った。それを言うなら、一応俺がクラスの学級委員だ。俺が連れて行こう」

（ええ？）

まさかの三人目の立候補に歩が眼を瞠っていると、「待て。俺が行く」「俺が」と他にも数名が立ち上がった。彼らはみんな、異様に熱のこもった眼をしており、頰もうっすらと上気していた。

（なんだろう、なんか、みんなおかしい……）

歩は困った。普通こんな場面では自分の声など誰にも聞こえないが、とにかく事態をおさめねばと、「あ、あの」と声を出す。すると、大きな声でもなかったのに、教室中の眼が歩に注がれた。

その瞬間、全身を打たれるようなショックを感じて、歩は固まった。

大勢の人に見られていることに体が震え、怖くなる。なにこれ、と思う。人の眼とは、こんなにも恐ろしいものだったのか？　とてもまともに見返せず、ついうつむいてしまう。

「……お、俺は一人で行けるから、大丈夫。あの、どうもありがとう」

ぺこりとお辞儀《じぎ》をすると、どこからか「かわいい……」と呟く声がした。ふざけているとか、からかっているとかではない。思わず、つい、ぽろっと本音が漏れた、というような「かわいい」だった。

――まさか、自分のことを言っているのだろうか？

考えてすぐに、そんなはずはないと思う。自分が同級生の男から見て、可愛いわけがないのだ。なにかおかしなことが起きている。隠れよう、隠れたほうがいいと思いながらよろよろと教室を出たが、体が重く、一メートルも歩かぬうちにベルが鳴った。

（あ……こんななら、終わるまで待ってから、出てくればよかったかな）

そう思ったとき、背後から駆けてくる足音がした。振り向くと、さっきまで同じ教室にいた男子生徒たちだ。彼らはあっという間に歩に追いつく。最初に挙手してくれたカマキリ出身の男子が、

「七安、送っていく」

と肩を抱く。同時に、

「俺に任せていいよ」

と、クロアゲハの生徒に腰を抱かれて、歩は固まってしまった。

「手を放せよ」「お前だろ」と、二人はケンカを始める。その隙に、他の生徒たちもわらわらと歩に寄ってくる。

「俺に連れて行かせてよ」

「七安って、いつからうちのクラスにいたんだ？　俺と友だちになってほしいな」

「おい、どけよ。怖がってる。かわいそうだろ」

いつの間にかクラスの男全員が、歩を取り合って言い合いを始めていた。歩は壁にぴたりと背を押しつけた状態で、その様子をただただ呆然と見ていた。

（なに？　なにが起きてるんだ？）

今まで気にしたこともないだろうに、どうして急に、彼らは歩を構い始めたのか。わけが分からず、一人一人を説得することもできそうになくて、歩はそっと移動しようとした。けれど、いつもならそんな歩の動きに誰一人注視しないのに、今回は違った。

「どこ行くの？　一人で歩いてたら危ないよ」

腕を摑まれ、歩はびくりと震えた。先ほどより熱があがっているのか、触られた箇所から、ぞくぞくとした悪寒《おかん》に似た感覚が走る。

「……っ、あ、あの、大丈夫……」

声が上擦《うわず》る。とたんにその場にいた全員が、歩を見てごくりと息を呑んだ。

「知ってたか？　こんなのいたって……」

「今日知った。俺が先だ」

誰かが言う、その声はかすれている。空いた片方の腕を、また誰かに握られた。そこからもぞくっと電流のような痺れが走り、歩は思わず「あ……」と声を漏らしていた。全身にどくどくと血が流れていくのが分かる。下半身に熱が溜まり、そうして――。

（あ……嘘、だろ）

歩は内股をすり合わせた。触ってもいない性器が半勃ちになり、そうして歩は喉の奥から、叫びそうになっている自分に気付いた。

――誰か、俺を抱いて。めちゃくちゃにして……。

「う、うわあっ！」

渾身の力をこめて、腕を振り払う。後ろから待てとか、七安、と呼ぶ声がしたが、構わずに歩は走り出した。けれど階段を駆け下りていく途中で、後ろから男子生徒たちが追いかけてきているのに気付き、歩はぎょっとした。

（ど、どうして⁉　なんで追いかけてくるんだよ⁉）

彼らは口々に「最初は俺だ」とか「ふざけるな、俺だ」と言い合っている。時折相手を妨害しながら走っているので、歩の、けっして早くはない足でも追いつかれないが、そのかわりなかなか撒《ま》けない。

（どうしよう、誰か、助けを……）

歩は半分泣きそうになりながら、スオウとチグサを探した。けれど体が火照《ほて》り、息があがって困惑し、自分が今どこを走っているのかも分からない。次に脳裏によぎったのは大和だ。

（大和くん……大和……）

彼はどこにいるだろう。休み時間でも、たしか、中庭の空いたスペースでテニスラケットを片手に、軽く壁打ちしていることが多かったはず。歩は外へ飛び出し、中庭へ走って行った。角を曲がると、ブレザーを脱いだ制服姿でラケットを持ち、壁に向かって立つ大和の姿が見えた。

「大和く……」

声をかけようとして、立ち止まる。大和の横には黄辺がいて、しなだれかかるように肩に凭れ、なにか話をしていた。ずきりと胸が痛み、歩は息苦しくなった。黄辺は妖艶な流し目で、大和の腰の辺りを撫でるように触っていた。大和は呆れた顔だが、やめさせようとはしていない。

ふっと、思い出す。最初に大和が寝た相手は黄辺で、大和は初めてだから責任を取らねばと思い、付き合おうと言ったこと。

（……そういえば、俺も初めてだったけど……付き合おうって、言われてない）

つまりその程度の相手だから？　気付きたくないことに気付いてしまった。そもそも大和は、歩が元クラスメイトだったことさえ忘れていたのだ……。

そのとき、歩は誰かの手に後ろから羽交《はが》い締《じ》めにされていた。

「……っ、ん！」

誰、と叫ぼうとしたが、その前に手で口を塞がれる。校舎の陰の、茂みになった人目のない場所へ不意に押し倒されて、歩は眼を見開いた。

「はは……やっと捕まえた。クラスの連中撒くの、大変だったよ？」

歩の上に覆い被さっているのは、クラスメイトのクロアゲハの男子だった。口を押さえられ、歩はなにも言えない。頭を振ろうとしたが、アゲハチョウの優美さからは想像できない強い力でぐっと手を押しつけられると、それすらも敵《かな》わなかった。

「七安……歩ちゃん？　いたっけね。そういえば……ナナフシなんて珍しいーって初日に思ったんだった。……でも忘れてた。どしたのこのフェロモン。発情期？」

そう言う彼の、黒い眼が据《す》わっている。そこには欲情が灯り、歩の着ているパーカーのジッパーをゆっくりと下げながら、彼は「エロい匂い」と呟いた。

「驚いたよ。……俺のこれ、もうこんなだよ」

突然股間に硬いものを押しつけられ、歩はびくっと震えた。相手の性器は、服越しでも分かるほどガチガチに固まっている――犯される、という恐怖と一緒に、嫌悪が湧いた。けれどそれとは裏腹の、ぞくぞくとした快感が背に走る。

「ん……っ、う、う」

顔が火照り、眼が潤んでくる。いやだ、やめろ。そう思って相手の胸を押すのに、手に力が入らない。嫌なのに、どうしても嫌なのに、一方でこう思っている自分がいる。

誰でもいいから入れて。

（ダメだ……抵抗、できない。この人と、しちゃう――）

ぎゅっと眼をつむると、大粒の涙がこぼれ落ちた。クロアゲハのクラスメイトが、それを見て小さく、興奮したように笑った。

「かっわいい……。大丈夫、たっぷり犯してあげるからね――」

「誰が誰を犯すって？」

低い声に、歩は意識を引き戻された。ハッと眼を開けたのと、クロアゲハのクラスメイトが歩の上から吹き飛んだのは同時だった。

「……む、村崎！」

クラスメイトは草むらに転げると、ぎょっとして叫んだ。

涙でにじんだ視界に、大和が映っている。大和は相手を足蹴にしたようだ。軽くあげていた片足を下ろし、ちらりと歩を見下ろす。それから喉に、なにか詰まったように呻き声をあげた。どうしてか、怒っているように見える。

「なんだお前は……いきなり出てきて！　その子は志波さんのお手つきじゃないぞ」

歩のクラスメイトに「うるせえ、俺はこいつのルームメイトなんだよ！」と怒鳴って、大和は歩を抱き起こしてくれた。触られた瞬間、体にまた電流が走り、歩はもう耐えられなくて「ん……う」と呻きながら、大和の肩にもたれかかっていた。

恐怖のせいか体の変化のせいか、全身が震えている。情けなくて、涙がじわじわと溢れてきた。ちょうど撒いてきたはずのクラスの男子生徒たちが、歩を見つけて走り寄ってきた。いた、あそこだ、俺が最初だ、と彼らは口々に言い、けれど立ち上がったクロアゲハの生徒と、大和を認めて足を止めた。

「……村崎、俺らが先にその子を見つけたんだよ。優先順位はこっちなんだけど」

クロアゲハの生徒が好戦的に言う。大和は状況をどうみているのか、顔をしかめると歩を抱き上げて立ち上がった。

立つと、大和は誰よりも背が高く、そうしてなにより鍛えられた体をしていた。足元の影が急に震え、大きなオオムラサキの翅《はね》の形に変わる——青紫の瞳から、烈しいオーラが迸《ほとばし》った。それは日本産チョウ種の頂点に君臨《くんりん》する、圧倒的な上位者としての威圧だ。空を滑空し、力強いはばたきと頑健《がんけん》な四肢でもって他の大型種を駆逐《くちく》する、オオムラサキの

荒々しいオーラに、その場にいた生徒たちがみな気圧《けお》されたように一歩後ずさった。

「オオムラサキは縄張り荒しがなにより嫌いなんだ。……知ってんだろ？」

大和は不敵に嗤い、眼を細めて彼らを睨みつけた。

「俺から誰か奪えば、さらに奪い返す。プライドごと砕かれたいか？」

低い声の脅しに、最初に歩に眼をつけたカマキリのクラスメイトが舌打ちした。

「ふ……っざけるなよ、そいつはお前のものじゃないだろうが」

大和は「そうだな」と呟く。けれど次の瞬間ニヤリとした。

「でも歩は、お前らが嫌だってよ」

歩。いきなり名前を呼ばれて、ぞくぞくと体が震えた。

恥ずかしさと、期待が背を駆け抜けていく。息もあがっているし、誰かに抱かれたくてたまらない。そしてその相手は、他の誰かじゃ嫌だ。大和がいい。大和じゃなければ嫌だ。それを、大和が知っているのか分からない。分からないが、大和にならどうされてもいい気持ちで、歩はたまらず大和の首に腕を回してしがみついていた。するとクラスの男子から、動揺したようなざわめきがあがった。

「お前ら、悔しかったら歩に選んでもらえよ」

大和の得意そうな声が耳元でしたが、歩は恥ずかしくて、とても顔をあげられなかった。

「……寮につれて帰る。それでいいか？」

男子たちを置き去りに歩き出した大和に訊かれ、歩はこくこく、と必死に頷いた。すれちがう生徒が振り向いて、「村崎といる子、誰だ？」と歩に驚く。見られるのが怖くて震えていると、大和は舌打ちし、歩の肩を抱く腕にぐっと力をこめた。

「人気のない道、通ってく。ちょっと走るぞ」

やがて大和は、人を一人抱き上げているとは思えないスピードで走り始めた。歩はただただじっとして、すべてを大和に預けていた。そうして今になって、歩は幼いころ聞いた母の忠告をはっきりと理解した。母はあのころ、何度も繰り返した。

――三日とお前を放っておかずに愛してくれる……そういう人だけ、お前は愛さなきゃ、ダメなの。

もしもそんな人が見つからなかったら、一生、一人で生きていくのよ。

母は、そのあと、悲しそうな眼をして、静かに付け加えたのだ。

八

寮の部屋につれて帰られたときには、歩《あゆむ》の理性はほとんど消えかけていた。

(エッチしたい……お尻に、大きいの、ほしい……)

頭の大部分は、その欲求でいっぱいになっていた。

「念のため鍵かけるか。とりあえず、俺のベッドでいいか？　お前は二階だから」

やっと部屋に入り、大和《やまと》もホッとしたらしい。息をつきながら訊いてくる。声を出すと、すぐにでも「抱いて」と言いそうで、歩はただ頷いた。ベッドに下ろされ、震える腕を解き、理性を振り絞って大和から体を離す。本当は抱きついて、誘惑したくなる本能を抑えるのに必死だ。顔は真っ赤だし、息はあがってハァハァと小刻みに震え、なにより性器はもう勃ちあがって制服の上からでも分かるくらいに膨らんでいた。

「……だ、大丈夫か？」

さすがにうろたえたように、大和が訊いてくる。それはそうだ。こんな状態を見たら、誰でも混乱する。

「なんかあったのか？　誰かに媚薬盛られたとか」

　歩はふるふると首を横に振った。

「だ、いじょうぶ、だから、大和くん、じゅぎょう……」

　ここまで連れてきてもらえたことには感謝していたが、とにかく今は一人になりたかった。そうでなければ、また大和にはしたない姿を見せてしまう。頭の奥でじりじりとなにかが極まってきている。どこかが弾ければ、残った理性さえ飛んでしまうと分かる。

（お願いだから、ひ、一人にして）

　ぎゅっと眼をつむって震えていると、「いや、こんな状態で残していけねーだろ……」と呟かれた。大和なら、そう言うだろうと分かっていた。

「この香り……もしかして、アニソモルファの習性か？」

　言われて、歩はもう隠せないと思った。涙眼で大和を見上げると、ベッドの天井に手をかけ、心配そうにこちらを覗き込んでいた大和が、ドキリとしたように肩を揺らした。

「い、一度セックスしちゃうと……三日ごとにしないと……は、発情するって」

「は⁉　そんな大事なこと、なんでもっと早く言わねえんだよ。もう……俺としてから三日経ってるじゃねーか！」

　眼を見開き焦る大和に、どうして大和が焦るのだろう……と思いながら、歩は「わ、忘れてて」と言い訳した。

「……もともと、誰とも性行為なんて、する予定なかったから……さっき思い出して」

情けない――この体をどうすればいいかも分からない。鼻を啜って泣くと、大和が困ったような顔をしていた。

「いや、それ……つまり俺が悪いってことだよな」

ぽつりと言う。どうして？　と歩が思ったそのとき、不意に大和がギシ、と音をたててベッドに乗り上げてきた。すぐ近くに大和の香りと体温を感じ、眼を開けると、整った顔がすぐ間近にあった。目尻へ唇を寄せられ、涙を啜られて、歩はぴくっと震えた。

ただそれだけで、背筋にぞくぞくと快感が走る。

「……っ、や、大和、くん」

ダメ、と細い声で言い、歩は尻だけで後ずさった。けれどすぐ、背が壁に当たる。

「……どっちにしろ、誰かとしないと、おさまらないんだろ？」

「――そう、だけど」

震える声は、もう熱っぽく欲情している。太ももがうずうずと震え、歩は大和の体にしがみつきたい気持ちを、懸命に抑えていた。ダメだ。ダメだと思う。大和はべつに、歩を好きなわけではないのに――。けれど、

「とりあえず、俺を選んどけよ。……歩」

耳元で囁かれ、ふっと息を吹きかけられた瞬間、歩の最後の理性が吹き飛んでしまった。

「あ……あ」

小さく喘ぎながら、歩は大和の肩に、震える手を乗せていた。半分閉じた瞼に、大和が口づけてくれる。その甘い仕草が嬉しくて、涙がこぼれた。

大和くんは、嫌じゃないのか――？

そう訊きたかったのに、もう訊く余裕はなかった。いつしか逞しい首にぎゅっとかじりつき、歩はねだっていた。

「お、お願いします。抱いて……抱いてください」

恥ずかしさと、切実さに、ぽろぽろと涙がこぼれる。大和は答えるかわりに、歩のこめかみに口づけ、押し倒してきた。愛しい重みに、胸がドキドキと高鳴った。

パーカーの前をくつろげられ、シャツのボタンをはずされる。胸元を撫でられると、体が甘い痺れを感じて、ぴくぴくと跳ねた。

「ん、う……っ」

大和は両手で歩の薄い胸を揉むようにし、乳輪に指を這わせてくるくるとなぞった。

「お前、この間……ここ、自分で弄《いじ》ってたよな」

呟きと同時に、親指の腹で乳首を潰される。すると乳首から後孔の中にまで甘酸っぱいものが走り、歩は「ああっ、んっ」と声をあげて仰け反っていた。

「あ、あん、あ、大和く……」

大和の指は歩の乳首をくにくにと捏《こ》ね、ひねり、引っ張る。その一つ一つが、どうしようもなく気持ちいい。

「ダメ、あ、あ……っ」

「なあ、お前、自分でここ見たことある？　……俺が抱いたやつらの中で、お前の乳首が一番きれいな色してる。……かわいいの」

きゅうっと乳首をつねりながら、大和が言う。歩は涙目で胸元を見る。うっすら隆起した胸の頂《いただき》にある、桃色の小さな粒。今は弄くられて、いつもより大きくふっくらとしている。けれど他人と比べたこともないので、そこが人と違う色かは分からない。

「なんていうか、お前ってこんなところもソッとしてて、品が良いよな……」

ぽつりと呟き、大和が摘んだ乳首を、べろっと舐めてきた。

「あんっ」

尖《とが》らせた舌の先で、乳首の先端、わずかに陥没《かんぼつ》したところをくりくりと刺激され、歩は声をあげて腰を跳ねさせた。

「あん、あ、あ、あっ」

乳輪ごと口に含まれ、じゅるじゅるとしゃぶられる。乳首への刺激は、なぜかそのまま腰に響き、制服の下で張っている性器の先が下着の布に擦れて痛くなってきた。

「やま、とく、だ、ダメ、お、俺……あっ、ちく、乳首で、い、いっちゃう……っ」

歩が泣き声をあげるのと、前の性器が脈打って、弾けるのは一緒だった。まるでお漏らしをしたように、下着とズボンが濡れてじわじわと温かくなった。

「あ……っ、あ……」

「……あー、悪い、イっちまったか」

大和が歩の乳首から口を離して言う。その感触だけで、歩は「ひゃん……」と声をあげていた。ズボンと下着を脱がされ、ついでに上に着ていたものも取り払われる。裸にされると、一度達した性器も、そして尻の窄《すぼ》まりも、もうぐっしょりと濡れていた。

それでも、大和の手が歩の性器を撫でると、歩のものはすぐに回復した。それればかりかさっきよりも性感が高まり、早く抱かれたくて、後孔がうずうずとしている。

（はしたない……こんな体、見せるのも嫌だけど、でも……）

大和の指が歩の後孔にそっと触れ、そこをぐにぐにとマッサージする。

「ん、う、ひう……っ」

「なあ、お前のここって、もしかして濡れる？　なんか中も……湿ってるけど……」

指を一本、ぬるっと入れられ、歩は震えた。痛みはなく、淡い快感と一緒に、もっと大きく、もっと太いものがほしいという欲求が膨《ふく》らんでくる。

「これならすぐ、広がりそうだな……」

二本目をゆっくり潜らせてきた大和に、歩は「やまと、くん……」とかすれた声で呼びかけた。恥ずかしい、はしたない、こんな姿見られたくない――。そう思うのに、もうどうしてもたまらなくて、歩は自ら足を広げ、膝の裏を抱えて、濡れた後孔を大和に見えるように晒した。

「……お願いだから、もう、い、入れて。中、う、うずうずして……っ」

まっ赤になりながらねだると、大和の喉が、小さく動く。

「……いや、でもこの前は、最初、無理に入れたから、今日は……」

喘ぐように大和が言ったが、歩は首を横に振り、いやいやと駄々をこねた。

「おねが、お願い、早く大きいの、入れてくれないと……俺、俺、もっと恥ずかしいこと、言っちゃう……から」

涙がこみあげ、歩はぐすっと泣いた。

「痛くないから、い、入れて。お願い……大和くんので、早く、突いて……中に出して、ください……」

これだけでももう十分、はしたない――。

(俺、女の子みたいだ……)

失敗したとはいえ、女の子になりかけたことがあるからだろうか。たまらなく恥ずかしく、軽蔑されていないか怖くて、上目遣いで見ると、大和が息を呑んだ。そうして前を寛げると、大きく硬く、立派にそそり勃った性器を取り出す。自分のものとは長さも質量も違うそれに、歩は思わず見とれていた。体が無意識にほしがり、後孔がひくひくと震える。

「い、いれて、くれるの？」

ホッとして訊くと、大和が眉根を寄せて「お前なあ……」と呟く。なにかを我慢しているような、苦しげな顔だ。

「優しくしてーのに、煽るなよ……っ」

性器を入り口に当てられ、その先端がぬうっと入ってくると、歩は「あ……は……っ」と胸を反らして息を吐いた。歩の後ろがいくら柔らかくなってはいても、大和のものは大きい。さすがに息が浅くなる。

「大丈夫か？　……抜くか？」

訊かれたが、歩は首を横に振った。

「い、いやだ……い、入れて。早くほしい……」

そう言ったとたん、大和は呻きながら、最後まで勢いよく挿入してきた。大きなものが体の奥まで埋まる感覚に、歩は背を仰け反らし「あっ、ああっ」と叫び声をあげていた。甘い痺れが全身を貫き、再び勃起した前から、白濁《はくだく》した液がぴゅ、ぴゅ、と小さく飛ぶ。

「ん、あ、ん、気持ちい……」

小さく言うと、もう腰が、うねるように勝手に動いていた。中の媚肉がうごめき、きゅうきゅうと大和の性器を締め付ける。

「ご、ごめ、う、動いちゃう……」

「……っ」

歩が動くと、大和も辛そうに息を漏らした。大和の腰が震えると、その振動が伝わってきて心地よく、歩は「あっ」と喘いだ。尻を浮かせ胸を反らしながら、いつの間にか勝手に動いている。そうして歩は自分で自分の乳首をつまみ、きゅっとひねっていた。

「あ、あん……」

「お前……そこ好きだな」

ため息まじりに言う大和が、やっと一度、腰を揺すってくれた。とたん、全身に甘い刺激が走る。歩は「ひああ……っ」と叫び、唇の端からだらしなくよだれをこぼした。

「う、動いてえ、大和く……」

もうなにか、ねじが緩んだように、そんな言葉まで出てくる。恥ずかしいのに、動いてほしくて、尻を上下に揺すってしまう。

「……っ、すぐイキそうなんだよ」

大和が言い、歩は「イって、中で、イって」とお願いしていた。

「いっぱい出して……おねが、お願い。ダメ……？」

大和の眉間に皺が寄る。歩はぽろぽろと涙をこぼしていた。快感のせいで流れてくるのか、恥ずかしさのせいか、自分でも分からない。

大和は「くそ」と呟くと、歩の言う通り腰を動かしてくれた。大きなものでズン、と突かれるたび、体の芯がぐずぐずと崩れ、浮き上がるような強烈な快感に襲われる。

「あん、あ、あ、あっ、気持ち、気持ちい……っ」

「あー、もう、すぐ出るわこれ……」

歩の体に覆い被さり、大和が呟く。肌と肌のぶつかる卑猥《ひわい》な音と、ぬちゅぬちゅと結合部から溢れる水音が、部屋に響いている。

「やまと、やまとく……」

ぼろぼろと泣きながら、歩が呼ぶと、大和はなに、と訊くように歩の前髪を掻き上げてくれた。大きく硬い手の、その仕草が優しい。

「……ごめん、ごめんな」

言わずにいられなくて、歩は気づくとそう繰り返していた。こんなことに付き合わせて。巻き込んで。自分を抱かせて――。

「俺のこと、きらわ、ないで……」

大和が驚いたように、眼を見開き、動きを止める。すると、中に入っている大和の性は一回り大きくなった。

「あ……⁉　あん！」

刹那、力強く突き入れられて、歩は嬌声《きょうせい》をあげた。腕を伸ばすと、大和が摑んで引き寄せてくれた。ぎゅっと抱き締められたのと同時に、後孔の奥の、最も感じる場所を強く擦られる。後ろがぎゅうっと締まり、体が大和の精をほしがる。そのとき、するかよ、と大和が囁いた。

「……お前を嫌ったりなんて、しねえ。……お前、かわいい、な」

「あ……あ、あ……、あー……っ」

歩の性器がどくんと脈打ち、精を放つ。同時に、大和のものが、中で果てるのを感じた。温かな感触が、下腹に広がっていく。

（あ……）

心と体の傷ついた場所に、じわじわとなにかがしみていくような、不思議な感覚があった。大和に出されて嬉しい。もっと体の奥まで、大和を繋ぎ留めておけたらいい。……俺がもし女の子だったら、そうできたのかな……と、ふと、思う。

濡れた眼を開けると、睫毛の向こうに大和の顔がある。その顔はゆっくり近づいてきて、歩の額と頬に、そっと口づけてくれた。それが嬉しくて、目尻が赤らむのが自分でも分かった。

「もう一回するか？」

そっと訊かれ、歩はそうしてほしくて頷いた。

「……ありがとう」

付き合ってもらっている自覚はある。感謝しているので小さく言うと、大和はなぜだか真剣な顔で、じっと歩を見下ろしていた。

「俺、お前みたいなの抱くの、初めてだわ」

ぽっつりと呟かれたけれど、その真意を訊き返すことはできなかった。小さく揺さぶられると、また激しい快感の渦の中へ、歩は引きずり込まれていった。


眼が覚めると、歩は誰かの背に負ぶわれていた。頬に当たる体温は温かく、甘い匂いと石鹸の香りが相まって、ふわふわと鼻先を漂っていた。

（気持ちいい……）

背負われているので、体は上下に揺れている。この匂いは誰だっけ、と頭の隅で考え、大和だと思い至った。そうして、歩はじわじわと記憶が蘇ってくるのを感じた。

授業中、突然アニソモルファのフェロモンが出たこと。急にクラスメイトに注目され、押し倒されかけた。大和に助けられ、寮まで戻ってきて――そして……。

（大和くんに、抱いてもらった……！）

頭の先から、一気に血の気がひいていく。眼を開けた歩は、ようやく自分が大和に負ぶわれているのだと気がついた。

「や、やま、大和く……！」

状況が分からず、声が上擦る。大和は歩を振り返り、「起きたか？」と笑っていた。

歩は混乱していた。よく見ると、どうやら場所は寮の廊下だ。窓から見える空はまだ明るいが、あたりはシンと静まりかえっていて、寮生が学校から、戻る前らしい。大和も歩もジャージ姿だ。

「風呂使ったんだよ。お前、途中で気絶したろ。部屋についたのだと狭いから、他の寮生が戻る前にと思って」

大和に言われ、歩は中に散々出してもらったあと、また気を失っていたのだと気付いた。大きな浴室は共同なので、人目につかないよう素早く入れてくれたのだろう。

体はどこもかしこもきれいだし、頭も軽い。髪も洗ってくれ、ドライヤーまでかけてくれたようだ。そこまでさせてしまったのにも落ち込んだが、途中で気絶してからまるで目覚めなかった自分のだらしなさにも、今さらながら赤面する。

「……ご、ごめん。あ、あの、下りるよ」

消え入るような声で言うと、大和は「いいって。重くねえし」と気にしていなかった。

「あ、でもなんか飲むか？　喉渇いたろ。声も枯れてるし」

言われてみれば、喉がじんじんと痛い。けれどこれは俗に言う喘ぎすぎというものではないか――と思い、歩はまっ赤になり、言葉が出なくなった。

廊下の途中で小さな談話スペースに出ると、大和は歩をベンチにそっと下ろしてくれた。壊れ物を扱うような手つきに、どぎまぎとする。

体は少し重たかったが、我慢できない熱っぽさは消えており、発情は治まっていた。火照った頬を両手に包んで、歩はうなだれてしまった。

「これでいいか？」

と、大和がすぐ側の自動販売機で買ったお茶を渡してくれた。歩は慌てて顔をあげ「あ、ありがと。お金……」と言ったが、「いいよ、こんくらい」と大和は気にしていない。自分も炭酸飲料を買い、歩の隣に腰を下ろすと、「そういや開けられるか？　指、力入らないだろ？」と訊いてくれた。そして答えるより先に缶を取り上げ、開けてくれる。

（……なんでこんなに優しいんだろう……）

気がつくと、なにもかもしてくれている。

歩は申し訳なさと恥ずかしさで、大和の顔が見られなかった。なんと謝ればいいのか分からない。また抱かせてしまってごめん？　けれど上手く言えなかった。三日後にも発情してしまうと分かっているからだ。

「……テニスの練習、行かなくていいのか……？」

そろそろ部活の時間ではと思って訊くと、「俺のことよりお前だろ」と、返ってくる。

「お前さ……次の三日後はどうするんだ？」

言われて、歩は言葉に詰まった。

「お前の話だと、アニソモルファのフェロモンは三日ごとなんだろ。次もまた、クラス中の男から追い回されるつもりかよ」

大和にじっと見つめられ、歩はどうしよう、と思った。思ったけれど、答えなんて一つしかなかった。買ってもらったお茶の缶をぎゅっと握りしめ、ぽつりと答える。

「……実家に打ち明ける。お祖母さまはすごく怒るだろうけど」

意外だったのか、大和が眉根を寄せた。

「縁が切れてるって言ってなかったか？　頼りになんのかよ」

「――学校は、辞めることになるかも」

きっとそうなるだろう。祖母ならそうさせるに決まっている。だから一回目の間違いが起きたとき、歩は祖母に言えなかった。けれどアニソモルファの習性が継続的なものなら仕方がない。

――仕方がない、か。

思ったとたん、体の奥から、すーっと気が抜けていくように感じた。

淋しい、悲しい気持ちだった。けれどもう、小さなころから諦めるのには慣れている。生まれ持ったものはどうしようもない。変えられない。諦めるしかないと分かっている。分かっているから、受け入れることもきっとそのうちできるだろう。痛みを伴《ともな》うその気持ちにけりをつけるように、歩は精一杯笑って顔をあげた。

「これからどうしたらいいかは、お祖母さまが教えてくれると思う」

その瞬間、大和に手首を摑まれ、歩はドキリとした。

「……おかしいだろ。なんでお前が学校辞めるんだ？　実家には言うな、かわりに……俺が責任とってやるから」

歩の手をとった大和が、身を乗り出して言う。その言葉に、歩は思わず眼を瞠っていた。

「責任て……大和くんはなにもしてないだろ？」

むしろ助けてもらった。それどころか、半分、歩の運命に巻きこんでしまった。そう言うと、大和は「最初に俺が抱いたのが原因だろーが」と舌打ちした。

「でも、あれは、志波《しば》さんがしたことが悪いわけだし」

「久史《ひさふみ》がお前を襲ったのは、俺のせいだろ」

「でも扉を開けて、志波さんを部屋に入れちゃったのは俺だろ？」

「……いや、もうこんな問答やめよーぜ。とにかく、お前にこのまま去られたら俺が寝覚めが悪いんだよ。だから俺が責任とる。もう決まりな」

歩の手を放し腕を組むと、大和はきっぱりと言った。その目尻は心なしか赤らんでいる。

（大和くんが責任取るって……それはつまり……）

意味を想像し、歩は赤面してしまった。まさか、と思う。

「三日ごとに俺がお前を抱けばいいんだろ。……他に相手いるなら別だけどよ」

「い、いないけど」

拗ねたような眼で大和に見られて、歩は慌てて弁解した。

「でも……大和くんは嫌だったんじゃないの。俺をその、抱くのは……」

嫌だとハッキリ言われるのが怖くて、語尾は尻すぼみに小さくなる。大和は「嫌っていうか……」と眉根を寄せた。

「ようは、久史が絡んでこなきゃいいんだ。そこはお前なら、防げる方法もあるんじゃないか。俺たちが寝たこと、久史にはバレてねーし。あと、本音を言うと、俺も助かるんだよ。お前抱いてからは、久史に勝てたからな」

回数と行為の濃厚さの問題か、アニソモルファの特性かは分からないけどよ――と大和が続けたので、歩は恥ずかしさに、うつむいてしまった。

「……それにお前が、他のやつらと寝るよりはいい」

続けた大和の声は小さく、あまりよく聞こえない。

「ほら、これから大会も多いし、俺もテニスに集中したい。お前が抱かせてくれるなら、本能に振り回されないですむし……お互い、都合いいだろ?」

大和は急に早口に、なんだか言い訳のように続けた。歩はそれを聞いて、やっと少し納得した。大和にとっても、これはメリットがある話なのだ。

（でもだからって、大和くんを俺の事情に巻き込んでいいのか？　……俺を好きならまだしも、そうじゃない人を……）

まだ迷いが湧き、小さな声で「でも」と言うと、大和が身を乗り出した。

「お前に好きな相手ができるまでだ。それならいいだろ？」

眼を瞠ると、「恋人ができたら、ちゃんとやめる」と、きまじめな顔で続けられた。

――恋人ができたらやめる。

その言葉に、胸の奥がズキ、と痛んだ。それは大和に相手ができたときも、歩は身を退かねばならない、という意味だろう。大和が歩を抱いてくれるのは責任感からで、恋心からではないのだと、思い知らされた気がした。

自分に恋人ができるような日は来ない。そんな相手を探す気はないのだ。自分では、誰も幸せにできないことを知っているから――。

一人で生きていくと決めている歩と違い、大和にはいくらでも相手が見つかるだろう。いつかは終わる関係。お互い好き合って付き合うわけじゃない。都合のいい相手だと大和は言った。もちろん悪気などなく、心底歩を心配して言ってくれている。分かっているのに、体の奥にじわっと苦いものが広がった。心が傷ついている。じくじくと痛んでいることに、歩は気付いてしまった。みじめで、情けない気持ちだった。けれど同じくらい強く思う。

――これを逃したら、もう二度と、大和に抱いてもらえない。

嘘でも、ただの都合のいい相手でも構わない。自分の人生の、ほんの数ヶ月でも数日でもいい。大和に、抱かれることができるなら……。

「……大和くんが、いいっていうなら」

気がつくと、かすれた声で言っていた。その瞬間、大和はホッと笑顔になる。

「じゃあ、決まりな」

大きな拳が、こつん、と歩の額を小突く。歩は小さく微笑んだけれど、上手く笑えているか分からなかった。

――俺はやっぱり、大和くんが、好きなんだなあ……。

これ以上誤魔化せるわけもなかった。諦めに似た気持ちで、歩はその事実を受け入れていた。

（もう、日記には、大和くんのこと書けない……）

もう書いても、笑えない。

いくら書いても、願いは叶わない。大和は歩を好きではないのだから。それなのに、願うことをやめることもできない。

憧れなどという柔らかなものではなく。振り向いてほしいとか、愛し返してほしいとか、そんな欲を秘めた恋心で、歩はずっと前から大和を見つめている。

そのことを、とうとう思い知らされた。でなければ傷ついてでも抱かれたいなんて、誰が思うだろう。その自分の強欲さが、歩は恐ろしくなった。

大和は歩の内心など知らないで、もう他の話題に移り、最近見たテニスの試合について話している。

上機嫌で炭酸飲料を飲み干すと、鼻歌まじりに「お前、それ飲まねえの？　他の、買ってやろうか？」と訊いてもくる。

訊かれてやっと、歩はもらったお茶を一口も飲んでいないことに気がついた。

これでいいよ、と慌てて笑い、口をつける。けれどそれはひどく、苦い味がした。

九

「歩《あゆむ》、本当になんにもなかったの？　本当に本当？」

翌日の昼、いつものように屋上で昼食をとっていた歩は、スオウとチグサに挟まれて問い詰められていた。

昨日の五時限目の終わりに、歩がクラスメイトの男に追いかけられていたところを、二人は偶然見かけたようだ。昨日の夜から、なにがあったのかと心配され、何度も事情を訊かれていたが、歩は「大したことじゃない」「俺もよく分からない」と濁していた。

まさかそのあと大和《やまと》に抱かれ、これからも三日ごとに抱いてもらうことになったなどとは、とても二人には言えなかった。

「……お前、やっぱり、俺らになんか、隠してねえ？」

疑わしげな眼を向けてくるスオウに、歩はなんと言っていいか分からず、困ってしまった。一つ話せば芋づる式に、すべて話さねばならなくなる。二人に心配をかけたくないのもあるが、大和との関係を言えば、きっと反対されるだろうと思い、それが怖かった。

情けないことだけれど、歩は大和に抱かれたいのだ。もう少し、あと少しこのままでいたい。そんな自分の、みじめな気持ちを話すことには抵抗があったし、それが原因で大和と引き離されるのもいやだった。

「……大丈夫だって。二人とも、今日、クラスに付き添ってくれたろ？　なんにもなかったの、見たろ？」

今日、歩は心配した二人に付き添ってもらい、教室に入った。少し不安だったが、無臭になっている歩を見ると、クラスメイトは首を傾げたきり、すぐにいつもどおり誰も歩を気にしなくなった。

たしかにそうだけど……とスオウは眉根を寄せ、チグサもまだ歩を見ている。怪訝そうなその表情にどうしたものかと思っていると、ブレザーのポケットで電話が鳴った。取り出すと、大和からメールが届いていた。

『土曜日、この前のところで待ち合わせ。できる？』

言葉少ななメールが大和らしい。歩は一体なんだろうと思いながら、『いいよ』と返したが、「誰からメール？」とスオウに覗き込まれ、慌ててポケットに電話を戻した。

「なんでもないって。それよりお昼食べよ」

わざと大きな声で言い、誤魔化す歩に、スオウとチグサもとうとう引き下がってくれた。

二人は不服そうに顔を見合わせて、パンの袋を開けている。歩はそれにホッとしながら、内心で二人に手を合わせて謝っていた。

——ごめん。でも、大和くんといたいんだ……。

大和に再び抱かれて三日めが、ちょうど土曜日に当たっていた。

その日は朝からアニソモルファのフェロモンが出ないか心配していたが、とりあえずまだ大丈夫らしい。歩は以前大和に買ってもらった服を着て、待ち合わせの時間、学校の近くにある恩賜《おんし》公園の入り口で大和を待っていた。

(これ、ちゃんと着れてるのかなあ)

以前店で試着したとおりに着てきたが、いまいち自信がない。こういうことに詳しいスオウには大和と出かけることを内緒にしていたので、訊けなかった。

(二人とも、今日と明日は実家に帰るって言ってたし……なにも言わずに出てきたけど、たぶん大丈夫だろ)

土日は、寮から出て実家に帰る生徒もわりといる。双子も今週末はそうすると言っていたから、歩は特にどこか出かけるとも話さなかったが、どちらにしろ夕方には戻るのだ。

それよりも今日、大和はなにをするつもりだろう?

緊張しながら待っていると、「よ」と頭上から声がした。見ると、以前と同じく、ラフな格好をした大和が立っていて、歩を見てニヤニヤとしていた。

季節はいつの間にか四月も下旬だ。コットンパンツにデッキシューズを合わせ、鮮やかなチェックのシャツを着ている大和は、ごく普通の格好なのにモデルのように決まっている。

「似合ってるじゃねーか」

歩が着ているネイビーのポロシャツの襟をちょいちょい、とつまんで直しながら、大和が言う。これは大和に見立ててもらったものだ。頬がじわっと熱くなるのを感じながら、歩はパンツのポケットからハンカチを出した。チェックのハンカチも、同じ時に買ってもらったものだった。

「これも持ってきたよ」

「おー。そうかなと思って、これ、着てきた」

大和は、着ているシャツを引っ張ってみせる。明るい緑のチェックだ。歩が驚いていると、大和ははにかんだように笑う。

「おそろい、な。なあ、俺、お前見つけるの上手くなったろ？」

言われて初めて、今日は歩が大和を見つける前に、見つけてもらったと気付く。眼を丸くすると、大和は得意そうだった。

「ちょっとずつ分かってきた、お前がどのへんにいるか。広い空間があったら、大体隅っこの小さいとこに、ちょこんと収まってんの」

なにがおかしいのか、大和は楽しそうに言い、歩き出す。歩もそれについていきながら、そうだっけ、そうかも、と考えていた。大和が自分を見つけてくれたと思うと、スオウとチグサへの後ろめたさもつい忘れ、喜びが胸に広がる。

その日も電車に乗り、歩は都心部に連れ出された。といっても大和には特に目的がないのか、二人であちこち店を冷やかしたり、食事をしたりしてだらだらと過ごした。

（……どういうつもりなんだろ？）

歩には大和の真意がよく分からなかったが、それでも楽しかった。なにしろ一生、自分とは縁がないだろうと思っていた大和と、デートのようなことをできているのだ。

（日記を書いてたら、今日のことは間違いなくデートって書いちゃうな……）

大和と付き合うような形になってからは、もう日記をやめていた。これまでは楽しく書けた大和とのことが、素直に楽しめなくなったせいだ。それでも、今日のことだけなら、楽しく書けそうに思える。

時間が過ぎるのはあっという間で、日が暮れて、適当に選んだレストランで食事を終えたころには、もう帰るのだなという気持ちでなんとなくしょんぼりした。同時に、体の奥にぼんやりと熱が灯っているのを感じて、歩は言葉少なになってしまった。途中で、これは以前アニソモルファのフェロモンが出たときと似た状態だと気付く。

抱いてもらわねばと思ったが、いつものように自然体の大和を見ていると、もしかして今日歩を抱くことをすっかり忘れているのでは……と思えてきて、言い出せなかった。

レストランを出ると、大和は駅とは反対方向に歩き出した。

「大和くん……!?　帰らないのか？」

眼を丸くして、慌てて追いかけると大和からはさらっと、

「外泊許可とってある。あ、お前のももらったから問題ねーぞ」

と、言ってくる。歩が驚いているのを後目《しりめ》に、大和は長い足でさっさと歩き、やがて大きなホテルに入っていった。そこはどう見ても、学生には不釣り合いな高級ホテルで、広々としたロビーには噴水が置かれ、ゆったりとしたラウンジから優雅なピアノの音が聞こえてきた。

（え？　え……なにここ）

歩は挙動不審《きょどうふしん》になり、きょろきょろとあたりを見回していたが、大和はカウンターにカードを出して「予約した村崎《むらさき》です」と告げた。歩はびっくりして、声が出ない。受付のホテルマンはにこやかにカードを預かり「いつもご利用ありがとうございます、村崎様」と言った。

「先日、お兄様方もいらしてくださいました」

「ふーん。俺が来たってことは一応伏せといてもらえます？」

ホテルマンはくすくす笑い、分かりました、と言う。歩は眼を白黒させながら、物慣れた大和の様子を見ているだけだったが、ホテルマンが小さな声でこう続けたのは聞こえた。

「ご家族以外の方とのご利用は初めてですね。どうぞ良い休暇を」

大和は決まり悪そうな顔になり、出されたカードキーを受け取った。「行くぞ」と言われ、慌ててついていく。広いエレベーターに乗り込むと、大和は最上階のボタンを押した。

(最上階ってスウィートルームなんじゃ……)

歩はつい、息を呑んでしまった。歩も育ちは悪くないが、家は旧家ではあったが貧しかった。パーティーなどに招待されて老舗《しにせ》ホテルに行くことはあっても、スウィートルームに泊まるなどという豪遊《ごうゆう》は遠い世界の話だった。

「や、大和くん。あの、これってどういう……」

「どういうって。今日が三日目だから、ヤる日だろ」

カードキーでこんこん、と首筋を叩きながら、大和はあっさりと言った。ヤる日、という直接的な表現に、歩はぎくっとなり、頬が赤らむ。

「せっかく土曜に当たったから、外のがいいかと思って。ラブホやビジネスホテルじゃ、お前がかわいそーかなって」

なにがどうかわいそうなのか、大和の考えが理解できず、歩は固まってしまった。高校生でクレジットカードを持たされ、父兄も頻繁《ひんぱん》に利用していて、ホテルの従業員とも顔見知りということは、大和の家は相当な金持ちなのは間違いない。

困惑しているうちに、エレベーターは最上階に止まる。フロアに出ると、眼の前に黒い扉があり、他に部屋はなかった。おどおどしている歩と違い、大和は躊躇《ためら》うことなくキーを入れて扉を開く。中はリビングとベッドルームに分かれており、バーカウンターやグランドピアノの置かれた広いリビングの向こうには、都心の夜景が広がっていた。

壁が全面硝子《がらす》張りなので、夜景はよく見えた。思わず近寄って覗き込むと、少し離れたところにある、都心のシンボルとも言うべき、電波塔のシルエットも浮かび上がっている。

「こんなところ来たの初めてだ……」

ぽつりと呟くと、硝子窓には、後ろの部屋の様子も映っていた。大和が荷物をソファに置き、なんか飲むかと訊いてくる。ううん、いいよ、と答えようとしたとき、体の奥でドクン、と心臓が大きく脈打った。

膝から急に力が抜けていく。歩はぶるぶると震えて、窓にすがりついた。下腹部から、熱いものが広がる。服の下で性器が勃ちあがり、乳首が布に擦れて膨らんだ。後孔がひくつき、全身から突然甘い香りが立ち上った。

「……始まっちゃったな」

すぐ後ろに立った大和に驚いて、歩はびくっと震えた。心臓がドキドキと逸《はや》り、期待に、肌がぞくりと粟立《あわだ》つ。

「すげえ匂い……俺のももう、こんなだ」

大きな手が胸と腰に回され、ぎゅっと抱き込まれると、逞しい胸板が服越しにぴたりとくっついた。

「あ……」

後孔のあたりに、硬いものをごりっと押しつけられ、歩は思わず声を漏らした。大和のそれは、歩のフェロモンに誘われてもう大きくなっている。歩も頬が赤らみ、眼は潤み、息が乱れ始めている。

「や、やまとく……ん」

早く抱いてほしくて、体が疼いている。喘ぎ喘ぎ名前を呼ぶと、大和が歩の体を強く抱き締めてくれた。

「歩……」

精悍な顔が歩を覗き込み、額に、大和の前髪がかかる。青紫の瞳に欲情が宿っていて、それを嬉しく感じるのと同時に、体の奥の芯のようなものが甘く蕩けていった。

ふっと、瞼の裏に怒っているスオウとチグサの顔が浮かんだ。

いけないことをしている。二人に嘘をついた罪悪感が、ちくりと胸を刺す。けれど止められなかった。本能なのだから仕方ないと、誰かが頭の隅で囁く。歩は大和の腕にすがりついて、潤んだ眼で大和の眼を見つめ返した。

「なあ……キスって、していい？」

囁くような声で訊かれ、戸惑う。けれど答えを待たず、大和は歩の顎を持ち上げると、むしゃぶりつくように口づけてきた。

「ん……っ、う、ん……っ」

厚い舌で歯列《しれつ》を割られ、口の天井をなぞられ、舌を搦めとって吸われる。それだけで背筋に切ないものが走り、触れられていない性器も乳首も、後孔さえ敏感になっていく。

（あ、ダメ……もう、全部触ってほし……っ）

強い欲求が頭を持ち上げ、歩の匂いはどんどん強まっていく。尻の窄まりに大和のものが当たると、ついそれを挟《はさ》むようにして、腰を揺らしてしまう。早くほしい、これがほしい。頭の中は欲でいっぱいになる。唇を放した大和が切羽詰まった顔で「わりい」と呟いた。

「ベッドまで……行く余裕ない」

不意に、下着とパンツを下げられ、歩は尻を剝《む》き出しにされた。アニソモルファの特性で、後孔は濡れている。大和の性器もズボンから取り出されて、歩の後ろにあてがわれた。

「あ……っ、や、大和く……」

こんな窓際で、ダメ、と思う気持ちはあるのに、それ以上に興奮が勝った。すぐに入れてほしい。早く大和のもので揺さぶられ、中にいっぱい注いでほしい――。

焼け付くような欲望に耐えられず、歩は窓に腕をついて、尻を高く突き出していた。

「……エロ……」

ぽつりと大和が呟く。そして同時に、後ろを貫かれた――。後孔は解《ほぐ》されてもいないのに、喜ぶようにぬるんと大和のものを受け入れる。

「あっ、あ！　あん！」

細い腰を持たれ、まずは激しく、皮膚と皮膚が打ちつけられる。室内にパン、パン、と淫猥な音が響いている。

「窓に映ってんぞ、お前のエロい顔……」

性器をぎりぎりまで引き抜き、また最奥《さいおう》まで突き入れることを繰り返しながら、大和が言う。歩は喘ぎながら、窓に映る自分の姿を見た。

「あ、あん、あ……あー……っ」

入れられて悦《よろこ》んでいる、蕩《とろ》けた顔……。恥ずかしくて、眼尻から涙がこぼれる。

「まだまだ、もっと恥ずかしい格好、してみないと……な」

大和が言い、歩の着ていたポロシャツをめくる。すると尖った乳首が現れ、そこは物欲しげに膨らんでいた。

「触ってないのにこれって、すげーよな……」

「あ、あん！」

腰を揺らしながら、大和が歩の乳首を摘《つま》んだとたん、背筋に甘い電流が走る。乳首と性器、そして後孔の中が繋がったように、どこか一つが刺激されるたび、すべてが切なくなる。膨らんだ前からは、既にとぷとぷと蜜が零れており、ぐいっと腰を押しつけられると、歩は上半身に力が入らずに窓にぺたりとくっついてしまった。すると、性器の鈴口《すずぐち》が窓硝子にこすれ、白濁した液をなすりつけてしまう。

「あ、あ……あ、だ、だめ、汚しちゃうぅ……」

「汚したいんだろ？」

乳首をくりくりといじり、腰を揺らめかせながら、大和が意地悪を言う。歩はハァハァと荒い息をつきながら、そうなのだろうかと考えた。考えると、そうだと思ってしまう。そうだ、汚したい。そしてもっと汚れたい。

「あ、あん、あん、ダメ、ガラスになすりつけちゃう……」

普段の自分なら絶対に言わない淫《みだ》らな言葉を、口が勝手にしゃべっている。歩は腰を前後に揺らして、入れてもらったまま、どうにかして性器を硝子に擦りつけようとした。後ろの大和がごくりと息を呑み、歩の足を持ち上げて開く。下半身を宙に浮かされたかと思うと、そのまま硝子窓に近づけられ、性器の先端が冷たい硝子にごしごしと擦られた。

「あ、あん、あ……そのまま、突いて……っ、突いて……っ」

「言われなくてもそうするけどよ。……乳首はどうする？」

「あん、自分で、弄るぅ……っ」

大和が突いてくれると、性器が硝子に擦れる。仰け反ってその刺激を甘受《かんじゅ》しながら、歩は自分で乳首をこね回した。膨らんだ乳首を、乳輪ごとぎゅうっとつねると、後ろが締まり、「ひいん……っ」と恥ずかしい声が出た。

恥ずかしい、こんなのは自分じゃない、これはただの欲望で、愛とは関係ない――。頭の隅でそんな声がする。けれど否定する声を裏切るように、後孔はぎゅうっと大和を締めつけ、中の形を確かめようとする。

「なあこういうとき……ここってどうなってんの？」

不意に、あらぬ場所を指で押されて、歩はびくんっと体をしならせた。

「あ……っ、なに……あっ」

「……なんかここも、ちょっと濡れてねえ？」

大和がそう言って触っているのは、歩の異形再生《いけいさいせい》の痕《あと》だった。女性器に似たその場所は、実際には深さがなく浅い。けれどほんのわずかな襞《ひだ》を押されると、なぜだかきゅうっと切ないものが体の奥に走る。

「あ、ん、あん、や、そこ、ダメ……」

「そうか？　気持ち良さそうだけど……」

歩を揺さぶりながら、大和はその痕を優しく擦った。歩は首を振り、「あ、あん、あっ、あっ、あー……っ」と喘ぐことしかできなくなる。そこからじわっと、愛液に似たものが溢れてくるのが、硝子窓に映っていて、それがさらに羞恥心を掻き立てた。

「やめ、やめて……そんな、みっともないとこ……あ、あん」

「みっともないか……？　エロいけどな……お前の体、どこもかしこも、俺と違ってて」

興奮する、と、耳元で大和が囁く。

痕から指を離した大和は、歩の細い腰を抱きかかえ、大きく腰を突き動かした。今度は揺さぶることに専念するようだ。ひんひんと甘く喘ぐ歩に、大和が荒い息の合間で言う。

「……なあ、俺の名前、呼べよ」

「や、やまとくん」

素直に、歩は言われたとおりにする。大和は腰を動かしながら「もっと」と続ける。

「もっと呼んで……歩」

「やまとく……やまと、くん……っ、あ、あっ」

そう言う声が、どこか切なげに聞こえて、歩は極まる性感に耐えきれず、ぼろぼろと涙をこぼしながら「やまとくん、やまとくん」とうわごとのように繰り返した。

「やまとくん、あ、あ」

「俺に抱かれるの、好きか？」

「あ、あん、す、すき……」

こくこくと頷いて言う。すると、大和が満足げな吐息を漏らし、俺も、と呟いた。

「俺も。お前を抱くの、好き……」

好き、と聞いた瞬間、歩の中を強い悦楽が走り抜けていった。嬉しい。大和に、セックスだけでも好きだと言ってもらえて嬉しい――。後ろがぎゅっと締まり、全身が震える。

「あっ、あ、あ、あー……っ」

刹那、歩は叫びながら達し、窓硝子に白濁液を撒きちらしていた。


まどろみの向こうで、大和の声が聞こえた。

「親父？　ああ……アメリカの件なら、今年はよしとくよ。昨日も話したろ」

淡々とした落ち着いた声だ。大和は歩から少し離れた椅子に座り、誰かと電話をしているようだった。

――なんでって。いや、色々考えることがあってさ。また今度話すよ。

（……お父さんと話すとき、大和くんて意外と……静かに話すんだな）

ぼんやりと夢うつつに、歩は思う。

しばらく他愛ないやりとりをしたあと、大和は少し言いにくそうにつけ足した。

「あのさ……親父はさ、俺が生まれたとき、嬉しかったか……？」

思わず、ぱちりと眼を開けた。

視界は朝の光に包まれて眩《まぶ》しく、体を起こすと、歩は大きなベッドにパジャマでいた。

今回も、大和が後始末をしてくれたらしく、どこもかしこも清潔だった。慌てて大和を探すと、ちょうど身支度をしている。

（あ、あれ。電話は……？）

今さっきしていたと思ったのは、幻聴だったのだろうか。大和は昨日も着ていたシャツのボタンを留めているところだ。

「悪い、俺、これから練習なんだわ。チェックアウトするけど、お前はもうしばらくゆっくりしてくか？」

それならフロントに話を通す、と言われ、ベッドボードの時計を見るともう朝の十時半を過ぎていた。

「ご、ごめん。すぐ支度する」

パジャマを脱ぎながら言う。歩の服は隣のリビングの、ソファの上にきれいに畳まれていた。持ち上げると、ホテルのクリーニングサービスできちんと洗われているらしく、かすかに石鹼の香りがした。おずおずと、昨夜自分が精液で汚した窓硝子を見たが、そこも、きれいに拭かれている。

（……はしたないことしてしまった）

まっ赤になって支度を済ませると、大和がエレベーターホールで待っていてくれた。

「あ……あ、そういえば、ホテル代……」

歩が言うと、大和は予想通り「いらね」と返してきた。もちろんこんな高級ホテルだ。折半《せっぱん》できるとは思えないのだが、少しは出さねばと思って「いや、でも」と食い下がる。

「いいって。俺が勝手に取ったんだし。それにこういうのは、抱く方が出すもんだろ」

「……それは彼女とかには、そうかもしれないけど」

彼女どころか恋人ですらないので、さすがに引け目を感じて言う。すると大和は「なに言ってんだ」と一蹴《いっしゅう》した。

「抱かせてもらってんだから、彼女みたいなもんだろ」

ポオン、と音がして、エレベーターが到着する。ライトがぴかぴか点灯し、扉が開いた。大和に続いて乗り込むと、ちらっと振り返った大和が、歩の腕をひく。引っ張られたと思うと、あっという間にエレベーターの壁に背を押しつけられ、キスをされた。

（あ……）

昨夜のような激しいものではなく、下唇を軽く舐めていくだけの、優しい口づけだ。けれど唇が離れると、歩はじわじわと頬が熱くなるのを抑えられなかった。

（どうしよう……）

発情は終わったのに、心臓がドキドキと逸っている。大和は歩の反応に眼を細め、満足そうに笑った。「また来ような」と囁かれ、歩は恥ずかしくて頷くことしかできなかった。

ロビーに下りると、大和はフロントにキーを返しにいった。歩はロビー内のベンチに座って待っている間、大和のカバンを預かっていた。しばらくはぼうっとして、フロントに向かう大和の背中を見つめている。

(……なんか、こうしてると本当の恋人みたい――)

ばかげた妄想だと分かっていながら、そう思ってしまう。待ち合わせをして、大和は歩を見つけてくれた。シャツとハンカチがおそろいだと笑ってくれ、一緒に街中を歩いて食事をとり、ホテルに泊まって抱かれ、帰りにはキスまでしてもらえた……。

(あの日記に書いてたことより、もっとすごいことしてるよな……?)

そう思うと、全身が恥ずかしさと嬉しさで熱くなる。火照る頬を両手でおさえ、そわそわとしてしまう。

(もし大和くんがいつか……俺を本気で好きになってくれたりしたら……)

そんなことはありえない。望んではいけない。そう思うけれど、もしそんなことがあったとしたら。そうすれば歩は、一人で生きていかずにすむかもしれない。

好きな人と、生きていける……。

そのとき大和のカバンの中で電話が振動した。マナーモードらしく、音は出ない。歩は慌てて立ち上がった。カバンを開けて見るわけにもいかない。急ぎだったらまずいと思い、歩はフロントのほうへ足早に近づいた。フロントは混んでいて、大和はようやくキーを返したところだ。声をかけようとした歩は、そこでつい止まった。

「あれ。大和じゃない。なにしてんの？」

歩より頭半分ほど背の高い男が、ひょこっと柱の陰から現れ、大和に声をかけたのだ。

（……黄辺《きべ》さん）

歩は思わず足を止め、物陰に潜んでしまった。隠れよう、という意識が働く。そのおかげか、黄辺はもちろん歩に半分背を向けている大和も、歩には気付いていない様子だ。

「なにしてんだ。……また行きずりの男か」

大和は黄辺の後ろへ眼をやると、舌打ちまじりに言う。見ると、少し離れた場所から、ハイクラスの、年上らしき男が黄辺を見ている。手にはカードキーが握られているので、これからホテルを使うのだろう。黄辺はくすっと笑い、「そっちこそ」と眼を細める。そうすると、優美な作りの顔に鮮やかな色気が乗る。

「ここにいるってことは誰かといたんでしょ？　久史《ひさふみ》が嘆《なげ》いてたよ。最近全然、大和が遊んでくれないって。そろそろまた、俺のこと抱きたくならない？」

誘うように首を傾げた黄辺からは、かすかに志波《しば》の匂いがした。けれどそう言われた大和は「冗談じゃねーよ」とうっとうしそうだった。

「俺はお前らの変態プレイにはもう乗らない。決まったやつ。決まったやつとだけ寝ることにした」

大和の言葉に、歩はドキリとした。決まったやつ。それは自分のことだろう。次に大和がなにを言うのかが気になり、心臓がどくどくと鼓動を打つ。聞いた黄辺が「へえ」と長い睫毛をしばたたき、唇に人差し指を当てた。

「それってなに。恋してるってこと？」

「恋？」

歩は思わず、息を止めた。足が震え、今すぐ逃げ出したいような気持ちになる。一秒が、十秒にも百秒にも感じる。頭の天辺《てっぺん》に、ものすごい勢いで血が上る――。

「……恋ね。俺、そういうのはよく分かんねーんだよな。どっちかっつうと、本能？」

けれど答えた大和の声は、ごく淡々としていて、いっそつまらなそうにさえ聞こえる。

――恋よりも、本能。

衝撃を受けて、歩は心臓が、鼓動を止めたように感じた。

大和はなにか考えるように、「なあ、本能と愛の区別ってどうつけんの？」と訊いた。

それはいつだったか、志波が大和に訊いていた言葉だ。

「ええ？　そんなの、俺にだって分かんないよ」

眉根を寄せた黄辺に「だよな」と大和も肩を竦めている。

「たまたま本能をコントロールするのに適した相手がいたんだよ」

――本能をコントロールするのに、適した相手。

心がすーっと冷めていく。

（……それが大和くんにとっての、俺なのか……？）

歩の眼の前は真っ暗になった。

「決まった相手のことって、久史に言っていいの？」

黄辺が無邪気に訊くと、大和は顔をしかめた。

「バカか。言うなよ。お前もそろそろ飽きてたろ、俺らとの粘着プレイ」

そうでもないけど、と黄辺はおかしそうに笑っている。こうして話している様子だけを見ると、二人は単に仲の良い幼馴染みに見える。

「まあ、ご祝儀《しゅうぎ》がわりに言わないでおいたげる。一人にするってことは、将来はその子と結婚して子ども産んでもらう気はあるんでしょ」

早めにそういう子が見つかって良かったね、と黄辺はどこか労《いた》わるように微笑み、大和の肩をぽんぽんと叩いた。けれど、大和は眉根を寄せた。

「なんでだよ。そんなつもりねーぞ」

「なに言ってんの。オオムラサキは最初に子ども産んでくれた人が、一生の番《つがい》になるんだから。そうしないと寝取り体質治らないでしょ」

黄辺はまるで姉のように、大和を諭《さと》している。大和は決まり悪そうに頬を掻いた。

「……そうじゃなくて。そいつとじゃ子どもできねーから」

そういうの無理なんだわ、と大和が続ける。黄辺は訝しげな顔で、まだなにか言おうとしていたが後ろの男が焦れたように咳払いしたので、ハッと振り返る。

「大和。ちょっと今度、真面目に話そ。じゃあね」

忙《せわ》しなくそれだけ言い置くと、黄辺は男のほうへ走っていく。ため息をついてそれを見送った大和が、歩のほうへと踵を返した。

歩の心臓はどくどくと音をたてている。手足には感覚がなく、ショックで耳鳴りがしていた。

——お前が生まれたのは、やっぱり間違いね。

耳鳴りの向こうで、祖母の声が響いてくる。

——もし、お前を好きになってくれる人が見つからなかったら、一生、一人で生きていくのよ。

自分を置いていった母が、悲しそうに苦しそうに、言い聞かせる声が蘇る。

——私もお前も、そう変わらない。同じだと思うわ。

命を繋ぐことに意味などないと、姉は言った。

薄暗い底なし沼のような絶望が、ひたひたと足元まで近寄ってくる。その中に飲み込まれそうになりながら、歩は必死に笑顔を作り、大和を見上げた。

大和は歩に気付く。電話鳴ってたよ、と歩は言ったが、それはどこか遠くから聞こえるようだった。

失敗した、と思う。誰かと生きられる人生なんて最初からない。分かっていたのに。

大和は歩に恋はしていないし、これからだってしないのだ。ただ本能をコントロールするのに適していたから、抱いてくれているだけ。……本能と愛の区別なんてついていない。それなのにぬか喜びして、期待するなんて、完全に失敗だった――。

暗い闇の中へ、心が沈んでいく気がする。一瞬でも恋愛のようだと思った自分が滑稽《こっけい》だ。けれど大和は初めから、歩に好きな人ができるまでと言っていたのだから責められない。

（……そうだよな。俺のこと、好きになる人なんて、いないのに……）

薄暗い底なし沼から、歩に向かって声がする。こっちを見ろ。お前の中に潜んでいる矛盾と悪意に向き合え――。

大和と並んで歩きながら、歩は作った笑顔の奥で身震いしていた。そうして、自分の心に手を伸ばしてくる苦悩に背を向ける。生きるのがどれだけ苦しくても、死ぬことはできない。変えられないことで悩まないよう、歩は底なしの暗い淵へ、ほんの一時《いっとき》抱きかけた、大和への期待を放りこんでしまった。

捨ててしまえ、見ないでおこう。なにも望んだりしない。

好きになってほしいなんて、けっして願ったりしない……。

痛む心を無視して、大和とホテルを出たところで、歩は足を止めた。

タイル張りの洒落た歩道。緑に塗装されたきれいなガードレールに凭れて、スオウとチグサが立っていた。二人とも眼を赤くし、出てきた歩と大和をじろりと睨みつけている。

「……やっぱ、隠しごとしてたんじゃん」

ぼそっとスオウが言う。チグサがうつろな眼で、大和と歩を見つめる。

「歩、村崎と、付き合ってたの？」

チグサの、丸くて大きな瞳にじわじわと涙が浮かんでくる。衝撃で、声が出てこない。

誰もしばらくは、言葉を発さなかった。

大通りを走り抜けていく車の音だけが、どこか遠くから聞こえていた。

十

五月の大型連休が明け、歩《あゆむ》が大和《やまと》に抱かれるようになってから、いつの間にか一ヶ月が経った。昼休み、屋上で食事を終えた歩は、大和と連れだって廊下を歩いていた。中間テストも終わり、ちょうど中だるみの時期。廊下は雑談の声に溢れ、生徒たちが気だるげに行きかっている。

「それで俺、昨日、久史《ひさふみ》とクラブで試合だったんだけどよ。あいつダメだわ、かなり鈍ってる。真面目にやればもっと上のランキング取れるのに……」

大和が横で話しているのを、歩はぼんやり聞いていた。

このごろは、いつもこうだった。練習がない時間は、大和と一緒にいる。三日ごとに抱かれていて、それが土日にあたれば外ですることも定番化してきた。互いの利害が一致しているからという理由さえなければ、まるで恋人同士のように過ごしている。けれど――。

（……このままで、いいわけない）

「おい、歩。話聞いてるか？」

隣からつつかれて、歩はハッとなった。途中から心ここにあらずで、大和の話をきちんと聞いていなかった。慌てて顔をあげ、「ご、ごめん。考えごとしてた」と言ったが、大和は不服なのか眉根を寄せた。

ふとそのとき、懐かしい香りがふわっと廊下の先から漂い、顔をあげると、スオウとチグサが並んで歩いてくるところだった。

思わず立ち止まると、その距離あと五十センチ、というところで二人も気付いたようだ。大和を見、それから隣の歩に視線を移し、また大和を見て、スオウがムッとする。チグサもジロッと大和を睨みつけ、歩を見ると、怒り半分、悲しみ半分の顔になった。

「……スオウ、チグサ」

話がしたくて、つい名前を呼ぶ。けれどスオウがチグサに「行こうぜ」と言い、チグサは大和にだけ「べっ」と舌を突き出してから、横をすり抜けて行ってしまった。振り返り、二人の背中を見送ったが、双子は歩を見てはくれなかった。胸の中に痛みが走り、歩は落ち込んでいく。身を切るような淋しさが、心に痛く広がっていく。

「あいつらまだ怒ってんのか、しつこいやつらだな」

呆れたように大和が言う。それには、歩は言葉が出てこなかった。

一ヶ月前、歩は二人と仲違いしてしまった。原因は、大和との関係がバレたことにある。

二人はずっと、歩がなにか隠しているのではないかと疑っていて、その日も実家に帰ると嘘をついて歩を尾行したらしかった。大和はストーカーかよ、と呆れていたが、初めのうちは、「村崎《むらさき》が歩になにかしたら、助けるつもりだった」とチグサが言っていたので、本当にそう思っていたのだろう。

それが一晩、ホテルから出て来なかった。抱かれたのは初めてではないと、二人はホテルの前で夜を明かしながら、悟《さと》ったという。

――応援できないからね。

そう言って泣いたのはチグサで、

――歩にも事情があるんだよ。

と、庇ってくれたのは大和。けれどスオウは赤い眼をつり上げ、静かに言った。

――どんな事情？　俺らは聞いてない。村崎には言えて、俺らには言えない事情？

目尻に涙をにじませ、スオウは、「村崎とのこと、反対されたくないから言わなかったんだろ」と歩の真情《しんじょう》を言い当ててしまった。なにも言えず、青ざめて立ち尽くしていた歩に、スオウは「お前って冷たい……」と呟いた。

「冷たい。……いつも、なにも話してくれない。それでなんで、村崎には頼れて、俺たちには頼れないわけ」

――冷たい。

その言葉が胸に突き刺さり、動けなくなった。「冷たいはねえだろ」と大和は怒ってくれたが、スオウにもチグサにも背を向けられて、以来、二人とはまともに話せていない。

歩は仲直りしたくて、一度は迷いながら、メールも送ってみた。

嘘をついてごめん。話がしたい。仲直りしたいと書いて。

スオウからは一通だけ返事がきた。

『村崎と別れたら連絡ちょーだい』

そうして結局、なにも返せずにいる。ごめんと伝えても許してもらえなかったら、もうそれ以上弁解もできない。二人は歩を避けて、昼も屋上に来ないし食堂にもいない。寮でも話しかけてこないのでぎくしゃくしたまま一ヶ月が過ぎていた。

「そんな引きずるなよ。……俺がいるんだから」

ぼそり、と大和が口にした。いじけた響きに顔をあげると、大和はため息をついた。

「単にヤキモチ妬いてるだけだろ。お前の事情を話すかどうかは、お前が決めることだ。聞いてなかったからって怒るのは筋違いだろ」

お前って思考がもう、ナナフシなんだから。とぼやかれて、歩は眼をしばたたく。どういう意味かと思っていると、

「相手も世間も、自分には興味がない、が前提になってる」

と言われた。

「そういう性格じゃねーか。話すって思考がそもそもないんだから仕方ねえよ」

自分がそんな性格だという自覚はなかったが、たしかにそうかもしれない。

「なあそんなことより、次の土曜、これ行かね？」

大和は不意に話題を変え、ブレザーのポケットから一枚、紙切れを出した。受け取ると、それは都内でやっている書道展のちらしだった。歩は好きな内容だが、大和には不似合いで、少し驚く。

「どうしたんだ？　これ」

「あー、ほらお前、書道やってたって言ってたろ」

「……え。うん。覚えててくれたのか？」

びっくりして、眼を丸くする。体の付き合いができた最初のころ、なにかの会話の最中に、好きなことを訊かれて書道と答えた。けれどそれは、三週間以上前のことだった。

「そりゃ覚えてるだろ。お前は俺をなんだと思ってんだ」

唇を突き出し、大和が拗ねたように言う。歩が内心困惑していると、

「……嬉しくねえ？」

不安そうな顔になる。歩は慌てて、そんなことない、と笑顔を作った。

「ありがとな。見るの楽しみ」

せっかく気遣ってくれたのだから、ちゃんと笑って、ちゃんと受け止めねば。歩はそう思い、にっこりした。大和は安堵したのか、うっすら目尻を染め、嬉しそうに笑って「じ

ゃあ土曜な」と念を押して、自分の教室へ帰っていく。笑顔でそれを見送り、クラスへ戻ると、なんだかどっと疲れが押し寄せてきた。

（……大和くんこそ。俺をなんだと思ってるんだろ）

我知らず、ため息が出る。胸の中にモヤモヤしたものが湧き、すっきりしない。

もらったちらしは、たしか図書室で配られていたものだ。スオウとチグサがいないので、最近の歩はよく図書室で本を読んでいる。このちらしはそこで眼にした記憶がある。けれど大和は、普段図書室など寄りつかない。わざわざ立ち寄ってもらってきてくれたのだろうけれど……。

（相変わらず、優しいよな……）

――体だけ。本能をコントロールするためだけの、相手なのに。

一瞬ひがんだ気持ちになり、歩はそんな自分が嫌になった。けれど大和は毎週末のように歩をデートに誘ってくれるし、ホテルも信じられないくらい良いところを予約してくれる。抱くときも丁寧で優しく、普段も一人ぼっちの歩を気遣ってか、なるべく一緒にいてくれる。もしも一ヶ月前の黄辺《きべ》との会話を聞いていなければ、今ごろ、大和に愛されている、と勘違いしていたと思う。

（優しいって、残酷なんだなあ……）

そんなことを思うと、胸が痛い。けれどこの痛みを打ちあけられる人は、今の歩にはいないのだ。

自分が招いた結果だけれど、スオウとチグサを失ったことで、歩はもうずっと苦しんでいた。その理由が大和で、そしてその大和にも、優しくはされているが愛されてはいないのだから、どこにも出口がない気持ちだった。

予鈴が鳴り、クラスメイトのほとんどが、雑談をかわしながらそれぞれの席に戻っていく。一番後ろの席でこてんと机に突っ伏すと、体のどこかが重たく、だるく感じた。

このごろ、歩は微熱が続いていていつも調子が悪い。前向きな気持ちもすっかりしぼんでしまい、将来のことも考えなくなった。気持ちを建て直そうと思うと、今のこの状況を放っておいては先に進めない、という問題に突きあたって、立ち往生することになる。

スオウとチグサのことも、大和との関係も、変える決断ができずにいる。

結局のところ、たとえ体だけでもいい、一時でもいいから、大和と一緒にいたい――大和に抱かれていたい。そう、歩が思ってしまっているのだ。

「なあ、聞いたか、あのニュース。殿村《とのむら》のリタイア」

「ネットで見たよ。これで村崎のプロ入りはいよいよ待ったなしだよな」

教室のどこかからかそんな声がするのを、歩はなんとはなしに聞いていた。

――また大和くん、噂されてる。

と、思う。歩と関係を持ってから、大和は誰のことも寝取っていないが、それでも目立つので噂だけは毎日聞く。

「あいつ落ち着いたってことは、特定の相手ができたのか？」

「オオムラサキは結婚早いからな。寝取り癖直すために」

ぼやいている声を聞きながら、歩はため息をついた。

（いつかは、大和くんと別れなきゃ）

視線を向けると、窓からは五月の陽光が明るく差し込んでいる。切ないような気持ちで、歩は大和がもらってきてくれた展覧会のちらしを、そっと指先で撫でてみた。


「歩くんだっけ？　ちょっといいかなあ」

金曜日の午後、昼食を終えたあとの歩は一人で食堂の隅っこにいた。大和は練習でいない。声をかけられて振り返ると、横に座ってきたのは、大和の幼馴染みの黄辺だった。にっこり笑いかけられて、歩は眼を丸くした。

「ふふ、びっくりした？　俺ね、キベリタテハが起源種で、高原性《こうげんせい》のチョウだから、眼だけはわりといいの」

うっすら青みがかった、美しい瞳を指さし、黄辺は可愛らしく首を傾げた。

「歩くんと話したくて、クラスは知ってたから、教室の入り口で待ち伏せて、見失わないよう必死に後をつけてきたんだけど……食堂に入ったら見失ったから、テーブル一つ一つ回ってきたとこ。きみ、すごいね。ほんとに探すの苦労したよ」

感心され、歩は「はあ……」と息をつく。黄辺が自分を探しているなんて、大和関連だろうと、歩はつい身構えてしまう。

「大和が付き合ってるのって、歩くんでしょ？」

直球で言われ、歩はまごついた。ホテルで、黄辺が大和から特定の相手がいる、と聞かされていた場面は見ている。黄辺には志波《しば》という情報源もあるので、歩だろうとあたりをつけるのはたやすいかもしれない。

「……っ、付き合っているというわけじゃ」

「ああ、うん。大和はお子ちゃまだから、どうも恋愛とか分からないみたいだね」

しどろもどろに言ったが、黄辺は理解してくれた。歩は黙り込んだ。胸がズキズキと痛み始めている。やっぱり他人から見ても、大和は歩に恋愛感情は持っていないのか。

「あのね、実はきみとのことを、何度か大和と話し合ってるんだよ」

不意に黄辺が妙なことを言い、歩は顔をあげた。黄辺は苦笑しながら、もちろん、久史には内緒にしてるから、と付け加えた。

「俺は大和が一人に決めるなら邪魔するつもりはないんだ。だけどそのせいで私生活に影響がでるのはね。ねえ、きみから大和を説得してもらえないかな」

「……説得？」

てっきり別れろとでも言われると思っていたので、歩は眼を瞠った。首を傾げると、「俺、大和と同じようにテニスやってるんだけど」と黄辺が説明する。それは知っていたのでこくりと頷く。

「あいつ、今年の夏、全国の強化選手に選ばれてるのに、七月にある海外合宿に行かないって言うんだ。絶対行くべき合宿なんだよ。で、どうも理由がきみみたいでね」

「え？」

訳が分からず、歩は眼をしばたたいた。なぜ、大事な合宿に参加しない理由が歩なのだろう。

「歩くんを置いては、長期間、海外に行けないって言っててさ」

眼を見開いた歩に、黄辺が困ったように笑った。

「その顔じゃ、なにも聞いてないよね。歩くんが淋しいのも分かるんだけど……大事な合宿だから、行かせてやって。あいつの父親からも、説得してほしいってうちに連絡がきててね。でも俺の説得じゃ効果なくて」

頼んだよ、と微笑み、黄辺は歩の答えも聞かずに立ち上がった。とりあえず、自分のするべきことはしたというような、ホッとした顔をしている。

一人残された歩は、しばらくの間呆然としていた。意味が分からない、という気持ちから、だんだんと理解できてくる。とたんに、頭から、血の気がひいていく。

　大和は、いくらなんでも優しすぎる。

　気がつくと、頭の中でそう叫んでいた。


「なに？　話って」

　テニスの練習から戻ってきたばかりの大和を捕まえ、「話したいことがある」と告げたのは、夜、寮の自室でのことだった。風呂から上がってきたばかりの大和は、Tシャツに速乾性素材のハーフパンツを穿《は》き、濡れた頭を雑に拭いているところだった。

　歩は大和のベッドに座らせてもらっている。膝の上でぎゅっと拳を握りしめ、今日黄辺と話してからずっと、言おうと決めていたことを切り出した。

「……あのさ。今日昼に、黄辺さんと話したんだ」

　とたん、大和は飲んでいたペットボトルのお茶を、盛大に噴き出した。

「は、はあっ？　黄辺っ？」

　椅子に座っていた大和は、ぎょっとしたように振り向く。歩はもごもごと続ける。

「――大和くん、海外の強化合宿行かないって、どういうこと？　黄辺さんは、俺のためだって言ってた……」

言うと、大和はなんの話か察したようだった。一瞬気まずげに視線をうろつかせ、それから「お前には関係ねえよ」とそっぽを向いた。

「関係ないってこと……ないだろ」

歩も思わず、食い下がる。大和が海外に行かない理由が歩にあるというのなら、そのわけはたった一つしかない。

（……三日おきに俺を抱けなくなるから……断ったに決まってる。大和くんは優しいから、責任を感じてるんだ）

それが分からないほど、歩も鈍感ではない。身近に接するようになってから、大和がどれほど他人に甘いかは身に染みて分かっていた。

「とにかく、合宿には参加してほしい。俺のことなら気にしないで。なんとかするから」

「なんとかって、どうするんだよ。まさか他の男に抱いてくれって頼むつもりか？」

飲み干したペットボトルを乱暴に机に置き、大和が吐き出すように言う。歩は一瞬言葉につまった。それについては、特になにか考えがあるわけではないが、他の男に頼むことなどもちろんできるはずがない。

「――いいんだよ。もともと、今年は迷ってた。プロになるのだって、もう諦めようかと思ってたとこだ」

舌打ちまじりに言われて、歩は驚いてしまった。

「プロになるの諦めるって……ど、どういうこと？　すぐにでもなれるくらいのランキングなのに！」

「……もともと、続けてきた動機が不純だし。久史からけしかけられる相手と、セックスしたくねえってのが主な理由だったんだ。でも今は、お前がいるから我慢できるし」

だったらもういいかなって、と大和が言ったので、歩は愕然《がくぜん》としてしまった。

「な、なに言ってるんだよ。ずっと……あんなに頑張ってきたのに」

最後に見た試合での、大和の横顔が思い浮かぶ。どれだけ野次を飛ばされても、ただ眼の前の試合にだけ集中していた、強い意志をこめた瞳……。歩はあの大和に勇気をもらい、前を向こうと思うことができたのだ。それなのに……。

けれど大和は、「三月の試合」と、小さな声で言った。

「あのとき俺があたった選手……俺のラフプレーが元で手首痛めてさ。リタイアした」

ぽつりと呟く大和の瞳が揺れている。大和は気分をかえるように大きく息をつき、だからもういいかって思ったんだよ、とどうでもよさそうに続けた。

「プロにはそりゃ、なれるだろうけどよ。不純な動機で続けてたら、本気なのになれないやつらに悪いだろ」

そいつらがかわいそうだし、と大和が言う。

「頑張っても、オオムラサキだから当然って言われるだけだしな」

持ってないやつらは、持ってるやつのこと簡単に貶《おとし》めるぜ、と大和は皮肉っぽく嗤った。

歩は言葉を失い、まじまじと大和を見つめた。

プロにはなれる。なれるのに、動機が不純だからならない？　それにプロになれない人間に悪い――？

（ううん、大和くんの気持ちは分かる。大和くんも、傷ついてるんだ――）

そう、歩は想像できる。理解できる。……けれど。

言葉にならないモヤモヤとした気持ちが、胸にのぼってきた。これは間違っている、そういう直感だった。

「それに俺、責任とんねぇと。お前に」

ペットボトルの蓋を閉めて机に置き、大和が言う。

「手、出してセックスなしじゃいられなくしちまったろ。俺さ、お前と結婚しようかな」

「……――え？」

歩は、眉根を寄せて大和を見た。なにを言っているのだろう、この人は、と思う。

「だってお前、家から追い出されてるんだろ？　他に行くところもないなら、俺が面倒みようかと思って。今は同性婚も普通だし、お前は生めねーけど、べつにお前を抱いてたら、俺寝取り癖出ないし。他に好きなやつもいねえしな」

都合がいい、と大和は言った。無邪気な顔で、悪気もなさそうに。

「お前の人生の責任取るなら、テニスはしてらんねーよ」

頭が痛い――耳鳴りがする。

歩は呆然として、大和を見つめていた。

ふと頭に浮かんだのは、春休み以来、顔を合わせていない年の近い姉のことだった。

私たちは変わらない、同じだと姉は言った。異形再生《いけいさいせい》に失敗しても成功しても、どうせ同じだったから気にするなと、おそらくは慰めで口にした。

生める姉がなぜそんなことを言うのだろう？　次に命を繋げられるのに、その命さえいつか滅ぶ、この星には必要ないと、なぜ言うのだろう。

そんなふうに話す姉をかわいそうだと思った。きっと苦しいのだろう。辛いのだろう。決められた人生を、子を為すためだけに生かされて。姉も、歩と同じように悲しい想いをしている――。

瞼の裏に、幼いころ、歩を置いて去っていった母の姿がちらついた。

――いらない命なら、なぜ生んだの。

間違いなら、なぜ生んだの。

どうして愛してもいないのに、愛しているふりをしたの――。

都合がよければ、もし自分がもっと都合がよければ、母は、姉は、祖母も、ちゃんと愛してくれたのだろうか？

けれどそれは、本当の歩を愛してくれていることになるのだろうか…？

小さなころから歩の頭の中には、いつでもその疑問があった。いつもその気持ちが、歩を苦しめてきた。

「……なに、言ってるんだよ？」

気がつくと、呻《うめ》くような声をあげていた。訝しげに眉を寄せ、大和が振り返る。

やめろ、言うな、と歩は思った。けれど心の奥底に眠らせ、眼を逸らし、退けていた暗い暗い底なし沼から、突然真っ黒な水が吹き上がり、歩の心をさらっていった。悔しさが、怒りが、押し込めていた悲しみが一気に歩の中に突き上げてきて、心を暗く塗りつぶす。

喉から声を出させ、嫌な言葉を選ばせる。

「そんな責任の取られ方、誰がしてほしいって言った？」

体が震え、声が詰まった。

「俺がかわいそう？　憐《あわ》れんでるの？　優しいな、でも、傲慢だ……！」

喉が擦り切れるような怒鳴り声。

「都合がいいから俺でいいなんて……そういうの、愛じゃないだろ――」

そんな愛され方、望んでいない。

腹の底から噴き出したその声に、歩も驚いたが、大和のほうも眼を瞠っている。感情が溢れるのと同時に、どっと涙も堰《せき》をきって溢れた。

頭の中に明滅する、母の影、祖母の影、姉の影。スオウとチグサ。

みんな勝手だ。みんなみんな勝手だ。あんたたちが傷ついているように、俺だって傷ついてる——。

誰かに傷つけられるたびに、歩はいつも考える。その人にも痛みがあるだろう。その人も辛いだろう。怒ったり、恨んだり、淋しんだり。負の感情を人に向けるのは苦しいだろう。理解して、受け入れて、憎まないようにしてきた。そうして歩はどんどん一人で傷ついた。

ついた傷を押し隠して、仕方なかったと諦めるたび、傷はもっと広がった。いつだって、どんなときだって、傷つけるほうは自分のほうが傷ついていると思い込んでいて、歩の傷はないことになる。しかも歩の傷は他人からだけではなく、歩からさえ、なかったことにされてしまう。けれど歩だって、ひどく傷ついている——。

「……ちょっと待てよ。俺はお前の気持ちを考えて」

呆然としていた大和が立ち上がり、少し腹を立てたように言う。歩はその声を遮った。

「俺の気持ち？」

（同じじゃないよ姉さん）

あのとき、姉に同じだと言われたときも、歩はそう思っていた。

（必要で生まれてきた姉さんに、間違いで生まれた俺の気持ちなんて）

「俺の気持ちなんて……なんでも持ってて、誰とでも生きていける……そんな大和くんに分かるはずない……っ！」

——ああ、どうしてこんな嫌なことを、自分は口にしているのだろう。

なんでも持っている大和だって傷つく。そんなこと知っているのに。それなのにもう、出た言葉を引っ込めることはできない。

歩は立ち上がり、ぼろぼろと泣いていた。大和が眼を丸くして、歩を見上げている。

「プロになれるならなれよ！　自分が嫌で、逃げ出したいからなりたくないならそう言え！　誰かがかわいそうだからとか、責任とらなきゃいけないからなんて言い訳、二度と言うな……！」

姉さん、と、歩は言いたかった。

もし子どもが生まれてきたら、俺に言ったことをその子にも言うの？

どうせいつか終わる命とわかっていて、お前を生んだのだと。

（……ひどいよ）

俺ならそんなことは言わない。絶対に言わないと歩は思う。どんな子どもにもいらないなんて言わない。間違いなんて言わない。種の存続のために生まれたのだとも言わない。

毎日毎日抱き締めて、愛してるよと言う。愛してる、自分が愛しているのだから、そのためだけに生まれてきてくれて嬉しかったと、そう言う。

ただの一度も、歩が言ってもらえたことのない美しい言葉を、星よりもたくさん降り注いで慈しむ。自分が、そうされたかったから。

母に、祖母に、姉たちに、そう言ってほしかった。ヤスマツトビナナフシのためではなく、歩は歩のためだけに生まれてきて、だから誰かを愛してもいい。愛されてもいいと言われたかった。できそこないでも失敗でも、傷付くのだ。間違いでも都合が悪くても、誰かに愛されたいと思う。

一人ぼっちで生きていけなんて、誰にも言われたくなかった――。ましてや、実の母親からなんて。

「……歩？」

戸惑ったように大和が名前を呼んでくる。歩はぐいっと涙を腕で拭う。

「もういい。前から言おうと思ってた。関係は解消しよう。大和くんは、もう俺を抱かなくていいから」

言ったとたん、数秒、大和が固まった。それから「はあっ⁉」と身を乗り出す。

「なんでそういう話になるんだよ⁉　俺のテニスと、お前とのことは関係ねえだろ⁉」

「だったら合宿に行かない理由に、俺を使わないで」

きっぱり言うと、大和は腹を立てたように舌打ちした。

「じゃあ、合宿行ってくりゃ今までどおり続けるって言うのかよ？　二週間はいないんだぞ。その間どうすんだよ！」

「合宿に行っても行かなくても、俺と大和くんの関係は終わり。合宿に行かなかったら、単に俺がきみを見損なうってだけ」

歩は続けた。涙は止まっていたが、まだ頭はのぼせていて、口が勝手に動いている。大和が愕然と歩を見る。けれど歩は言ったことを撤回するつもりはなかった。

「だって俺も大和くんも、全然好き合ってない。いつ別れたっていいはずだし、どっちかにデメリットがあるならさっさと解消するべきだって、ずっと思ってた」

「……デメリットって。俺は、一応先のことまで考えて」

大和が喘ぐように言うのを、歩は「よけいなお世話だよ」と切り捨てた。

「大和くんと付き合ってたら……スオウとチグサにも許してもらえないし。きみは目立ちすぎるし、志波さんも面倒だし。デメリットだらけだ」

どこからこんなに言葉が出てくるのだろう。頭の隅で歩は思った。それもやたらと露悪《ろあく》的な、ひどい言葉ばかりが。心臓がじくじくと痛み、息苦しい。大和の眼にあからさまに傷ついたような色が走り、顔が歪《ゆが》む。

「お前……そんなこと考えて俺と付き合ってたのか？　俺は優しくしてたつもりなのに」

そうだろうな、と歩は思う。大和が歩のことを想ってくれていたことは知っている。

「でもそれは……俺が相手だからじゃないよ」

気がつくと、ぽつりと歩は言っていた。

「……最初のころに言ってたよな。初めて黄辺さん抱いたとき、責任とって付き合おうって言ったって。大和くんはたぶん、俺じゃなくても、付き合った相手には優しいと思う」

「はっ？　それのなにが悪いんだよ。普通だろうが！」

机をバン、と叩き、大和が声を荒げる。

「それでやめよう、って言われる筋合いねーぞ！」

違う、そうじゃない、と歩は思った。けれど上手く言葉が出てこず黙ってしまう。大和はなにも言わない歩に焦《じ》れたように続けた。

「大体、俺がいなくなったらどうすんだ、学校辞めんのか!?　それとも、後家《ごけ》のどっちかにでも相手を頼むつもりかよ。お前、結局俺といてもあいつらのことばっかり考えてたみたいだしな！」

そうじゃない、そうじゃないんだと歩は思う。歩が傷ついているのは、もっとべつのこと、もっとずっと根深いところでだ。

（だって大和くんが俺を選ぶのは、好きだからじゃないだろ――）

本能をコントロールするのに適しているから、大和は歩を選んだのだ。適している。都合がいい。ちょうどいい。役目を果たしてくれるから、おこぼれのように少し愛してくれるというのなら、それは歩を捨てた、七安《ななやす》の家と同じだ。

家にとって都合がよければ、祖母は愛してくれただろう。そんな愛をほしがって、けれどそれでは、ありのままの自分を愛されていることにはならないと不安で、歩は異形再生に失敗した。

今、大和にすがりつけば、あのときと同じ失敗をくり返すだろう……。

「……ただ、ちゃんと、好きな人に抱かれたいんだ」

同情でも、責任感でも、本能でもなく。都合がいいからではなくて——ただちゃんと愛されて抱かれたい。

絞り出すように呟くと、大和が呆然とし、

「好きなやつが、いるってことか？」

と、訊いてきた。その眉は歪み、大和はじっと歩を見下ろしている。いるよ、と歩は小さな声で答えた。とたんに、自分を支えていた最後の糸の一本が切れたように感じて、歩はベッドにぺたん、と腰を下ろしていた。

うつむき、ああもうダメだ、と歩は思う。長い間、必死になって見ないようにしてきた底なしの沼に、とうとう自分は捕まってしまったのだ。

「大和くんといると、苦しいんだ……ずっと、やめようと思ってた」

歩がアニソモルファではなかったら。大和はいまだに歩のことなど、気にもかけていなかっただろう。

大和も、結局、歩そのものは愛していない――。

ぎゅっと眼をつむると、涙がこみあげてきて頬を落ちる。

「……好きなやつって、誰だよ。俺が知ってるやつか？　なんで黙ってた！」

最初囁くように訊いてきた大和は、やがて大きな声で怒鳴る。好きなやつなんて、きみに決まってるのに、と歩は思いながら濡れた眼を逸らした。

「言う必要ないだろ。俺と大和くんが寝たのは……ただの本能なんだから」

とたんに、大和はカッとなったようだった。突然、歩の胸倉を掴む。その顔は怒りに赤くなり、手はぶるぶると震えていた。けれど大和は「くそ」と呟いて歩を放し、やり場のない怒りをぶつけるように、椅子を蹴飛ばした。椅子はけたたましい音をたてて転がる。

「勝手にしろ。俺以外と寝たかったんなら、さっさと言えばよかったろーが……」

呻くように言い、机の上の電話をとると、大和は歩に背を向けた。抑え込んだ怒りのせいか、大和の肩は上がり震えている。

「お前がそのつもりなら……俺も、今日は黄辺ンとこで寝るわ」

わざわざ相手を指定し、部屋を出て行く。ドアがバタンと閉まる。

歩はただじっと、閉じたドアを見つめていた。涙に濡れた視界の中で、ドアはにじんで、揺れて見える。

思考はまとまらず、なにも考えられない。あるのはただ、これで良かった、正しいことをした、といううっすらとした確信。そして大和を失ったという重たい悲しみだった。

（でも、いつかは別れるつもりだったんだから）

これはもともと、決まっていた別れだと思う。

ひたひたと忍び寄ってくる絶望に、歩はもう抗わなかったし、眼も逸らさなかった。細い体も、傷ついた心も、暗い淵の中へ沈んでいく。

生きるのに理由がいらないなら、死ぬことにも理由など必要なければいいのに、と思う。

消えたいなあと歩は思う。消えてなくなってしまいたい。

自分はいらないし、大和にも愛されてはいないのに、愛してほしいと思っているその事実を、胸に引きずって生きていくのは、とても耐えられない気がした。

それでも、こんなに絶望している今この瞬間でさえ、誰かに好きになってほしい。

心の奥で、そう願っている。

これも本能なのだろうか。生きていくための……？

頭の隅で、歩はぼんやり考えていた。

十一

その日の夜、結局大和《やまと》は部屋に帰って来なかった。言葉通り黄辺《きべ》の部屋に行ったのだろうか？　だとしたら、今頃黄辺を抱いているかもしれない――。

歩《あゆむ》は一晩、ずっと寝付けなかった。大和が黄辺を抱いていたら悲しい、そう思っている自分はいるのに、その感情がどこか遠く、ずっとぼんやりしていた。起きているのに、なにか考えているわけでもない。そしてなにも考えていなかったのに、歩は翌朝になると、大和が戻ってくるより前に部屋を出ていた。

気がついたら、歩は校内のはずれの緑林の中にいた。五月の若々しい緑の下、ベンチに座って一人ボウッとしていた。手には電話を持っていたが、電話帳で実家の番号を開いたところで操作が止まっている。時計を見ると、いつの間にか昼も近い。本当なら今日は、昼から大和と一緒に出かけ、誘ってくれた書道展に行く約束だった。しかしもう、歩は行くつもりなどなかった。

（発情する前に……実家に電話を入れないと……）

けれどどうしても、それが嫌だ。嫌で、電話がかけられない。祖母に怒られることが、ではなく、学校を辞めさせられるかもしれないことが、でもなく。

（……だってお祖母さまも、姉さんたちも……もう俺のことは、どうでもいいのに）

知らせないでおけば、あずかり知らぬこととして我関せずを通せても、歩が頼ってしまえば、きっとなにかしらの始末をつけようとはしてくれるだろう。けれど内心では、それがうっとうしいに違いないのだ。それを知っているから、頼りたくない。

（ああ……嫌だなあ俺……人のこと、こんなに悪く思って……）

どんどん嫌いな自分になっていく気がする。なにも考えたくなくて、歩は立ち上がると、校内をあてもなくうろうろと歩き始めた。

しばらく歩いて緑林を抜けると、中庭へ出る。土曜は購買も開いているので、特に外出予定のない暇な生徒たちが、私服姿でそのあたりに溢れていた。

「いつまでも話さないと、このままになっちゃわない？」

ふと聞き覚えのある声がして、見ると中庭のベンチにスオウとチグサが座っていた。こちらに背を向けていて、スオウはいつもどおりイチゴ牛乳を飲み、チグサは煎餅を食べている。

「そうは言っても、俺、やっぱり村崎《むらさき》とっての、認めたくねーもん……」

スオウがため息をつくと、チグサもつられたように吐息をする。

「でもなんだかんだ一ヶ月、浮気もしてないみたいだし……結構本気かもよ」

「オオムラサキの本気なんか信じられるかよ」

スオウがうなだれ、小さな声で「歩、やっぱ村崎がいたら、俺らいなくても平気なのかな」と呟く。

平気なんかじゃないよ。二人と話したい。それに、大和くんとは別れたんだ——。

そう言って出て行こうか、一瞬だけ迷った。けれど声は出ない。出てもいけなかった。

五月の光を浴びるスオウとチグサは相変わらず可愛い。あの二人に挟まれて、くだらない話をしたり、ケンカを仲裁したりしていた自分はどこにいったのだろう？

振り返ってみると、今の自分はスオウやチグサが親しんでくれた自分とは、まるで違う生き物になったように感じられた。

（……俺は本当は、全然良い人間じゃなくて。嫌なことばかり考えてるんだよ——）

歩の中にある、薄暗いどろどろした心を、二人に見せたくない。大好きな二人に軽蔑されたら、と思うとそれを知られるのが怖くなり、歩は数歩後ずさり、踵を返して林の中に紛れ込んでいた。なるべく離れようと小走りになるうちに、校内にある池の淵に出た。広い池の周りにはベンチが置かれて、何人かは読書をしたり、集まって雑談をしていたが、それぞれ離れていて、歩に気付く人はいない。ボートの停泊《ていはく》している桟橋《さんばし》で、歩は座り込んだ。少し走ったせいか息があがっている。たてた膝を抱き、歩はしばらくの間じっとしていた。

そのとき、着ていたパーカーのポケットの中で、不意に電話が震えはじめる。びくっとして取り出すと、着信画面には「村崎大和」の名前が出ていた。

（……待ち合わせの時間）

表示された時刻は、約束の時間から、二十分ほど過ぎている。もしかすると大和は予定通り、待ち合わせに向かったのかもしれない。

（昨日俺、ひどいこと言ったのに……）

ごめんねと謝れば、今なら戻れる。そう思うと、じわじわと涙がこみあげてきて、電話の画面にパタパタと散った。

頭の片隅に、二年前の雨の日、初めて大和と話したときのことが浮かぶ。

その思い出は日記に書き付けた。歩は何度も思い返した。誰にも話していないし、大和はすっかり忘れているようだから、あの日のことは歩の記憶の中にしかない……。

（今もし戻っても……同じだ。きっとあの日と同じように、大和くんはいつか、俺のことを忘れてしまう――）

結婚しようかな、なんて大和は言ったが、それはただの責任感からだ。いつか本当に好きな人ができたとき、大和は歩を捨て、そうしてすぐに歩なんて忘れてしまうだろう。

やがて――何十年も経ったとき、と歩は思う。

そのときも、歩だけが大和のことを覚えている。

大和は他の相手と家庭を築き、高校時代の一時の過ちを、ごくたまにうっすらと思い返すことはあるかもしれない。けれどそれはほんの一瞬で、すぐにまた忘れてしまうに違いなかった。

どれだけ抱き合っても、優しくしてもらっても、その未来はきっと変わらない。

（この一ヶ月も、これから先のことも、全部……大和くんには過去になっても、俺には一生になること──知ってる。だからもう、戻れない……）

どうせ未来のない関係だ。自分が本当に望んでいる愛情は、大和からは得られないと理解していながら、

──責任をとって。ずっと俺を愛して。俺だけ愛して。

そう思っている自分がいることも、歩は知っている。その自分の中の欲深い部分が、歩は怖かった。

怖くて嫌で、見たくなくて、誰にも見せたくない。誰にも、自分の中に潜んでいる汚い感情を知られたくない。その嫌な自分ごと、この世界から露のように蒸発してしまいたくて、歩は衝動的に電話を池に落としていた。

まだ鳴っているその画面の光が、深緑の水底へ吸い込まれて消えていく……。

なにをしているんだよ、と冷静な自分が自分に怒っている。けれどその刹那、全身にカ

ッと熱が宿った。

「あ」

――嘘、待って。まだ早い。

日によって、あるいは状況によって、フェロモンの出る時間が変わることはあるのだろうか。歩の体はずくっと疼き、下腹部が熱くなる。そして全身から、突然甘い香りが放たれる。香りは風に乗って拡散され、立ち上がった瞬間、それまで歩になど見向きもしていなかった池の周りの生徒たちが、顔をあげていた。


全身が熱い。足を踏み出すごとに体の芯がびくびくと震え、もう止まって、誰でもいいから身を委《ゆだ》ねてしまおう、という気持ちが湧く。けれど名前も知らない男子生徒の一人に腕を摑まれた瞬間、このまま犯されたいという願望と一緒に、触れられるくらいなら死んだ方がマシだという強い嫌悪が湧いて、歩は相手を突き飛ばしていた。

「待て！　ちょっと話をしようってだけじゃないか！」

突き飛ばされた生徒が怒鳴る。池の畔《ほとり》から、歩を追いかけてきた男たちは五人。突き飛ばした一人を追い抜き、他の四人も次々に追ってくる。

夕方の学内は人気が少ない。歩は助けを求めて闇雲《やみくも》に走り、階段を転げ落ちてしまった。

「あっ、うあっ」

高さ二メートルほどをごろごろと落ちて、地べたにうずくまる。

「はは、やっと捕まえられそうだ」

「誘うだけ誘っといて、ヤらせないってのは感心しないよな」

階段を下りてくる生徒たちの声に、歩は呻いた。頭がくらくらして、とても立てそうにない。電話は池に落としてしまったし、ここが校内のどこかも分からない。

——犯される。

大和ではない相手に、とうとう抱かれてしまう。そうして一度でも抱かれれば、自分はよがって腰を振り、もっとしてとねだるだろう……。想像にさえ嫌悪して、吐き気を催《もよお》したそのとき、歩の視界に、黒い革靴の爪先が映った。すぐ眼の前に、誰かが立っている。

「大丈夫かい？」

優しい声に顔をあげると、夕闇の逆光の中でその人の顔はよく見えなかった。

そこから先のことは、あまりよく覚えていない。

気がつくと歩は学校の保健室に寝ていて、点滴を打たれていた。点滴台にぶら下がったビニール袋から、無色透明の液体がポタ、ポタ、と落ちて、歩の体の中に入ってくる。あれほどあった動悸《どうき》、体の疼き、火照りもいつの間にか消え、歩の体からはもう、わずかにしかアニソモルファの香りはしていなかった。

「気がついたかい？　かなり落ち着いたみたいだね」

ものの柔らかな声がし、ベッドを囲っていたカーテンが開く。顔を出した人物は、美人という言葉がぴったりの、麗しい人だった。

濃紺のスーツに、涼しげな青いシャツ。栗色の髪と同色の瞳。繊細な容貌《ようぼう》なのに、凛とした強さを感じさせるその人の襟には理事会のバッチがついている。そこで、歩はハッとした。この人は入学式のときに見た人だ、と気がついたのだ。

「……す、雀真耶《すずめまや》……先生」

雀真耶は星北《せいほく》学園理事会の副理事で、高等部の責任者をやっている人だ。その美貌と由《ゆい》緒《しょ》正しい家柄、品行方正な振る舞いで、学園中から憧れと羨望を集めている人でもあり、雀先生、雀先生とよく噂されている。たしか起源種はヒメスズメバチ。それも女王種の出身という、日本産ヒメスズメバチの頂点に立つ家格《かかく》の当主代理とも聞いたことがあった。

ようやく、一時間ほど前の記憶が蘇った。発情して男に追い回され、捕まりかけたところを、たまたま通りかかったこの人に助けてもらったのだった。

本能的な欲望を叩き起こされ、半分理性を失っていた男子生徒五人を、「刺し殺すよ？」の一言で退けてしまった真耶の迫力はすごかった。真耶は歩を抱き起こしてここまで連れてきてくれ、それからすぐに校医が呼ばれ、太い注射を一本打たれたあとは、歩はしばらく気絶して眠っていたのだ。

「……あ、あの、すみません。大変な失礼を……」

起き上がり、震えながら非礼を詫《わ》びようとした歩を、真耶はそっと手で制した。

「いいよ、無理して起きなくて。七安《ななやす》歩くんだよね。ヤスマットビナナフシの」

真耶は優しく言いながら、歩の傍らの椅子をひいて座った。手にはなにやら書類が握られている。見ると、それは歩が入寮初日、寮に提出した身上書《しんじょうしょ》だった。

「……ヤスマットビナナフシの子が入学してるのは知っててね。男の子は珍しいし、不便はなかろうかと気にかけてはいたんだ。悪いとは思ったけれど、ご実家に確認させてもらったよ。……アニソモルファの血が入っているそうだね」

頭から血の気が引いていき、体が小刻みに震えた。はい、と言う声がかすれ、うつむくと、「生徒が起きたのか」ともう一人、カーテンの中に入ってくる。おずおずと顔をあげると、そこには校医が立っていた。タランチュラらしい大きな体つきの医者で、普段は総合病院の勤務医だが、週に一度学園にやって来る。歩も、入学式などで見かけて知っている。白衣の胸ポケットには、「七雲澄也《なぐもすみや》」という名札が差してあった。

「七安くん。校医の七雲だ。アニソモルファのフェロモンだが、抑制剤で今回は抑えてある。発情はしばらくしないだろうから安心して」

澄也は医者らしく静かに淡々と話し、真耶の横に腰を下ろした。真耶は、澄也から説明が必要だと思ったのだろう。少し後ろに席をずらした。

「……は、発情を抑える薬なんて、あ、あったんですか？」

歩が驚いて声をあげると、「最初に打った注射と、今入れてる点滴がそうだ」と澄也が教えてくれた。

（薬で抑えられる？　それなら抱かれなくてもいいってこと？）

わずかな希望が見え、歩は思わずじっと、すがるように澄也を見つめていた。すると澄也は、「とはいえ」と言いにくそうに言葉を接《つ》いだ。

「……実はこの薬は、海外からの取り寄せになる。アニソモルファを起源種にした人は、日本には今のところいないからね。今回は、俺がたまたま研究用に所有していたが……使用には保険が適用されない。週に一度は打たなきゃいけないから、どうしても高くつく」

歩が不安な顔をしたからか、真耶が「あのね」と身を乗り出してきた。

「ご実家には薬のこともお伝えした。きみが必要なら、お金は心配いらないそうだ。ただ……」

そこまで言い、真耶は澄也と眼を合わせる。二人はなにか言いにくそうな顔をしている。

金は出すから、これ以上厄介《やっかい》ごとを持ち込むなと言われたのだろうか？　それくらいなら、言われ慣れているので平気だった。それどころか、祖母が薬に金を出してくれると聞いて、歩はびっくりしたしホッとしてしまったくらいだ。

「実家とは、もうほとんど縁を切ってるので、なにか悪く言われたとかなら……」

「ああいや。そういうことではなく」

と、真耶が歩の声を遮り、ため息をついた。

「……七安くん。率直に言わせてもらうと、もし恋人がいるなら、薬の使用は控えて、性行為で抑えることを推奨《すいしょう》するが……それは難しいかな？」

澄也に訊ねられ、歩はドキリとした。学園の責任者である真耶の前で、大和の名前を出すわけにはいかない。喘ぐような声で「わ、別れてしまったので」と伝えると、真耶が眼を細めた。

「きみをこんな体にしておいて、別れたバカはどこのどいつ？　名前を教えてくれる？」

ニコニコしているが、その眼はまるで笑っていない。歩がびくりと震えると、「真耶、やめろ。ややこしくなるだろ」と澄也が真耶を諌《いさ》めてくれた。けれどそう言った澄也も、肩を落としてため息をつく。

「この薬、これだけ強いフェロモンを抑えるんだから、当然副作用もあるんだ。それが少し厄介でね。まず一つめは、きみたちナナフシ特有の、香りを消す能力がやや弱まる。薬が効いている間、少しだけきみ自身の香りが残る。目立つほどじゃないけどね」

「俺に……匂いなんて、あったんですか？」

驚いて訊き返すと、どんな個体にも匂いはあるよ、ともっともな返事が返ってくる。

「あとは、マイナートラブルというか……体調の悪さは続いてしまうと思う」

それから一番の問題なんだが、と澄也はじっと、真面目な顔で歩の顔を見つめた。

「きみの体だが……異形再生《いけいさいせい》の痕があった。どうやら、不完全なようだけど」

すまないが、既往歴《きおうれき》を調べさせてもらったよ、と言われ、歩は顔をあげられなくなった。頭の奥がじんと痛み、頬にじわっと熱がのぼる。自分の一番のコンプレックスを人に知られたという、そのことに落ち着かなくなる。

「……きみの異形再生は、どうやら自然進行している」

（……？）

続けられた言葉の意味が分からず、しばらくの間、歩は固まっていた。真耶が痛ましげな声で「思い当たることはない？」と、そっと訊いてくる。

「体……このごろ、熱っぽかったりしなかったかな」

「……そういえばずっと、だるかったですけど」

ようやく少し顔をあげて応える。

「――あのね。きみが最初に性交渉を持ったのは、男性だろう。だから……ホルモンがそっちにシフトしたんだと思われる。医学的にも、前立腺の刺激は女性ホルモンを促すことが知られているんだ」

よく分からず、歩は上の空だった。澄也は歩をじっと見つめ、真摯《しんし》に伝えてくる。

「結論から言うと、きみの異形再生は成功に傾いてる」

もちろん、まだその再生は進行途中で、早くてもあと三年は完成にかかるだろうし、もともと繁殖力が乏《とぼ》しいヤスマツトビナナフシの子どもを生むのは無理だろう。ただ、今後の望みはゼロじゃなくなる。澄也がそう説明する間、歩はただぽかんと口を開けていた。

「男相手のセックスでも進行はするが、この薬はそもそも、性欲を抑えるために男性ホルモンの活性化を避けるんだ。かわりに、前立腺刺激時と同じ、ホルモンの分泌が促されることになってってね」

言ってること、分かるかな、と澄也が途中で訊いてくれる。歩は呆けたまま、こくん、と頷いた。

「つまり、この薬を摂取するとまず間違いなく、進行は止まらない。完全に成功させるには、きちんとした治療が必要だろうが……。さすがに、一度成形した痕をなくすことはできないから、今よりは確実に進む。つまり、曖昧《あいまい》な性になるということだが……」

歩はまだ呆けていたが、爪先から徐々に震えがのぼってくる。心臓がどくん、と鳴り、布団を掴む指がぶるぶると震えていた。下腹部に急に違和感を覚える。

（……知らないうちに、俺の体が、知らないものになろうとしてるってこと？）

冷たい汗が額に浮かんで落ちていく。

今さら異形再生が成功するかもしれないと言われても、困る。どうしたらいいか分からない。もともと存在する意味の曖昧な自分が、性別まで曖昧になってしまったら、それはもう自分ではない気がする。

呆然としている歩を後目に、澄也は「七安くん」と優しく言う。

「心と体は密接《みっせつ》でね。今回、きみの女性化が進んだのは、きみがたぶん――どこかで、そうなりたいと思っていたからだと思うんだよ」

びくりと肩を揺らした歩に、澄也は「おかしなことじゃない」と続けた。

「別れたという相手……もしこれが彼のためなら、一度話し合ったほうがいいかもしれない」

頭が鈍く痛み、眼の前が暗くなる気がした。

――どこかで、そうなりたいと思っていた。

……心のどこかで、大和のために、女の子になりたいと？

そんなことは思っていない。そう言いたいのに言えなかった。浅ましい望みを、一度も抱かなかったわけではない。もしも女の子になれていたら、大和は自分を本気で好きになってくれたかもしれない。そうでなくとも、大和はオオムラサキだ。最初に子どもを生んだ相手と一生生きる種だから、そうできれば、繋ぎ留めておけたのに……。

そんなばかげたことをうっすらと考えていたのだと、今目の当たりにさせられた。

（……だけどそれはもう、本当の俺じゃ、ないよな？）

性別まで変えてしまったら、大和が好きなのはもう、歩かどうか分からない。

それでもいいと思うほど、大和を欲していたのが自分の本能だというなら――歩はその欲の激しさにゾッとして、吐き気を覚えた。

「――とにかく、今夜はここで寝て。人払いはしておくし、寮のほうにも話はつけてある。……それと、男だらけの環境だからね。きみは両性化しているし、危ないかもしれない。なにかしてほしいことはあるかい？」

僕にできることならするよ、と言ってくれる真耶を、歩はじっと見つめた。願うことはたった一つ。他には浮かばない。

「……寮の部屋を、替えて下さい。もしできるなら……一人部屋に」

大和からできるだけ遠ざからねば。そう思った。

真耶はすぐに頷いてくれた。力強い声で「手配しよう」と約束してもくれた。ぼんやりしたまま歩は頭を下げ、「ありがとうございます」と呟いたけれど、その声は消えそうだった。

自分の心も体も恐ろしい。自分のなにを拠《よ》り所にし、信じればいいのか――歩は混乱し、もう分からなくなっていた。

それから日曜日の夕方まで、歩は保健室で過ごした。その間に真耶から今後の生活についていくつか注意を受けた。

体調は常に万全とはいえないから、体育の授業などは無理をしないこと——教師には、真耶から話を入れてあるという。フェロモンを抑える薬は週に一回、澄也の勤務日に注射と点滴で受けることになった。

保健室を出て寮に戻ると夕食時で、食堂のほうからはざわざわと雑談する声が聞こえてきた。寮の玄関付近には部屋番号と、その部屋の入居者の名前が書いてある。確かめてみると、歩は本当に一人部屋に移されていた。部屋の番号も、今日、真耶から渡された鍵についていたものと同じだった。

（三階の角部屋……。真耶先生、どうやってこんないい部屋用意してくれたんだろ……）

理事会からのお達しとあれば多少の無理も通るだろうが……。

あれこれ考えるには心も体も疲れていた。人前に姿を見せるのが嫌で、夕食はとらないことにし、直接部屋に向かう。体は微熱があり、重たくだるい。

（……恒常的《こうじょう》にホルモンのバランスが崩れてるせいだって言ってたけど……これからどうしよう——）

いずれ、自分の体は今よりもっと変わってしまう。結果的に異形再生が成功したとしても、ヤスマツトビナナフシは生めないから実家にはいられない。自分でも自分が分からない。体が変わってしまったら、どうやって生きていこう。

ふらふらと部屋の前まで来た歩は、不意に「おい」と呼ばれて足を止めた。見ると、新しく入る部屋の前に大きな男が一人突っ立って、不機嫌そうに腕を組んでいた。

(大和くん……)

練習からそのまま駆けつけてきたのか、大和はジャージ姿だ。大和は歩を見ると舌打ちし、「どういうことだよ」と唸り声を出した。

「土曜は約束すっぽかして、いくら連絡入れてもつながらねーし。そのうえ、外泊して戻ってきたと思ったら勝手に部屋替えてるってなんなんだ⁉」

他の生徒たちはみんな、下の食堂に集まっているのだろう。廊下はシンとして人気がないので、もともと大きな大和の声はよく響いた。

(そういえば……電話、解約しなきゃな)

本体を池に落としてしまった。良くないことをした、と歩は思う。電子機器を池に落として、池は汚れてしまわないだろうか。明日にでも、教師に謝りにいこう。

(新しい電話は……もういいか。連絡とる人なんて、誰もいないんだし……)

「……っ、おい！」

突然、眼の前の大和が吠《ほ》えた。のろのろと顔をあげると、乱暴に腕をとられる。強い力に歩はぎくりとした。迫ってきた大和の顔は、怒りと焦りでイライラしている。

「人の話聞いてんのか⁉　お前、フェロモン香はどうしたよ、土曜日、数人の男どもが、お前を追いかけてたっての見たやつがいるって——」

そこまで言って、大和はひくっと鼻を動かす。

「……なんだこの匂い？　誰の匂いだよ！」

歩の腕を握る大和の手に力が入り、骨がみしみしと音をたてて痛んだ。これは、と歩は言おうとした。俺の匂いだよ、薬を飲んでフェロモンを抑えてるから、少し香りが残って——。けれど、口から言葉が出てこない。言ってどうするのだろう、と思う。言ってなにか変わるのか？　なにも解決しないのだ。

「まさか、お前が言ってた好きなヤツか？　だから部屋も替えたのか、俺と離れるために！」

違う。けれど、そうは言わないほうがいい気がした。

大和にすべて話したら、そんな副作用のある薬なんて、やめろと言うだろう。大和は優しいからだ。

（そう……大和くんは優しい。好きじゃないのに、責任とろうとするくらい——）

単純なその優しさを、歩はよく知っている。けれどそれは、歩が相手でなくても発揮される、大和の素地《そじ》なのだった。

胸の奥が鈍く痛み、喉が酸っぱくなる。すがりつき、泣きながら、俺を好きになってと、もしももっと自分に自信があるのなら言えたのだろうか？

「……そうだとしても、もう、大和くんには関係ないだろ」

気がつくと、歩は静かにそう言っていた。

「俺はもう、大和くんとはしないんだから」

歩の腕を摑んでいる、大和の手が震えた。愕然としたように歩を見つめる大和に、歩はなんて素直な人なんだろう……と、思った。歩の言葉に、大和はまともにショックを受けている。整ったその顔が青ざめ、やがて怒りに目尻が赤く染まっていく。

「……つまり、好きな相手とできるから、俺はお払い箱ってことか？」

歩はそれには答えなかった。黙っていると、大和は肯定と受け取ったようだ。不意に腕が離れたと思うと、歩は胸倉を摑まれていた。

「てめえ……俺が人に、寝取られるの嫌いだって知っててヤったのかよ……!?」

青紫の眼に、ぎらぎらと野獣めいた光が宿る。歩はそれを下から睨みつけながら、どうして自分はこんなに冷静なのだろう、と思った。

感情がなくなってしまった、あるいは鈍くなってしまったように、遠くに感じる。けれど今ここにいるのが誰なのか、自分でも分からないのだから仕方がない。

「じゃあ、レイプするか？　……大和くんが大嫌いな、本能に従って」

俺は寝たくないんだから、強姦になるよ、と呟く。

とたんに、大和の体が怒りにか、大きくぶるっと震えた。その肩がわなわなと揺れ、眼には信じられないものを見るような色がある。歩がなにを言っているのか、理解したくないという顔だ――。

「……お前、そんなこと言うようなヤツだったか？」

「そうだったみたい」

自分でも、他の答え方が分からない。嘘でも真実でもない。

「本能に抗えるなら放してくれる？」

弱い力で振り払っただけなのに、呆然としている大和の手は呆気なく胸倉からはずれていく。歩はその大きな手をじっと見つめた。ラケットを持つために、指の付け根が硬くなった手。ごつごつとしたその見た目にそぐわず、抱くときはいつも優しく歩に触れてくれ、ときには頭を撫でてくれた。顔をあげると、悔しそうに、苦しそうに歪んだ大和の顔がある。素直に感情を映す青紫の瞳も、キスのとき、いつも蕩《とろ》けるように甘かった唇も、歩は好きだった。

(好きだった……この人が)

硬くなり、閉じた心の中で、そう思う部分だけがわずかに熱くなる。大和は唇を噛みしめ、「くそったれ……」と、呟く。

「……結局、お前にとっても俺は、ただの性具かよ」

違うよ、と歩は心の中で答えた。ダメだと知りながらも一緒にいたのは、大和くんが好きだったから――。けれどそれは伝えられない。

他のヤツらと同じだな、と呟き、大和は歩に背を向けた。

「なら好きな相手に抱いてもらえよ！　どうせそいつは、お前のフェロモンにあてられただけで、お前を好きじゃねーぜ」

大和は吐き出すように言うと、大股にその場を去っていく。その背中は、どこか傷ついているように見えた。きっと、と歩はぼんやり考えた。

（大和くんは、優しさをないがしろにされて、傷ついたんだ……）

かわいそうなことをした……と思ったけれど、部屋に入るとどっと疲労に襲われて、歩は倒れるようにしてベッドへ寝そべった。一人部屋なので、ベッドは一つだ。室内履きを脱ぐのもだるく、枕に顔を埋《うず》める。歩の荷物は全てカバンに入れられて運ばれていた。物のない部屋はシンとしていて、呼気さえ妙に響く。

眼を閉じると眠気に襲われ、歩の意識はとろとろと溶けていく。

（俺、大和くんに好かれたくて……体まで、変えてたんだよ）

もしそんなことを打ち明けたら、大和はどう思うだろう？

困り、動揺し、けれど最後にはあの残酷な優しさで、それなら責任をとって、一生一緒に生きてくれると、言うかもしれない。

（でもそれこそもう、愛じゃない……）

本能ですらない。都合のいい相手にさえ、なれない。

閉じた眼の奥から熱いものがこみあげてきて、睫毛を濡らしてこぼれてくる。けれどその涙すら、歩には不思議だった。泣いているのは、まだどこか、幸せになりたい自分がいる証拠だろうか。

けれどそれさえ、もう、歩には考えられなかった。

十二

六月も半ばに入ると、季節は梅雨《つゆ》になり、雨天が続くようになった。

「えー、今度のグループ学習だが、進化論についてそれぞれ研究してもらいたい。我々人類がムシと融合して遂げてきた進化、それから淘汰についての考察だ」

午後の最後の授業は生物だった。窓の外には雨が降っており、校庭のアジサイが鮮やかに眼に映る。蛍光灯を点《つ》けていても、外が薄暗いのでなんとなく陰気な雰囲気だ。

ぼうっと話を聞いているうちに、教師が「グループは各テーブルごと、六人一組で」と言う。生物室のテーブルは理科用の大きなテーブルで六人掛けだ。テーマを話し合うことになり、形式上の班長が決められる。班長が「えーと、あ、七安《ななやす》くん」と歩《あゆむ》を呼んだ。

歩が「はい」と声を出すと、以前歩を襲ってきたカマキリ出身の生徒が、びくっとして歩を振り返る。その顔には「あ、いたのか」とあり、他の四人も少し驚いていたが、すぐに歩に慣れたようだった。

「あんまり君とは話したことないね。よかったらいろいろ意見して」

歩がにっこりと笑うと、班長の生徒は目尻を下げた。隣のカマキリ男子を含め、他の四人もなぜだか和んだような表情になる。澄也《すみや》のもとで注射と点滴を受けるようになって一ヶ月、歩の存在感は以前とは微妙に変わっていた。

普段は相変わらず目立っていないが、一度見られれば無視はされない。フェロモンがわずかに香っているせいか、なぜか丁寧に扱われることが増えた。黄辺《きべ》には、

「歩くんて、なんだろ。守ってあげたいと思わせるよね」

とも言われた。もともと眼がいいという黄辺には、最近わりと見つかって声をかけられるようになったのだ。歩が大和《やまと》と別れたことも知っている様子で、おかげで大和が合宿に参加するみたい、と報告もしてくれ、別れたことを心配もしてくれている。

黄辺の言う守りたいはホルモン状態が不安定で、匂いが女性寄りに傾いてしまっているせいだろうと、澄也には言われていた。性別が曖昧になってしまった歩は、男ばかりの学校では人をそわそわさせるらしい。その証《あかし》のように、さっきまで歩に気付いていなかった五人は、今はチラチラと歩を盗み見てくる。

「七安はどんなテーマがいい？　きみが普段なに考えてるか、興味あるな」

隣に座ったカマキリ出身のクラスメイトが、身を乗り出して訊いてくる。歩は内心、よく言うなあ、と思ってしまった。

（前に俺を襲ったこと、もう忘れちゃってるや……ゲンキンなの）

そんなことを考えると、頭の隅がずきっと痛む。やだな、という声がする。どうしてそんなふうに、人を悪く思うんだよ、と。

（悪く思ってない。事実だろ……）

内心の声に反駁《はんばく》しながら、歩はそんなことはおくびにも出さず「うーん……」と首を傾げた。その仕草だけで、他の四人も身を乗り出してきて、じっと歩を見つめる。

「今……不要と思われる種がなぜ淘汰されずに残っているのか……かな」

ぽつりと言うと、聞いていた五人の顔が固まった。まさかそんな暗い言葉が、歩から出てくるとは思っていなかったのだろう。歩は微笑み「なんてな」と混ぜっ返した。

「意外にブラックな冗談言うんだな、きみ」

「……過去に淘汰された種の比較研究は？　仮説だけど、大型種と小型種だと、イメージ的には大型種のほうが残っているように見えて、実は数で圧倒してる小型種のほうが生存率が高かったんじゃないかなと思うんだけど」

「いい目の付け所だ。候補に挙げとこう」

歩の代案は好意的に受け取られた。ニコニコしながら、頭の隅っこで疲れるなあと思う。

（冗談じゃないんだけど）

口にはしないけれど、クラスメイトには心の中でそう返す。

（……冗談じゃなく、知りたいんだ。なんで俺みたいな弱小種が、ハイクラスの端っこに、引っかかって残ってるのかってこと――）
鬱々《うつうつ》としたその気持ちを、歩はこのところずっと持てあましていた。

（……屋上。行くのはやめた。食堂……は雨の日だけ。夜……寮に戻るのは門限ぎりぎり。好きなのは図書室……知ってる人が誰も来ない……）

昼休み。数日続いた雨があがったので、歩は購買で昼食を買うと、日当たりのいい校庭の芝生に寝転がっていた。頭上には楠《くすのき》があり、頭だけは木陰に突っ込む。そこは広々としていて、外周を走る部活生はたまにいるが、ほとんど誰も通らないので、歩は気に入って週に三度はこのあたりで昼を過ごす。

買ってきたのはメロンパンだ。見たときには食べたいと思ったけれど、開けて二口も食べるともう食欲を失い、食べるのをやめた。

歩の体重は最近五キロ減った。筋肉が落ちて、身長も、もしかすると少し縮んだかもしれない。毎日毎日、体がだるい。三年も経てば異形再生《いけいさいせい》が完了する可能性が高いから、元気になるよと澄也は言うが、三年後、一体自分は誰になっているのか、なにを考えているのか、歩にはそれも覚束《おぼつか》なかった。

（メロンパン……は、あんまり好きじゃないみたいだ。それと今日も、お腹が空かない）

歩は心のなかで、自分をそう分析した。

少し前までの自分は、なにが好きだったっけ？　なにを食べると嬉しかった？　どんな音楽を聴いていて、どんな本を読んでいた？　今もまだ、それらのことが好きだろうか……。

歩は自分のことがよく分からなかった。

頭の隅を、スオウとチグサの笑顔がよぎる。二年前の雨の日に大和と初めて話したことや、きれいに書いていた日記、大和の記事の切り抜き。母が昔、名前を刺繍してくれたハンカチと、それをだめにしたと言って、大和が買ってくれたハンカチのこと。

長い間そういうものが、歩の幸せだった。

けれど今はどれも、蜃気楼《しんきろう》のように遠い。

このまま自分は、どうなってしまうのだろう。たった一人で、どうやって生きていくのだろう……。

胸を締めつける淋しさに向き合うと、泣いてしまう気がするから、歩は考えないようにしていた。

その日の夕方、歩は保健室を訪れた。

今日はちょうど澄也の勤務日で、歩は注射と点滴の日だ。

「薬剤が全部落ちるまで、ベッドに寝てるか？」

注射を終えた歩は、ぐったりと椅子に座っていた。右腕には点滴の針が刺さっている。注射のあとは急激に具合が悪くなる。それはいつものことで、寝転がってもあまり楽にはならない。点滴が終わるころには歩けるようになるので、歩は「いえ……」と断った。

「ここに座ってます。誰か来ても、べつに眼に止まらないだろうし……」

まあな、と澄也は笑い、一週間のうちにたまったらしい保健室の利用記録を見始めた。

ハイクラス種は基本頑丈《がんじょう》なので、あまり保健室を使わない。なので、点滴中の二時間は、いつも澄也と二人きりだった。そして澄也は医者らしく、よけいなことはほとんど話さない。歩も黙ってしまうほうなので、時間は無言で過ぎていく。

（といっても、話す元気もないけど……）

くらくらする頭を椅子の背にことんと乗せ、歩は鈍い頭痛や船酔いのような吐き気をじっと我慢していた。我慢しているうちに、だんだん眠たくなってくる。

廊下のほうが騒がしいなと気付いたのは、それから五分くらい経ってのことだろうか。

「俺の毒のほうが強いって。起源種からしてそうじゃん」

「殺傷する場合はね。単純に麻痺させるだけなら僕のほうが向いてるよ」

言い合う声がなんだか懐かしい。眼を閉じながら、歩は夢を見てるのかなと思った。

――またくだらないことでケンカして。二人とも強いし、かっこいいって……。

思わず胸の中で笑って言う。

「先生ー、神経毒の解析って病院に頼めばやってくれんの？」

「生物と化学の先生はやってくれなかったんですけど……」

ガラッと保健室の戸が開けられ、元気な声が飛び込んできた。歩はうっすら眼を開ける。

（リアルな夢だなあ……スオウとチグサだ。今日もかわいい……）

かすんだ視界の中で、歩は保健室に入ってきて、妙なことを澄也に持ちかける二人の姿を眺めていた。

「なんだ、藪《やぶ》から棒に。毒の解析？　ああ、きみらゴケグモ出身か」

澄也は穏やかに応対し、二人は「そうそう」「どっちの毒が優秀か競ってるんです」とどうでもいい話をしている。真面目な性格らしい澄也は、それを笑うでもなく、「それぞれ性質が微妙に異なってると聞くが……」とまともに取り合っている。

そんな澄也そっちのけで、やいのやいのと騒ぎ立てるスオウもチグサも、最後に見たときより少しだけ髪が伸びている。スオウは相変わらずそれをきれいに撫でつけているが、チグサのほうは寝癖がついたままだ。

（いつもスオウがお前それ直せよって怒って、世話焼くのに……今日はそのままなんだ）

くすっと笑う。おかしい。可愛い。二人とも、元気そうで良かった……。

夢だけど、と思っていると、スオウがちらりとこちらへ視線を向けた。歩は眼だけで微笑んだ。現実なら顔を合わせるのは気まずいが、夢ならいい、と思う。

ス、オ、ウ、と名前を呼んだが、声が出ないで唇だけが動いた。スオウの顔が歪み、泣きそうになる。隣のチグサが歩を見つけ、眼を丸くした。歩は嬉しくて、チ、グ、サ、とも呼んだ。音にはならないが、夢なので、伝わっているはずだ。

「――……歩！」

大きな声を耳にして、ハッと我に返ったのはその瞬間だった。

スオウとチグサの二人が、悲愴《ひそう》な顔をして駆け寄ってくる。

「なにしてるんだよこれ！　点滴!?　ていうかその顔色……なに……お前」

スオウが言う、その声がしゃがれる。不意に、椅子に投げ出していた手をぎゅっととられる。温かい。温かいと思ったそのとき、頬に冷たいものが落ちてきた。

チグサが「あ、あゆ、歩……」と喘《あえ》ぎながら、顔を覗き込んでくる。その顔は蒼白《そうはく》で、震えている。

「ずっと、どこに、いたの」

チグサはかすれた声で訊いてくる。

「電話も、解約、されてるし、村崎《むらさき》と、別れてる、し、部屋も、かわって……でも、いつ訪ねても、いない……そしたら、今度は、点滴って」

――ずうっと、心配してたんだよ。

搾り出すように言ったあと、チグサはこらえきれなくなったようだ。

突然わっと泣きだした。子どものように、その場に棒立ちになって、チグサはわんわんと泣く。スオウが「うるせえよ」と怒ったが、スオウだって泣いている。二人分の涙が、歩の頬に雨滴のように降ってきて、初めて歩は眼を覚ました。

これは夢ではない。スオウとチグサが、歩の眼の前にいる。

ふと、凝り固まっていた心がわずかに緩むのを感じた。なにも分からないし、感じようとしない自分の心の奥で、閉じ込めていた感情が一瞬、顔を出す。

「……スオウ、チグサ。俺のこと、気にしてくれてたの……？」

小さな声は震えていた。すぐに、当たり前だろ、と叱られる。

「ずっと気にしてた。でも、電話が繋がらないから、もう、嫌われたと思って——」

鼻声でスオウが言う。チグサは言葉など言えないようにわんわんと泣くだけで、二人ともかわいそうだった。

（……俺が気にしてた間、二人も俺を、気にしてくれてたんだ……）

体の奥に安堵の火が灯る。鼻の奥がツンと酸っぱくなり、音もなく涙がこみ上げてくる。頬に伝った涙が、二人の涙と混ざって肌を滑っていく。

ああ、どうして忘れていたのだろう、と不意に歩は思った。

自分が苦しいときは相手も苦しい。自分が傷ついているときは、相手も傷ついている。今までずっと、いつでも相手の立場にたって考えてきたのに、それをなぜだか、自分に

向けられている優しさには当てはめずにいた。

歩は眼の前に立っているスオウの腹部へ、倒れ込むようにして額を押しつけていた。大声で泣いているチグサがしゃがみこみ、歩の首に手を回して「ごめんね、歩、ごめんね」と言った。

泣き濡れた頬が、歩の頬にすり、と寄せられる。するとそこから、チグサの体温が伝ってきた。

「つまんないヤキモチ妬いて、ごめん。ずっと、謝りたかったんだよ――」


歩はスオウとチグサに支えられるようにして、寮の自室に帰ってきた。

並んで歩く三人は、三人とも泣き腫らして眼がまっ赤だった。校医の澄也はなにも聞かないでくれたが、歩はスオウとチグサと、点滴が終わるまでずっと抱き合ってぐすぐすと泣いていたのだ。

「ありがとな、スオウ、チグサ。支えてくれて……助かった」

部屋に戻ると、ベッドに座って歩は息をついた。薬剤を打ったあとはいつも体調が一際悪くなる。帰ってくる間は辛いことが多いが、今日は二人が手を貸してくれたので、体力的に、そしてなにより精神的にも楽だった。

「それはいいけど……なにこの部屋」

入って来たスオウは室内を見回し、眉根を寄せている。

「あ、さっきも話したとおり、薬を打ってるから、いろいろ便宜《べんぎ》をはかってもらって……一年生で一人だけ一人部屋をもらえて」

贅沢な部屋に腹を立てたのかと説明すると、スオウが「そういうことじゃなくて。なんで荷物解いてねーの」と、床に置きっぱなしのボストンバッグを指さした。

三つあるバッグは、どれも前室からの引っ越しのとき、真耶《まや》から指示を受けた誰かが、詰めてくれたものだ。歩はそれらの荷物を棚に出すわけでもなく、必要なものだけ適当にバッグから出し入れしていたので、部屋の中にはまともに物がないままだった。さすがにおかしく思ったのか、チグサも不安そうな顔で歩を見つめている。けれど歩は、言われて初めて荷物を解いていないことに思い至った。

「……あれ。本当だ。忘れてた」

「わ、忘れてた……⁉」

スオウがぎょっとし、「なんで！　この部屋に移って一ヶ月だろ⁉」と続ける。寮の入り口の名前欄で見て、部屋異動のことは知っていたらしい。けれど歩も、理由など思いつかない。なんでだろう、と苦笑すると、チグサがますます不安そうな顔で、歩の隣に腰を下ろし、ぐっと身を乗り出してくる。

「歩……なにがあったの？　荷物もだけど、電話はどうしたの？　新しくした？　まったく繋がらないから、僕らてっきり切られたのかと思ったくらいだよ」

スオウもチグサとは反対側に腰を下ろし、

「村崎とは別れたんだろ。それも、どうしてだよ？」

と、訊く。歩はベッドの上で二人に挟まれる形になった。

「――電話は、えっと。池に落とした」

「なんで！　誰かにいじめられたのか!?」

思わずというように叫ぶスオウに、歩は慌てて「違うよ」と弁解した。

「自分で落としたんだ。それからは、新しく契約してない。なんていうか、自分を誰にも見せたくなくなって……消えたくて」

当時の心境を思い返しながらぽつぽつ話すと、スオウが固まったまま、歩を見ている。ここまできて、隠すこともできない。一度は嫌われたと覚悟もしていたのだから、もうどう思われてもいいと決めて、歩は言えるところから、とりあえずこれまでのことを事実だけを拾って話していった。

自分の出自《しゅつじ》と家のこと。大和と寝るようになった経緯と、本当は付き合っていなかったこと。それでも自分は好きだったこと。好きだったから、優しくされて辛かったこと。そして大和がテニスの合宿に行かないと言い出したので別れた。そこから薬を打つことにしたが、大和は他の男と寝ていると勘違いしていること――そうして、そんな歩の行動の根っこには、アニソモルファで異形再生に失敗したという、強い劣等感があったことを。

「……異形再生？　十四のときから治療してたって……俺たち、聞いてねーぞ」

「なんで話してくれなかったの……？」

青い顔で呟くスオウと、ショックを受けたように硬直しているチグサに、ごめん、と歩は頭を下げた。

「言えなかった。……どう話していいか分からなかったし――話しても、どうにもならないから、言わないほうがいいと、思ったんだ」

重たい話をして、嫌われたくなかった。

暗い話をすれば、そのさらに奥にある嫌な自分も見えてしまいそうで。

細い声で言うと、スオウとチグサが黙り込む。空気がぴんと張り詰め、二人から怒っているような気配がする。数秒の沈黙が何十秒にも感じられて、歩は心臓がドキドキと緊張に鳴るのを感じた。ちらと見ると、スオウの眼に剣呑な色が宿っている。チグサも悲しそうだ。

――お前って冷たい……。

二ヶ月前の、スオウの声が耳に戻る。言い訳もできない。たしかに歩は、自分のことを話すという発想がない。そもそも、相手が自分を気にしているという考えがないのだ。

「……なんでそんな大事なこと、俺らに相談しないんだよ」

スオウになじられ、歩はごめん、と謝ろうとした。けれど次の瞬間、スオウがハーッと、諦めたように深く息をついた。

「でもそれが、歩なんだよなあ……」

そうなんだよね、と横でチグサも頷く。同時に、部屋に流れていた緊迫がゆるゆると解けていく。

「――そういう歩だから、自分より他人のこと考えられる。人の悪いとこより、良いとこを見てくれる。だから直せよ、って言えないんだよな」

「それでいっつも、僕らの話聞いてもらってるもんね」

組んだ足に頬杖をついて、スオウがため息まじりに言い、チグサも可愛く首を傾げる。歩が眼を見開くと、赤い瞳に「でも」と睨みつけられた。

「俺らが淋しいことくらいは、知ってろよ。お前にとってはお前が脇役みたいに思えててても……俺らにとっては、お前が主役なことって結構多いの」

「……主役？　俺が？　二人の？」

ぽかんとして言うと、そうだよ、とチグサが横からぷくっと頬を膨らませる。

「二ヶ月、歩と話せなくてすっごく淋しかった。村崎といるとこ見たら妬けたし。……でも一番腹立ったのは自分にだよ。ヤキモチ妬いて、歩と離れる原因作っちゃった」

「チグサ……」

柔らかな白い手で、チグサは歩の手をとりごめんね、とまた言った。ちっとも怒っていない。それどころか自分だって淋しかった。思いは募《つの》ったけれど口には出せず、ただふるふると首を横に振ると、スオウが「それで。なんで全然、寮にいなかったの」と言ってきた。

「俺らや村崎と、顔を合わすの気まずかった？」

「……それもあるけど」

歩は言葉を探した。もう、なんでもないよとは笑えない。二人には話していいし、話したほうがいいのだ。まだ少し戸惑いを覚えながら、けれど、たどたどしく言葉を繋ぐ。

「俺、本当は全然、ちっとも、今の自分に納得してなくて……なんていうか、すごく……恨んでたんだ」

恨んでた。その言葉を口にすると、体が震えた。心を浸食《しんしょく》している暗い底なし沼が、歩の体をからめとっていく。続きを促すように顔を覗き込んでくるスオウとチグサに、歩は「最初は」と続けた。

「最初は、お母さんが……俺を、捨てたから」

それは唐突だった。言葉にした瞬間、波浪《はろう》のように押し寄せてくる不安、悲しみ、そして怒り――。心臓がどくんと鼓動し、喉の奥に、苦く酸っぱいものがこみあげてきた。

――歩。

耳の奥にこびりついた、母の声が蘇る。

――歩のお父さまは、赤い瞳なのよ。だから、赤い糸で縫おうね。

実家の、日当たりのいい縁側だった。

母は幼稚園に通っている歩のために、ハンカチに名前の刺繍を入れてくれた。祖母も姉も歩のことは好きではないけれど、母はきっと歩を愛してくれている。そう思っていたから、歩は平気だった。母の膝に甘えて乗り、すいすいと針を動かす母の、美しい手を見ていた。

お母さん、お父さんてどんな人なの。

そう訊くと、母はそうねえ、と少し困ったように笑った。

――一緒にいてあげなきゃいけなかったのに、お母さんは置いてきてしまったの。だから、そのうちお父さまのところへ、行こうと思うのよ。

そうしたらそのときは、僕も連れてってもらえる？

無邪気に訊いた歩に、母ははっきりとは答えずに微笑んだ。

母が突然姿を消したのは七歳のときだ。本当は前々から、決まっていたことだという。外来種を愛した不届き者。歩ももう手がかからなくなったから出て行けと、祖母が母に言い渡したそうだが、そのときはよく分からなかった。

――お父さんのところへ行くの？　あとで僕も迎えに来てくれるよね。

歩が言うと、ボストンバッグを一つ持っただけの母は、またなにも言わなかった。微笑っているその瞳に涙がかかっていて、白い頬に落ちたことを、今でもはっきり覚えている。

人はね、声から忘れていくんですって、と、そのとき母は言った。

――お母さんの声を覚えていてね、歩。お母さんもずっと、忘れないから。

またすぐ会えるはず。すぐに迎えに来てくれるはず。なのにどうしてそんなことを言うのと思いながら、小さな歩の胸は不安にドキドキと鳴っていた。

……だってお母さん。世界中で、僕を好きなのはお母さんだけだから、迎えに来てくれるでしょう……？

幼い歩はそう、信じていた。信じなくなったのは、何年も何年も経ってからだ。けれど歩はそれまでも、それからも、時折母の声を思い返すと、まだその声音を思い出せることにホッとしている。

今もそうだ。十年近く前に名前を縫ってくれたハンカチを捨てられないように。

母のくれた愛の面影《おもかげ》にすがりついて、その反面で恨んでもいる。

（淋しい――）

根っこにあるのはただその気持ちだ。気付いたとたん、涙がどっとこぼれ、歩は嗚咽を漏らした。

母にも自分はいらなかった、そう分かった日に、世界が壊れた。

間違って生まれてしまった。生きていく理由がどこにもない。一生一人で生きていくなんて、とても覚悟できない――。

聞いてくれているスオウが怒った顔をし、チグサは眼を赤くしている。

ずっと恨んでいた。ずっと怒っていた。どうして俺を捨てたの。どうして俺を生んだの。

けれど同時に、分かりすぎるくらい分かっていた。母は自分を憎んでいたのではない。いらないのに生んだわけでもない。家に逆らいきれず、そしてきっと歩の幸せのために置いていった。母もきっと辛かった。

自分を軽蔑する祖母にも、無視する姉にも、歩は恨みを持っていたし、怒っていた。

そして一方で、祖母の気持ちも、姉の気持ちも分かると思ってきた。

彼女たちの立場にたてば――分かる。あの人たちも辛いのだと。

納得と理解。共感と同情。それに相反する憎悪と怨恨。歩はいつも、薄暗いほうを押しのけた。考えても仕方がない。考えても変わらないし、自分は世界の中心ではない……。

恨みやつらみに足止めされて、歩けなくなるのが嫌だった。前を見ていよう。いいことだけ考えよう。そう思ってきたのに、歩はもう、そう思えなくなっている――。

良い子の自分なんて最初からいない。優しい自分もいない。

薄暗くて怖くて、怨みや憎しみに染まった、汚い自分。怒りはあとからあとから溢れてくる。僻《ひが》んだ感情が、いつも歩の中にある。

「本当はいつも、すごく嫌なこと……考えてる。親のことも、家のことも……大和くんのことも、いつも本当は、理解したふりしてるだけで……ひどいって、怒ってる」

誰と話していても、頭の隅にちらちらと疑念が湧く。

この人だって、自分を好きではないだろう。口では優しいことを言ってくれても、すぐに自分を忘れるだろう。

「誰のことも、信じてない。きっとスオウやチグサになにも話せないのも、そのせいなんだ。……俺、嫌な人間なんだ。冷たいんだよ。知られたら、嫌われそうで、怖かった……」

「歩……」

チグサがたまりかねたように、歩の手を握る。その体温を感じると、嗚咽が漏れて止まらなくなる。じっと聞いてくれていたスオウが、眼を真っ赤にして、「バカかよ」と呟く。

「言わせてもらうけど、お前のお母さんがお前を置いてったのは、お母さんが悪い！」

勢いよく、スオウは断言した。

「他人はとやかく言えねーぜ。お前のお母さんにも、いろいろあったんだろうよ。だから俺やチグサにはなにも言う権利ない。でも、お前はいいの。お前だけは、怒っていいの。ひどいって、淋しいって、恨んでいいんだよ。お前は子どもなんだから」

驚いて眼を瞠ったら、涙がすうっと乾いていく。それからなあ、とスオウがまだ続ける。

「祖母さんや姉さんたちにも、お前は怒っていいんだよ。あっちだって勝手にお前を無視したんだから、お前だって勝手に怒っててていいんだよ。俺だったらそうするね」

そうなのだろうか。

自信がなく見つめていると、そうなんだって、とスオウはさらに、力強く頷いた。

「村崎のことだってそうだぜ。俺はな、俺かチグサが彼氏でもよかったの！　お前が村崎のこと好きだから、譲ってたけど。それなのにあいつがお前とはそのうち別れるつもりとか、黄辺に言ってたんなら殺したい」

「そうだね、僕らのどっちの毒が有用か、村崎で試そう」

さっきまでしんみりしていたチグサが名案を思いついたというように言い、スオウはため息まじりに、「とにかく」、とまとめた。

「セックスして、キスして、好きになってほしいって思うのは普通。無理だと思ったら傷つくのも普通。怒るのも普通。てか怒っていい。怒っていいし、願っていいの」

「願って……？」

これまでずっと、考えたこともない単語を耳にして、歩は眼を丸くした。

「好きになってほしいって、思っていいの。それで無理でも、傷つくのは自分だ。みんな勝手に傷つけて、勝手に傷ついてる。勝手に、自分と闘ってんだよ。……誰でも」

いつの間にかスオウの眼も声も、静かになっていた。

——勝手に傷つけて、勝手に傷ついてる。勝手に、自分と闘っている。みんな？　怒りや怨み。嫉妬や怒り。心の中にどろどろと渦巻く、嫌な自分。捕まらないように気をつけていた。前を向けなくなるのが、怖かった。こんなものを、他のみんなも持っているのだろうか？　他のみんなも、闘っている——？

「……俺が嫌なやつで、変わってしまったって、思わない？」

「思うかよ、バカ」

スオウが顔をしかめた。

「お前は俺が汚いこと言ってんの見て、嫌いになる？　俺なんて、お前と村崎に嫉妬してたけど」

少し拗ねたように言うスオウに、ううん、と歩は急いで首を横に振った。スオウのそんなところも含めて、スオウが好きだ。その嫉妬も、スオウの愛情からだと知っている。横でチグサが、僕も妬いた、今も妬いてる、と重ねて言ってくる。

「歩が僕たちより誰かを好きなの、すごく嫌。だけど、それでもね、歩のこと、好きなままだよ。歩と一緒にいたいから、歩が他の誰かを好きでも、いいやって思うことにしたの」

こういう僕らも、結構ドロドロしてるでしょ？

そう言葉を付け加えると、チグサは困ったように微笑んだ。

「あのね……僕らが好きな歩のこと、だから歩にも、好きになってほしい」

優しく言われて、歩はじっと、二人を見つめた。

——自分を好きになってほしい。

そう言われて、初めて分かる。

誰にも好かれないと嘆くより前に、まず、歩自身が、自分を一番嫌いだった。

（スオウとチグサはそばにいてくれたのに……そのことも、まるで見えてなかった）

「……俺が大和くんを好きなのって、優しいとこもだけど……あの、怒ってるときとかに、人の眼まったく気にしないで、怒鳴ったりできるとこも、好きで」

ぽつんと言うと、「え、ここで村崎の話しちゃう？」とチグサが言ったが、歩はえへへ、と笑いながら続けた。

「俺、自分ももっと、正直に、怒ったりしたかったのかな。今になって気づいた……」

怒っている大和のことは好きだ。それを羨ましく思うのが自分の本心ならば、嫌な自分の気持ちも、いつか好きになれるだろうか？

怒りや怨みに満ちている自分の心を、いつか受け入れられるだろうか？

受け入れてみたい。好きになりたい。久しぶりに前向きな気持ちが、少しずつだけれど、心に戻ってくる。

聞いていたスオウが優しい眼をして、ホッとしたように笑い、「なんか疲れたわ。甘いもん飲みたい」と言ってベッドにごろんと横たわる。

チグサも安心したのか、歩から離れてブレザーの内側から煎餅の袋を取り出している。相変わらずマイペースな二人に、歩は自分もホッとして、ホッとするとお腹が空いてきた。大和と別れてから、ほとんど感じなかった空腹で、お腹が鳴った。

「おせんべ食べる？」

振る舞ってくれるチグサに、「ありがと」と遠慮無く受け取る。と、その様子を寝転んで眺めていたスオウが、ごろっと寝返りを打って歩を見た。

「……で？　お前、村崎のことはどうすんの。告白しねえの？」

突然訊ねられて、歩はびっくりしてしまった。「大和に告白」などという、考えたこともない単語が出てきて、食《は》んでいた煎餅がぱりん、と割れる。なぜ告白するのかと驚いていると、スオウが顔をしかめて呆れた。

「だってお前、オオムラサキと付き合える条件そろってるだろ。異形再生は進んでるんだし。今も好きなら、好きって言えば」

「そんなの……条件がそろったからって好きになられても……」

歩はもごもごと言った。それはそれで複雑だ。それにもう、別れて一ヶ月も経っている。大和のことだから、今ごろまた志波《しば》絡みで誰かべつの相手がいるだろう。そう不安を口にすると、複雑そうな顔でスオウとチグサが眼を合わせた。

「……と、俺らも思ってたけど、そうでもないんだな」

それから、なんだか嫌そうにスオウが言った。チグサも頷く。

「村崎、インポになったんじゃないかな。歩と別れてから、誰ともエッチしてないよ」

そういう匂い、まったくしないもんね、とチグサが続ける。可愛い顔でインポとは言わないでほしかった、などとまるで関係ないことを考えながら、歩は眼を見開いた。

「志波がふっかけてる相手にもハッキリ断ってるみたいだぜ。そのかわり、テニスの練習鬼みたいにやってる。部活のあともプライベートコーチんとこ通ってるし、オフの日も走り込みしてるみたいだしさ」

そんなに練習をして、体を壊さないのだろうか。歩は心配になった。別れてからは傷つきたくなくて、大和の噂は耳に入れないようにしていたので、最近のことは知らないが、大和の練習はもともとハードだった。

「……そのわりに、試合の成績悪いんだよな」

そのうえさらにスオウがぽつりとこぼしたので、歩は心配が募って、ドキドキし始める。

「あいつさ、自分じゃ気づいてるか知らねーけど。たぶん、歩に相当惚れてたと思うわ」

まさか、と歩は思ったが、チグサもすかさず「だよね」と言う。

「本能がどうとかいっても、抱きたくない相手なら、三日ごとにエッチしないよね」

「でもそれは、俺が相手を発情させるフェロモン出してたし」

慌てて弁解すると、「お前やっぱバカだわ」とスオウが呆れてため息をついた。

「いくら発情してたって、お前もゴリラとはやりたくねーだろ。相手だって同じ。抱きたいと思ってるから抱いてんだよ」

極端な例えに絶句した歩だが、身に覚えがないわけではなかった。アニソモルファのフェロモンで発情しているとき、男子生徒に襲われたが、歩はあのときだって他の相手は嫌で、大和ならいいと感じた。あれは大和が好きだったからだ。

「……本能ってさー、結局愛なのかもね」

そのとき、チグサがぽつんと呟いた。

「だって本能って、考えるより先にこうしたいって思う、気持ちのことでしょ。幸せになるためになにが必要なのか、本能が一番よく知ってるのかなって」

そうじゃない？　と、くりくりした眼で無邪気に訊ねられると、否定しきれない。

歩は口元に手を当て、ぼんやりと言ってみる。

「本能は、愛、なのかなあ……」

その答えはまだよく分からない。けれどそう信じることは、本能をただ忌み嫌うよりは、ずっと前向きだ。

だからなのか、歩の心にチグサのその言葉が留まった。

十三

大和《やまと》の調子が悪いというのは、本当のことのようだった。

調べると、最新のジュニアランキングで大和は一位から一気に五位に下がっていた。試合の成績もあまり芳《かんば》しくなく、勝っているときもあるが、自分よりずっとランキング下位の選手に負けていることもある。

（ど、どういうこと……。合宿にも行くって聞いてたし、大和くんのことだから、調子が悪くなるなんて、考えてなかったのに――）

スオウから言われた「お前と別れておかしくなってんだよ」という一言が忘れられず、歩《あゆむ》は散々迷った末、その日の放課後、こっそりテニス部の練習コートへ足を向けた。なにができるわけでも、どうするという考えもなかったが、とりあえず様子だけでも見たい。そしてできることなら励ましたかった。

星北学園《せいほく》は過去にプロも出ているテニス強豪校《きょうごう》で、提携《ていけい》するテニスクラブもあり、プロ志望の生徒は多い。その日は晴れており、テニスコートでは打ち合いをする生徒が大勢見られた。コートの外周でも走り込みや壁打ちをしている選手が大勢いる。歩はフェンス越しに、きょろきょろと大和を探した。屋内練習場もあるので、外にいなければそちらかもしれない。

「あれ、歩くん？」

そのときすぐ背後から声をかけられ、歩はハッと振り向いた。立っていたのはテニスのユニフォームを着て、ラケットを抱えた黄辺《きべ》だった。それだけではなく、ニコニコと愛想良く笑っている彼のすぐ後ろには、同じくユニフォーム姿の志波《しば》がいて、歩をじっと見下ろしている。黄辺とは何度か話して既に慣れていたが、志波にはつい緊張し、歩は肩に力が入った。

「もしかして大和探しに来た？　あいつなら奥で壁打ちしてると思うよ」

「あ、そ、そうなんですか」

場所を教えてもらい、歩はホッとする。黄辺は「それより、七月に俺と久史《ひさふみ》もダブルスで全国の試合出るから、見に来てよ」と愛想良く言う。

「俺たちも今度は優勝狙ってるから。ね」

後ろの志波に同意を求め、黄辺は歩の頰を人差し指で軽くくすぐって、練習コートの中に入っていった。てっきりついていくと思っていた志波がなぜかその場に残り、歩はどぎまぎした。ちらっと見上げると、志波はまだ歩のことをじっと見ていたが、やがてにっこり微笑んだ。

「久しぶりだね、あゆちゃん。なんか、雰囲気変わったね。前より見つけやすい感じ？」

わずかだが匂いがついているからだ、と言うと説明が長くなるし、大和には薬の話をしていないので、歩は笑って誤魔化した。志波は「久しぶりに会えて嬉しいよ」と言いながら、徐々《じょじょ》に身を屈めてきた。それからフッと歩の耳に息を吹きかけ、

「ねえ、僕とエッチするの、ちょっとは考えてくれた？」

ニコニコして、とんでもないことを言う。思わず歩は後ずさり、フェンスに背中がどんと当たった。じっと睨みつけると、志波は「冗談冗談」と笑った。

「今、きみに手を出したら、マジで大和の気が狂いそうだからさ。やめとくよ」

肩を竦め、あっさりと言う志波の言葉に、歩の心は揺り動かされた。

「あの……大和くん、調子悪いって聞いたんですけど。大丈夫なんですか？」

「やっぱり心配で見に来たの？　なーんだ、大和のやつ、まだ望みありなんだね」

その言葉がよく分からず困って首を傾げると、志波は苦笑を浮かべた。

「まったく……こんなだから、恋なんてしないほうがいいって言ったのに。大和はバカだよ。どうせこういう体なんだから、無理せずに楽しめばいいのにさ」

ラケットでこんこん、と自分の肩を叩きながら、半分呆れたように言う志波に、歩は、

（そういえば、志波さんの仕向けた相手を、大和くんが断ってるってスオウたち言ってた

っけ）

と、思い出す。もしまだそんなことをしているならやめてほしい――という気持ちが、歩の中に湧いてきた。

「あの……志波さん。大和くんは寝取ったりするの、本当にストレスなんだと思います。性の優しい人だから……そういうことは、もうやめてあげてくれませんか」

「心配しなくても、最近は全然のってこないからやめたよ。僕だって、つまらない遊びをいつまでもしてられるほど気長じゃないし」

志波はそう言ったが、直後、少し不服そうに唇を突き出した。

「それからねえ。僕ばっかり悪者にされてるけど、今までは大和だって根っこのところでヤってもいいやと思ってたから、のってきてたんだと思うよ。その証拠に、今じゃきみと寝てるわけでもないのに、ぱったりだもん」

歩は頬に、かーっと熱がのぼってくるのを感じた。黄辺は話していないようだが、志波は歩が大和に抱かれていたことも、今はそうではないことも分かっている様子だった。

「本能に負けたとかなんとか言い訳してたけど。今みたいに、どうしても嫌なら、べつにその気にもならないってこと。なら今まではやりたくてやってたってことじゃない」

もう、バカバカしくって、と呟いて、志波はコートに下りる手前の階段に座り、スニーカーの紐を結び直した。きれいな横顔はすっかりいじけている。

ふと、本当にふと、ではあるけれど、歩は志波の中にも大和と同じようなオオムラサキの習性への、屈折した思いがあるのではないか……と感じた。なんとなく隣にしゃがみこみ、「志波さん」と声をかける。珍しく笑っていない、どこかふて腐れたような顔で、志波が歩を振り返る。

「志波さんは、もしかして大和くんが好き？」

思いつきで言ったことだが、志波は一瞬眼を丸くし、それから急に、ふふ、と笑う。

「そうだね。……初めての相手は大和がよかったな。残念ながら、オオムラサキ同士は寝取り合っちゃうから、間接的にするしかないけど」

思った以上に歪《いびつ》な答えが返ってきて、なにも訊けなくなった歩を、けれど志波はおかしそうに見ている。

（でも……志波さんが大和くんにこだわってたのは、その愛情のせいなんだとしたら）

「……本能って、やっぱり愛なのかなあ」

と、歩は独りごちていた。それは先日、チグサに言われた言葉だ。歩はここしばらく、ずっとその言葉について考えていた。志波が眼をしばたたき、「愛？」と首を傾げる。

「ほら、進化って、偶然が重なりあって起こるじゃないですか」

ムシの爆発的進化の一翼《いちよく》は、飛翔《ひしょう》能力を得たことにある、というのはよく知られた学説の一つだ。

たとえばチョウは、飛翔することでそれまで行ったことのない場所で卵を産めるようになった。その場所には、それまでそのチョウが食べたことのない食草《しょくそう》があり、たまたまその食草が、その種に適したりする——そんな偶然の積み重ねで、進化は起きる。

「その結果、種の食べられるものが増えたり、新しい形に変わったり……」

志波は黙って聞きながら、「そういえば一年生のとき、ちょうどそういう進化論のグループ研究やったなあ」と呟いて、頬杖をつく。

「新しい食草に卵を産むとき、チョウだってそれが本当に正しいかは分からない。それでもきっと未来を信じて産む……本能には愛があるから、チョウは信じられるのかなって」

美しいオオムラサキ。ロイヤルブルーの翅の、力強い羽ばたき。滑空《かっくう》するような飛翔スピードと、荒い気性。オオムラサキだって、きっと望んであの進化を遂げたのだろう。

歩は顔をあげ、志波さんが誰かを抱くのも、と続けた。

「その人のこと、ちょっとは愛してますよね？」

「僕のはただの、ヤリたい欲だよ」

おそるおそる訊ねると、笑って即答された。一瞬言葉に詰まったが、歩はでも、と食い下がった。

「好きな気持ちがなかったら、欲も出ないですよね」

「それはあんまりにも性善説《せいぜんせつ》じゃない？」

志波は否定したが、やがて我慢できなくなったように、くつくつと肩を揺らして笑い出した。どうしたのだろう、と見ていると、志波は「だって……オオムラサキのクソみたいな本能を、愛なんて言う子、初めて見たよ」と言って、腹を抱えた。ぽかんとしている歩を置いてけぼりに、一人でけたけたと笑っている。

けれどやがて、志波はなんだか優しい眼をして、歩を見た。

「……本能は愛か。そうだったら、いいよね」

だとしたら、愛ってろくでもないけど。……それでも、そう信じてみたいかな。

独り言のように志波が呟いて、歩はそうか、と気がついた。

(俺もそう、信じてみたいんだ……)

だからこんなにもずっと、チグサの言葉が引っかかり、考え込んでいるのかもしれない。

歩の本能はアニソモルファの血と繋がっている。もしこの血がなければ、歩は男に生まれずにすんだかもしれない。家に必要とされ、異形再生《いけいさいせい》の失敗もなく、怨み辛みを抱えずにいられたかもしれない。けれどそれはもう歩ではない。

アニソモルファの血をひいた、ヤスマットビナナフシの男で、異形再生に失敗し、けれど今は成功しかけている、曖昧な存在で、それに強い劣等感や、嫌悪や憎悪を持っている。それでやっと、「七安歩《ななやすあゆむ》」になる……。

それでも、誰かに愛されたい欲や、愛されない僻みも、その源《みなもと》が愛という美しげなものなら……少しは慰められる気がする。

（そうしたら俺は俺を、好きになれるのかな）

自分を好きになれなければ、きっと誰から好かれても同じなのだ。その愛を受け止められず、気付くこともできない。歩は最近そう分かってきた。

ただ自分を認めたいから、歩は本能は愛だと、信じてみたいのかもしれなかった。

ぼんやりとそんなことを考えていると、

「本能が愛かは分からないけどさ。きみのことは、好きになったかも。あゆちゃん。……大和がきみにこだわってる理由、少し分かった気がする」

ぽつりと言って、志波が立ち上がる。案内するよと言われて、歩は意外に思いながらもフェンスの入り口に立ち、待ってくれているらしい志波に、慌てて駆け寄った。


僕が一緒だとこじれそうだから、と言って、志波は大和が練習しているという場所の手前で歩から離れ、黄辺がいるコートのほうへと戻っていった。

歩は緊張しつつ、練習用具が入ったプレハブの物置の裏から壁打ちのスペースを覗いた。スタン、スタン、と小気味良い音が響いていて、見ると、大和が一人でボールを追いかけていた。久しぶりに間近で見る大和の姿に、歩はドキリとした。

汗をかき、真剣な眼でボールを追っていた大和は、「百！」と叫んだかと思うと軽く息を乱しながら壁打ちをやめた。やめたとたん、「くそっ」と吐き出し、すぐ後ろにあったベンチの座面を、硬いシューズ裏でごん、と蹴っていた。荒事《あらごと》と無縁の歩は、それだけでぎょっとしてしまう。舌打ちまじりにベンチの上に置いてあるドリンクを飲み、タオルで汗を拭く大和にたしかに荒れている、と歩は心配になった。

そのとき、一年生の二人組が雑談しながらこちらのスペースへ歩いてきた。彼らは歩には気付かず、大和の姿を見るなり、「げ」と声をあげた。そのうえ振り向いた大和にじろっと見られると、そそくさと立ち去っていった。

「うへえ、機嫌悪っ」

「怖い怖い。あんなだから、ラリーの相手もいなくなるんだよ」

彼らは小声で言い合い、聞こえているのかいないのか、大和はまた舌打ちし、タオルをベンチに投げ出した。再び壁打ちをするようだ。

（練習相手がいないのかな……）

黄辺や志波ではダメなのだろうか？　彼らは大和の不機嫌くらい流してくれそうだが。

（俺じゃ……相手にならないよな）

しかし軽いラリーくらいなら、歩にだってできそうだ。

悩みながら見ていると、不意に大和が「おい」と呟き、振り返った。

誰か来たのかと後ろを見た歩は、突然すぐそばに、人の気配を感じた。

「おい。……さっきから、なにしてるんだ？」

懐かしい低い声は、少し怒っているようだった。ぎくりとして、おそるおそる顔をあげると、案の定歩を見下ろしているのは大和本人だった——。厳しく眉根を寄せているが、どこか戸惑ったような眼だ。一ヶ月ぶりに声をかけられ、歩はさっと青ざめてしまった。体が緊張に震えたかと思うと、次の瞬間には燃えるように熱くなる。

（き、気づかれてた？　い、いつから）

そういえば、大和は付き合っていたころ、歩の姿を見つけるのが上手くなっていた。もう一ヶ月も経っているので、見つからないだろうと思っていたが、どうやらまだその感覚が残っていたらしい。あっさりと見つかって、歩はぎくしゃくとした。

見上げた大和は汗をかき、ユニフォームがぴったりと胸元に貼り付いて、その分厚い胸板がよく見えた。あの場所の体温を知っている——と思うと、たまらなくドキドキする。

「……おおかた、黄辺あたりに言われたんだろ。俺の成績が落ちてるから、励ましてくれとか。予想つくわ」

歩がうろたえていると、大和は勝手にそう解釈した。半分間違っていて半分当たっているが、歩はとりあえずそういうことにしておいた。そのほうが分かりやすい気がする。

と、大和はすん、と鼻を動かして歩の匂いを嗅いだ。

「……久史の匂いがすんだけど」

「あ、さっきここまで、案内してくれたんだ」

肩を抱かれていたので、匂いが移っていたらしい。薬を飲むようになってからは、触れられた相手の匂いも前より長い時間残るようになっていた。ハイクラスの中でも特に上位にいる大和は匂いに敏感なので、かすかな志波の香りを感じ取ったに違いない。

「へえ……なに。あいつにも今度寝てくれって頼んだりしたわけ？」

歩の事情を知らない大和は冷たく言い、歩は少しムッとした。そんなわけないだろ、と言いかけたが、大和は聞く気がないらしい。背を向けられ「ご心配どうも。でも、邪魔だから帰ってくれるか」と突き放されてしまった。

（勝手に勘違いしてるくせに、なんだよ）

さすがにムカムカとしたが、勘違いの原因は歩が作ったのだ。それに怒りよりも今は心配のほうが勝った。もう少し話がしたい、と思う。話して、なにか励ませたら……。

（でも……もう嫌われるだけ、嫌われてるだろうしな。どうしよう……）

大和の気持ちを考えてみても、よく分からない。歩はしばらく悩んだけれど、「自分のしたいこと」を優先してみよう、となぜかこのとき思った。本能に、従ってみよう、と考えたのだ。

（大和くんと、話がしたい――）

それが歩の本能だ。ぐっと拳を作って覚悟を決める。それから用具入れの横にたまたまたてかけてあった、持ち主不明のラケットを手に取る。

「……大和くん」

勇気を振り絞って、歩はえいっと口にした。

「ラリーしてくれる相手いないんだろ？　俺とやってみてよ」

はあ？　と大和が振り返る。怪訝そうな顔に、うっとうしそうな口ぶりだった。けれど歩は負けないようにした。

「結構前に、見学でテニス部に来たけど……気づかれなくて終わったから。入部案内みたいな気持ちで、ちょっと相手して」

強引に言って、地面に落ちていたボールを拾う。

「なんで俺がお前とラリーなんか……」

大和はそう言っていたが、歩は構わず、勝手にボールを打ち込んだ。壁打ちスペースなので、ネットはない。けれど一応ボールがバウンドしたので格好がついた。大和は「勝手に始めるな！」と怒りつつも、ボールが飛んでくると反射的にか、打ち返してくれた。

それも絶妙に、甘いボールだ。歩でもなんとか打ち返せた。ラケットの芯《しん》にボールが当たり、ぽーんと飛んでいく。

ラリーが五回続くと楽しくなり、歩はガラにもなく、はしゃいでしまった。

「俺、打ててる！」

「バカか、俺が打ち返しやすい場所に落としてんだよ」

対する大和は、歩のボールが変な方向に飛んだりするので、だいぶ走らされている。歩のところに戻ってくるボールは、ほとんど手元でさほど動かなくていい。

「これ、大和くんコントロールしてここに落としてるのか⁉　すごい！」

思わず感動して声をあげると、「お前のボールはコートだったら全部アウトだぞ！」と大和が怒った声を出す。

それでもちゃんと返してくれる。それがどうしてか、歩は嬉しかった。大和は歩を無視しないでいてくれる。

一度ラリーが終わっても、話の接《つ》ぎ穂《ほ》がみつからないので、歩がまたボールを打ち込むと、大和は律儀《りちぎ》に戻してくれた。結局十五分ほど、歩はまともに話ができず、ただただラケットを振るっていた。

あまり具合が良くないことを思い出したのは、そんなラリーが終わったあとだった。

歩はぐったりしてベンチに横になっていた。やっている最中は楽しくてついはしゃいでしまったが、終わると反動がきて、歩は貧血を起こしたのだ。

かいた汗がひくと、寒気がくる。そのくせ額だけは熱く、頭の奥がずきずきと痛み、船酔いめいた吐き気がやってきて、歩は呻いた。と、額にひやり、と冷たいものがあたる。閉じていた眼を開けると、大和がばつの悪そうな顔で覗き込んでいて、歩の額に、濡れたタオルを当ててくれていた。

「あ、ありがとう……」

「いいけどよ……。倒れるくらいならなんであんなことしたんだよ」

それはまったくそのとおりで、歩も小さく笑うしかなかった。大和くんを励ましたくて、と言おうかどうしようか迷い、けれど上手く言えなかった。とっくに自分から別れておいて、そんな言い方も傲慢に思える。

起き上がろうとしたが、くらくらして起き上がれない。大和は「いいよ。もうちょっとしたら運んでくから」と言って、歩の横の地べたに腰を下ろした。歩に怒っているはずなのに、運んでいってくれるのかと思う。つい、

「……相変わらず優しいな」

と、呟いていた。座ってドリンクを飲んでいた大和が、ぎょっとしたように歩を振り返る。眼だけ大和に向けて微笑むと、大和はどこか怒ったように目尻を赤らめ、舌打ちした。

「どの口で言うんだよ。……本心じゃねーだろ」

いじけた口調に驚いていると、

「お前はその優しい俺じゃなくて、他の男がいいくせに」

ぼそぼそと恨み言を言われ、歩は二度びっくりしながら、やっと納得する。

（そっか。大和くんは、俺に他に好きな相手がいて、そっちと付き合うから別れたと、思ってるんだっけ……）

いくら歩を好きではなくとも、フラれたように感じているのだろう。男としては悔しいはずだ。かといって、弁解もできない。

「――黄辺さんから聞いた。夏の合宿出るって」

仕方なくそれだけ言うと、大和は「うるせえよ。黄辺とは仲良くしやがって」とイライラしながら返してくる。合宿に出るのも、べつに歩に言われたからじゃない、という言葉も聞こえてきそうだ。それがなんだか可愛く見えて、歩は小さく笑みをこぼした。

（大和くんのこういうところ、俺、好きなんだった……）

裏表がない、思ってることが全て出ている感じ。羨ましくて、好きで、可愛いと思っていたことを、少しずつ思い出してくる。具合は悪いのに、大和と一緒にいられるだけで気持ちが弾んで嬉しくなる。

たとえ嫌われていても、自分は大和が好きで、まだ恋をしているのだなという素直な気持ちが温かな湯のように歩の心の中へしみこみ、とくとくと広がっていった。

（好きなんだなあ、俺。この人が……）

そうして本当は、この人に好きになってほしい。心の奥でそう思っている。

——好きになってほしい、他の誰より大和に。嫌なところも含めた、歩そのものを。

そんな自分の心が、叶わないと分かっている悲しさと一緒に、なんだかいじらしく愛しくさえ感じられた。

（大和くんを好きな俺のことは……俺、好きなのかもしれない）

と、歩は思った。そう気付くと、心のどこかが緩んで優しくなる。一人で勝手にほのぼのしていると、

「……お前さ。ちゃんと大事にされてんのか」

不意に大和に訊かれて、歩はぱちぱちと眼をしばたたいた。どういう意味だろう。

「誰か知らないけど、付き合ってるやつに……なんかお前、具合悪そうだけど、そいつ、優しくしてくれてるんだろうな」

俺が気にすることじゃねえけど……ともごもごと口ごもる大和に、歩は心配してくれているのか、と意外だった。

「…お前、基本、許すだろ」

小さな声で言われ、歩は「そんなことないよ」と笑ってしまった。大和は知らないだけで、歩の中にも憎しみは沢山あるのだ。けれどそれを話すわけにもいかず、相手なんていない、薬を打ってるんだよ、と言おうか迷う。迷ったが、話すべきことか分からずに、歩

は「うーん……」と濁した。

「そういえばさっき、志波さんと面白い話してたんだよ」

　言い訳も思いつかないので堂々と話を変えると、大和はムッとして振り返った。

「進化について話しててさ。それで最近、考えてるんだ。本能って愛なのかな。大和くんはどう思う？」

「……はあ？」

わけが分からない、という顔をする大和に、歩は小さく笑い、ついさっき志波としていた話をした。そして「俺ね」と、呟く。

「お母さんに捨てられたんだ。それから、ずっと自分はいらないんだって思ってた」

どうしてなのか、スオウとチグサに一度話したからか、そのことはするっと歩の口から出てきた。大和がわずかに眼を瞠り、歩の顔を見返す。

「ずっと見ないようにしてたけど、俺の中には嫌な気持ちがたくさんある」

アニソモルファの本能なんて、セックスしたいって気持ちだしさ、と歩は続ける。

「でも誰かと抱き合って幸せになりたいっていう欲なら……それは愛に近い気もする」

上手く言えずに言葉を切ると、黙って聞いていた大和が、水筒の蓋を閉めながら呟いた。

「……好きなやつと上手くいってるから、そう思えるってことかよ？」

大和の声は低く、横顔はなんだか不機嫌そうでいじけていた。歩は少し迷ったが、結局

「違うよ」と言った。

「……好きな人にはもう抱いてもらったけど、とっくに別れたんだ」

大和くんのことだけどね、と心の中だけでつけ足して告白する。すると大和は眼を丸くし、勢いよく振り返った。

「別れたって、なんでだよ？」

「その人が俺を好きじゃなかったから」

「はあっ？　なんでだよ！」

大和が怒鳴ったので、歩は緑の瞳をぱちくりと見開いた。なんで、と言われても。

「なんでって……恋愛は両想いとは限らないし」

「お前みたいな良いヤツと付き合って好きにならないとかあるかっ？」

「……良いヤツじゃないけど。でも、ありがとう」

歩はドキドキして、頰が熱くなった。嬉しい。嬉しくてえへへ、と笑ってしまう。気持ちが弾み、つい、相手は大和くんだよ、と笑って言いそうになったが、なんとか止める。ニコニコしている歩を見て、やがて大和が脱力したようにため息をついた。

「そいつバカだな。……俺なんか、お前抱いてる間、わりと幸せだったけどな」

――お前抱いてる間、わりと幸せだった。

一体どんな気持ちでそう言ったのか。歩は思わず、息を止めていた。

どうして、と、訊き返そうとしたけれど、大和は立ち上がり、「連れてく」と一言ぶっきらぼうに言って、歩の前に背を向けてしゃがみこんだ。

「ほら、さっさと乗れよ。お前連れてかねーと、練習に戻れねーだろ」

怒ったように言っているけれど、歩を一人で帰させるつもりはないだろうことは、訊かなくても分かる。これ以上話もできそうにないので、歩はそろそろと起き上がり、「よろしくお願いします」と頭を下げて、大和の背中に負ぶさった。

久しぶりに触れる大和の肌は温かく、薄い生地越しに伝わってくる背筋が逞しく、ドキドキした。あまりに強く胸が鼓動しているから、その音が皮膚を通して伝わりそうだ。懐かしい甘い匂いに包まれると、不思議な安堵感でじんわりと歩は満たされた。

負ぶわれたままコート沿いに出ると、遠く、校舎の向こうに沈んでいく夕日が見えた。濃い橙色の西日が、大和の顔も歩の顔も照らして赤く染めている。

しばらく無言で歩いていたら、大和が思い出したように「本能は愛って言ってたっけ」と呟いた。

「……ちょっと分かるわ。今は誰とも、寝る気にならねえからさ」

愛がないってことだろ、とぼやく大和に、歩は妙に胸が弾んだ。大和は今、誰のことも抱いていない。まだ誰も愛していないと思うと、ホッとして嬉しかった。身勝手だけれどやっぱりまだ好きだから、大和が他の誰かを抱いていたら悲しい。

「……俺も幸せだったよ」

歩は舞い上がっていたせいか、気がつくとつい、そう言っていた。

「大和くんに、抱かれてたとき」

なにを言っているのだろうと思う。後先を考えていない、無神経な言葉だった。けれどきっとこれも、本能的な言葉かもしれない。心の底からの、真実だったから。

大和は小さく嗤い「よく言う」と呟いただけだった。

傷つけたかなと思いながら、歩は大和の背に頬を押しつけた。眼を閉じると、厚い背筋の奥からいつか聞いたそれよりも、少し早い心音が聞こえた。

——抱かれて幸せなのは、大和くんだけだよ。

それは本心だ。本能から、歩は大和を望んでいた。するとやっぱり、本能は愛と繋がっているのかもしれない。

なにかがすとんと、腑に落ちた気がした。なぜか急に、体まで安らいでいく。嫌な自分も、変わっていく体もなにもかも、その奥には本能があり、その本能は愛と繋がっている。

眼を閉じると耳の奥には、遠い春の日に、自分を膝に載せて縫い物をしていた母の、優しい声が蘇ってくる。

——歩のお父さまは、赤い瞳なのよ。だから、赤い糸で縫おうね。

歩がお父さまのことを、好きでいられるように。

母はあのあと、そう続けたはずだ。今になってやっと歩は思い出した。

自分の中に流れている、父の血を嫌いにならないように。自分を好きでいられるように。

そうすればいつかきっと、歩を好きになってくれる人が現れる。

――歩。自分を好きでいてね。そうして、誰か好きな人を見つけてね……。

母はそう言っていたのかもしれない。大事な前置きを、歩はずっと忘れていた。

瞼の裏にはスオウやチグサ、大和や黄辺や志波のことが浮かんで消えていく。

彼らはみんなそれぞれに、少しずつかもしれないが、歩に優しくしてくれた。誰かに優しくするとき、そこにはきっと、ほんのわずかだとしても、愛情がある。

……俺は知ってたよね。たくさんじゃないかもしれないけど、少しずつ、みんなが俺を好きでいてくれたこと。

母は生んでくれた。祖母と姉は育ててくれた。いつも淋しかったが、それでも感謝している。そうやって、歩は生きてこられたのだ。

きっと憎いと思う気持ちの奥で、歩はいつも彼女たちを愛してきた。もしかしたらあまり大きな愛ではないかもしれないけれど、それでも愛はちゃんとあった。

誰も自分を好きになってくれないなんて、もう二度と言わない。

歩はそう決めた。これは自分の矜持《きょうじ》だ。

傷ついても苦しくても、誰かのせいにしたくない。自分が誰かを好きなとき、その誰かも与えられる範囲で、きっと歩を愛してくれている。小さな優しさにさえ、できるだけありがとうと思いながら生きていきたい。

そう思えたらきっともう自分を、憎まなくてすむ――。

（お母さん、そういうことだった……？）

そっと訊ねる。母が自分に伝えようとしていたことは、こんな答えだったろうか。胸の奥では母が小さく、微笑ったような気がした。

眠気に襲われ、歩はいつの間にかまどろんでいた。大和が「歩？」と呼んでくれる。返事をしたいが、眠くて声が出ない。

「……幸せだったんなら、俺といればよかったろ」

どこか淋しげに呟く大和の声が、遠くでする。

その声を聞きながら、頑張ってと言い忘れたなあと、歩は夢うつつに思っていた。

十四

――お前抱いてる間、わりと幸せだった。

「大和《やまと》くん、俺のこと、少しは好きでいてくれたのかなあ」

思い出し笑いでえへへ、と口元が緩んでしまう。両脇から「この話、何回目？」「聞き飽きたよね」と言われたけれど、歩《あゆむ》は気にしていなかった。

梅雨が明けると一気に暑くなり、毎年他の学園よりやや早めに夏休みが始まる星北《せいほく》学園は、もう休暇に入っていた。

実家に帰れない歩は、両親が海外住まいのスオウとチグサに誘ってもらい、夏休みいっぱいを後家《ごけ》家で世話になっていた。以前の歩ならきっと恐縮し、嘘をついてでも辞退しただろうが、薬のせいで体調が悪いので素直に甘えることにした。

そうして今日は三人、後家家の庭にある、木陰のテーブルで、宿題をしていた。じわじわとセミが鳴き、木陰でも十分暑い。麦茶の氷もすっかり溶け、スオウは何度も日焼け止めを塗り直し、チグサは今日五杯目のかき氷を食べている。そうして歩は時々、三週間以上も前、大和に言われた一言を思い出しては夢見心地にひたっていた。

「そこまで言われたなら、なんでさっさと村崎《むらさき》に告白しなかったのさ」

野次《やじ》を飛ばされ、歩は「告白なんて思いつくわけないだろ」と言い訳した。

「思いつかないとこが、歩だよね……」

「脇役根性、極まってるよな」

スオウとチグサはぶつぶつと文句を言う。二人はこのごろでは、大和と歩をくっつけようと口うるさくなった。アニソモルファや異形再生《いけいさいせい》など、歩の性事情を知ってからはなにがなんでも早いうちに恋人を、と考えるようになったらしく、

「どうせ誰が相手でもムカつくから、それなら村崎でいい」

と、乱暴な結論に至ったようだ。

結局歩はラリーをした日以来大和と話もしておらず、大和は七月に入ると海外合宿に出てしまった。それに、池に落としたせいで電話をまるまる取り替えたので、連絡先さえ分からなかった。なのでせっつかれても、行動のしようがない。

（合宿での結果は知らないし……調子は取り戻せたのかな）

とはいえずっと、心配はしている。

と、そのとき、後家家の家政婦が庭に顔を出し、三人に来客だと伝えにきた。歩はもちろんのこと、スオウとチグサにも、わざわざ家までやって来るほどの友人はいないはず。

不思議に思っていたが、やって来たのは驚いたことに志波《しば》と黄辺《きべ》だった。

「やあ、かわい子ちゃんたち」

「ごめんね。急に押しかけちゃって……」

黄辺は反省の意を示したが、志波はぬけぬけと、歩の横に座った。スオウが毛を逆立てた猫のように、「おい志波久史《ひさふみ》、歩に触ったら追い出すぞ」と釘を刺す。黄辺はちょうど空いていた、志波の隣の席に座った。

「なにかあったんですか？」

志波よりはまともに話が通じるので、黄辺に訊くと、うーんと苦笑しながら「実はこれなんだけど」と言って、歩にぺらっと一枚、メモを渡した。見ると、それは誰かの電話番号とメールアドレス、メッセージアプリのＩＤなどだった。なんとなく見覚えがある。考えて、歩はハッとした。それはどれも、大和のものだった。

「大和さ、今アメリカで合宿に参加してるでしょ。どうもそこでの成績が悪いみたいなんだよね」

黄辺の説明によると、参加メンバーは全世界から集まっているプロ志望者で、合宿はプロのトレーナーがつく本格的なものだという。通常練習の他に、毎日参加メンバー同士で試合をし、その成績によって下位グループと上位グループに分かれる。大和は去年は上位グループにずっといて成績もよかったが、今年はまだ一勝もできておらず、下位グループに留まっているそうだ。

「といっても本人からはメールの返事もなくてさ。同じ合宿に参加してる友人から聞いた話なんだけど」

「そこで、愛しのあゆちゃんから励ましてもらえないかってね」

「あいつ単純だから、たぶんそれだけで試合勝っちゃうんじゃないかな」

黄辺と志波はそう言うと、二人で顔を合わせてアハハハ、と笑った。相変わらず軽い二人だが、歩のほうは大和が心配でハラハラしていた。

「村崎のスランプって長いですけど、原因は、本人は分かってるんですー？」

かき氷をしゃくしゃくと崩しながら、チグサがどうでもよさそうに訊く。黄辺は志波と眼を合わせ、「うーん、そうだね。分かってるんだろうけど」と苦笑した。

「なにしろ初めての体験で、どうしていいか分からないんでしょ。そんなわけで、歩くんからメールしてやって」

「……俺がなんか言ったくらいで、元気になるんですか？」

とてもそうは思えず、歩は首を傾げた。最後に話したときも、むしろ大和を怒らせていた気がする。けれど志波は「なるなる」と気楽だ。

「ようは、俺にもまだ脈がある、って希望を持たせてやってほしいの」

脈がある、とは。と思ったが、訊くより前にスオウが口を挟む。

「……どうでもいいけど、あんたらって割合過保護な」

ほんと、とチグサも頷く。

「まあね。きみらが歩くんをかわいいのと一緒だよね」

黄辺はおかしそうにする。スオウはムッとしたが、なにも言い返さない。黄辺は、まあ、分かるでしょ、と肩を竦めた。

「俺も久史も、大和と同じくらいテニスやってるけど、ランキング百位以下だから。才能とか素質だけで、大和の位置まではいけないんだよ」

あいつがそれだけ頑張ってるってこと。と、黄辺は笑う。肯定はしないが茶化しもしないところを見ると、志波も同じ気持ちなのだろう。

ふと、歩は数ヶ月前の大和の言葉を思い出した。

――頑張っても、オオムラサキだから当然って言われるだけだしな。

あのとき大和はいじけていたが、

(ちゃんと分かってくれてる人、そばにいるじゃないか)

そのことが、まるで自分のことのように嬉しかった。

だから頼めない？　と再度言われて、歩はにっこりとした。

「やってみます。力になれるか分からないけど……」

言うと、志波が「あゆちゃん、良い子だね」と嬉しそうにして、不意打ちで歩の頬にキスをした。黄辺はやれやれというように笑っていたが、スオウは「あーっ」と叫び声をあげ、チグサは毒の小瓶を取り出す。志波に対しては最近好感さえ感じているが、懲りない人だなと歩はつい苦笑してしまった。

その晩、歩は夕食のあと、リビングで黄辺から教えてもらったアドレス宛に、考えに考えてメールを打っていた。

『大和くん。元気ですか。歩です。これは新しい電話のアドレスです。

今日、黄辺さんに会ったので、大和くんのアドレスを教えてもらいました。

アメリカで頑張っていると聞きました。すごく大変だとも聞きました。

大和くんなら大丈夫だと思うので、頑張ってください』

それだけを打ち、他にもっと気の利《き》いたことを書けないのかと歩は悩んでしまった。そもそも、大和がなにを思ってスランプに陥《おちい》っているのかも、よく分からない。そうだ、と歩は思いつき、白い紙を取り出した。横でテレビを見ていたチグサが、「なになに？」と覗き込んでくる。風呂上がりのスオウも立ち止まり、腰に両手を当てて屈み込んだ。

歩は持っていた筆ペンで、紙に「応援してるよ！」と書いた。

「さすが、上手い」

「歩、本格的に書道やったら？」

「俺はやっても、教室の先生くらいにしかなれないから」

笑いながら、けれどそれもいいかも、と歩は思った。書道の先生は、自分には向いているかもしれない。地味で目立たないけれど、少なくとも好きなことを仕事にできる。

「ね、スオウ。これ持ってる俺、写真に撮って」

チグサが撮ると写真がブレるので、スオウにお願いして電話を渡す。

「え、字とお前は分けたら？　お前だけのが、村崎は嬉しいんじゃない？」

「そんなことないよ。チグサも入って。知ってる人の顔って、海外で見るとホッとするだろうし」

「えー。いいけど、村崎に恨まれそう」

歩はチグサにも入ってもらい、メッセージを書いた紙を持ち、笑顔でVサインを作る。チグサもお愛想で作ってくれたが、顔は無表情だ。それをメールに添付し、それから少し考えて、興味なかろうとは思ったが、自分の近況も添えた。

『ちなみに俺は夏休みの間、スオウとチグサの家にお世話になってます。あとちょっと、将来の夢について、今日いいことを思いつきました』

「……これでいいかな」

スオウとチグサは「将来の夢？」と首を傾げる。「書道の先生、いいかもって思った」と歩が言うと、二人とも「なるほど」「合ってる」と頷いてくれた。よく考えてもいない、とてつもなく軽率なことを簡単に口にする。今まではできなかったことだが、その緊張もどこか嬉しかった。

「でもさあ、サービス足りないんじゃね？　脈あるって希望持たせるんだろ？」

と、スオウが横から電話をかっさらい、勝手になにやら打ってしまった。慌てて取り返すと、もう送信された後だ。見ると、本文の最後にこんな一文が付け足されていた。

『それから、誤解があるから書いとくね。俺は大和くんとしか、エッチしたことありませーん！　どうしてなのか、詳しく訊きたかったら、残りの試合、全勝してからだぞ』

文末には歩が普段使わないハートマークやファンシーな顔文字がついている。文面も歩が絶対に書かない文章だった。

「ス、スオウ！」

思わず真っ赤になって怒鳴ると「なんだよ、村崎が勝てるように協力してやったんじゃん」と悪びれない返事が返ってきた。

（ど、どうするんだよこれ……）

と、思っていると、アメリカは朝だというのに、すぐに返事が返ってきた。緊張と恐怖がないまぜになったまま、大和の返事を見る。

『マジなのか？　じゃあ今までどうしてたんだよ。全試合勝てば教えてくれんの？』

「……。これってスオウが付け足した部分への返事かな？」

返信内容がシンプルすぎて、思わず眉根を寄せてしまう。覗いていたチグサが「そうだろうね」と頷き、スオウが「ほらみろ。効果的だったろ」と得意げにした。

返事をどう打つべきか悩んでいると、また大和からメールがきた。

『悪い、ちょっと焦《あせ》った。写真とかありがとう。後家の家なら安心したわ。お前、夏休み、実家に帰れてないだろうから、気になってた』

(……気にしてくれたのか)

それに驚き、歩は嬉しくなった。

『今日も試合だから、頑張ってくる』

歩は『頑張って』とだけ、送り返した。先ほど、スオウが勝手に付け加えた後半部分に関しては、大和が帰国してから説明することにした。今はテニスに集中してほしい。

とりあえず、これからの試合で、大和がいい成績を出せますようにとだけ、歩は祈った。

『今日は全試合、勝った』

と返事が来たのは、翌朝のことだった。


『今日も勝てたぜ。上位グループに入れたからここからが本番だ。お前はなにしてた?』

『宿題半分終わらせたよ。昨日は、スオウとチグサと一緒に町に出て、毛筆書写《もうひつしょしゃ》検定の申し込みをしてきました』

大和に、一通めのメールを送ってから数日が経った。あの日から、大和とは毎日連絡をとりあっている。朝になると、その日の試合結果と、日常のことが簡潔な文章で報告される。歩も迷惑にならないだろう時間を見計らって、メールを返すようになった。

大和は本当にテニス漬けの毎日のようで、試合以外の話題も練習、トレーナーからのアドバイス、たまに合宿所の他の選手のことばかりだったが、日が経つにつれ、文面からは生き生きと楽しんでいることが伝わるようになってきた。

『前からの課題だったコントロールが、ちょっと上達した。手応えを感じた』だとか、『トレーナーからアドバイスされた練習方法、俺には合ってる気がする』だとか、前向きな内容に、大和のテニスへの情熱が感じられて歩も嬉しくなった。負けていられない、と触発され、書道教師になるにはどうしたらいいのかを調べたり、とりあえず検定を受けようと決めたり、書道展に出してみようと考えるようになった。

それは入学のときに感じていたのと同じ、「変わりたい」という前向きな気持ちで、あのときと同じく、やっぱり大和からもらえたものだ。

都内では、書道をエンターテイメントとして「見せる」大会もちょうど行われていたので、歩はその高校生の部を見に行ったりもした。あちこち見ていくと、まだまだ井《い》の中の蛙《かわず》だった自分を思い知った。同い年でも歩よりずっと書ける人がたくさんいる。人と比べると落ち込みもしたが、やる気も出た。

「とりあえず、大学で書道教師の教員資格取るよ。それと今から、いろんな展覧会に出展してみる。書道部にも入ろうかな」

「まっ、やっといて損はないよね」

「いいと思う。頑張れ、歩」

展覧会の帰り、立ち寄ったカフェテリアでスオウとチグサとそんな話をするのも、歩には楽しかった。将来の道が見えてくると、なんだか気持ちも拓《ひら》けてくる。とりあえずの、自分の軸《じく》が定まったような気がした。そうなって初めて、歩は実家に手紙を書いた。

まずは高い薬代へのお礼。祖母との約束を破ったお詫び。それから今は友人の家にいることと、将来は教師になろうかと考えていること……。

最後に、長年の恨みつらみ、本当は淋しかったことを書こうか悩んで——やめた。知っているのは、自分や、自分を好きでいてくれる人たちだけでいい気がした。後ろ向きな理由からではなく、ごく自然とそう思えたのだ。家族だからといって、すべて分かり合えるわけではない。分かってほしいと思っても、分かり合えないこともある。

歩は書道展に行った際、ミュージアムショップで可愛い素焼きの鈴のストラップを見つけた。キーホルダーにもでき、音がきれいで、若草の模様が家族共通の緑の瞳に似て見えたので、それを祖母と姉三人の分買って、手紙と一緒に送った。

三日後、後家の家に豪勢なお中元が送られてきた。

『家のものがお世話になっております』

と、祖母の達筆で、添え書きがあった。

（家のもの……かあ）

便宜上とはいえ、その一言が嬉しい自分に、歩は笑ってしまった。

『嬉しいことがあったんだ』

その日大和にそうメールすると、しばらくして歩の電話が鳴り始めた。

ちょうどスオウとチグサは留守にしていて、歩は後家家のリビングで一人、読書をしているところだった。

着信の相手は「村崎大和」。歩は一瞬慌ててしまった。

「も、もしもし。あ、歩です……」

ドキドキしながら出ると、『あ……わりい、ちょうど練習終わったとこだからかけちまった』と、電波の向こうから大和の声がした。とたん、ぽっと頬が熱くなり、歩は舞い上がった。時計を見て計算するに、向こうは夜の九時くらいだ。嬉しいことってなに、と訊かれて、歩はニコニコしながら祖母のことを話した。大和はどうしてか、「あー、なんだ家族のことか」とホッとしたように言った。

『まあ、よかったな。なんだかんだ、お前のこと心配してくれたんじゃね』

そうかな、でもそうだったら嬉しい。そんなことを歩は言った。祖母のこと、姉のこと、母のこと。最近はあまり思い出さないし、考えない。考えないようにして考えていないのではなく、将来の夢や自分のこと、日々の楽しいことやなにより大和のことなど、考えることが多くて思いつかなくなっていた。

「長い間、引っかかってたのに単純だよな。ずっと蓋《ふた》をして、嫌な自分を見ないようにしてきたのに。恐がりすぎだったたってことかなあ……」

話してからそう呟くと、大和からはこんな返事が戻ってきた。

『蓋してたのは、べつに、悪い理由だけじゃねーだろ』

どういう意味だろう。首を傾げていると、大和の答えはシンプルだった。

『嫌うより好きでいたいって思ってたから、見ないようにしてただけだろ？』

――もう見ても好きでいられるから、平気になったんじゃねえの。

軽く言われたその言葉に、歩の胸の中が痛いように熱されていく。

「……そういえば大和くん、よく俺のこと、許すって言うよな」

ふと言うと、『そうじゃん』とすぐ返される。

『お前っていつも、人のこと好きじゃん。違うの？』

当然のように断言されると、なぜだか心の中が、すうっと軽くなっていく気がした。

（……自分の暗い気持ちが嫌いだから、蓋してたのかと思ってたけど……）

母や祖母、姉たちのこと。憎まずに好きでいたいから、許していたいから、嫌な気持ちから、眼を背《そむ》けていたのだとしたら。それは臆病《おくびょう》さからというより、愛からだと思える……。

　家族なんて、と大和は淡々と続けた。

『分かり合えることより、分からなくても好きでいられるから、成り立ってんだし』

　それはもしかして、志波のことも含まれているのかもしれない——そう気がついて、小さく笑ってしまう。大和も理解できない志波のことを、それでも結構好きで、許していたいのだろう。訊いたわけではないけれど、なんだかそう思えた。

「大和くんは、俺に勇気をくれる天才だね」

　思わずしみじみ言うと、電話口の向こうで少し照れたように『なんだよそれ』と答える大和の声がした。けれど本当にそうだ。大和はいつも歩の悩みや迷いを軽くしてくれる。ごく自然に、歩を前向きにしてくれるのだ。

『……そんなの、俺にとってはお前のほうがだ』

　と、小さな声で大和が呟いたが、電波が遠いのであまりよく聞こえなかった。なに？と訊き返すと、電話の向こうで大和が意を決したように息を呑みこむ気配がした。

『明日、グループ内一位の選手と当たる』

　言われて、歩はドキリとした。それは相当大事な試合なのではないだろうか。長電話になってはいけない、と思った矢先、『俺が勝ったら、お前、嬉しい？』と、大和が言った。

どこか気弱な大和の声に、歩は驚いた。どう答えたものか、悩む。大事な試合の前に、あまり心を乱したくない――。

けれど同時に、ふと、頭の隅に浮かんできたのはスオウの言葉だった。

――みんな勝手に傷つけて、勝手に傷ついてる。勝手に自分と闘ってるんだよ。

みんな一人で闘ってる。

『……嬉しい』

歩は単純に、自分の本音だけを口にした。闘うのは大和だ。歩も歩と闘っている。

『大和くんが頑張ってるのを見てると、俺は勇気をもらえる。勝ってくれたら、嬉しいよ』

静かに言うと、大和がゆっくりと深呼吸する音が聞こえた。

『このまま、負けなしだったら』

不安になりながら続きを待っていると、

『会ってくれるか？』

静かな意志を秘めた声に、歩は胸が高鳴った。遠く離れていても、真剣に輝いている、大和の瞳が見えるような気がした。けれどとにかく、大和は明日、大切な試合だ。

もちろん。頑張って。

と、返事をすると、じゃあ寝るわ、と返された。うん、おやすみ、と電話を切る。胸がどうしてか、ドキドキとしていた。けれどそれは、心地よい緊張だった。

ふと座っていた椅子から顔をあげて窓を見ると、夏の青い空を横切り、ジェット機が一台、飛んで行くところだ。

あとには真っ直ぐな飛行機雲だけが、くっきりと痕を残していた。


その晩、歩は久しぶりに昔の夢を見た。夢の中では遠く、小雨の降る音がしている。

窓の外は薄暗いが、アジサイの花だけは、鮮やかな紫色だ。

人気のない中等部の図書室は、湿気た、かびくさい本の匂いがする。

歩は十四歳だった。今より少し小さな背を丸め、図書室のテーブルで書き物をしている。時々眼をあげると、向かいには頬杖をつき、難しい顔をして本を読んでいる大和がいた。

二人一組のグループで、一つの本について意見をまとめて発表するよう授業で言われたのは先週のことだ。明日がその提出期限で、歩は大和と組まされていた。

「俺こういうの、苦手なんだよな」

小さく、大和がため息をつく。歩は内心、おどおどしていた。同い年なのだから、なにを怯えることがあるのだろう……と思うが、大和は少し特別だ。とにかく体が大きく、目立ち、そしてなによりいつもイライラと不機嫌そうなのだ。

（……ヤンキーなのかな）

周囲にそういう人がいないし、おとなしい家で育った歩にはよく分からない世界だが、こういうのを柄《がら》が悪いというのだろうか。しかし大和にとっても、歩が異生物《いせいぶつ》であることは間違いない。はじめグループを組まされ、教室で打ち合わせになったときも、しばらく存在に気づいてもらえなかった。

「なあお前、書き終わった？」

訊かれて、歩は「あとちょっと」と答える。すると、できたところまで見せろよ、と言われて、歩はノートを差し出した。受け取って開いた大和が「へー」と呟いた。

「きれいな字……」

独り言のようなその言葉に、歩の胸がドキッと鳴った。

「字って人柄が出ると思わね？」

「……習ってたら関係ないと思うけど」

「そうか？　俺の字、見てみろよ」

そう言って、大和は自分の書いたノートを見せてくれた。一文字一文字大きいが、やや癖がある。しかし一応、線の中におさまっていて、思ったよりきれいな字だった。

「意外と真面目なんだな……」

ぽそっと言うと、大和は急に無邪気に笑った。

「だろ？」

お前のは優しそうな字な、と呟き、大和はノートを返してくれた。たったそれだけのやりとり。それなのに大和の言葉は胸に染みてきて、なんだか体の中が温かくなった。

課題が終わって外へ出ると、まだ雨が降っていた。朝は降っていなかったので、歩は傘を持っていない。濡れて帰るつもりだった。これから練習だという大和は、図書室にいたときからジャージ姿だった。大きなスポーツバッグから折りたたみ傘を出し、ふと歩を振り返る。

「なにお前。傘持ってねえの？」

訊かれて頷くと、大和は一秒も迷わずに「じゃ、これ使えよ」と自分の傘を歩の胸に押しつけてきた。歩は驚き、眼を大きく見開いた。

「でもこれ……大和くんのじゃ。大和くんが濡れるよ」

慌てて言うと、大和は「いいって」と言う。

「お前が使えよ。お前のほうが小さいんだから。デカいほうが守るもんだろ」

と、大和は大体そんなようなことを言った。無神経といえば無神経だった。歩は大和と同じ男で、一応はハイクラスで、自分の身くらい自分で守れるのだ。

けれど……。

そのときは、ちょうど異形再生《いけいさいせい》の治療を始めたばかりだったので、歩の心は弱っていた。そのせいもあったのかもしれない。この人、優しいんだなあと思うと、大和への緊張は、転《ころ》げるように好意に変わっていた。

（世界の主役みたいな人なのに……俺のこと、見てくれるのか）

字を褒めてくれ、優しいと言ってくれた。守ってあげようと思ってくれた。

誰からも振り向かれたことがほとんどない歩にとって、まばゆいほどの存在感を放つ大和が、自分にそうしてくれたというだけで驚きだった。

「さっきのレポートは、俺のほうが助けてもらったし。じゃあな。気をつけて帰れよ」

さらっと言い、大和はもう歩が声をかける間もなく、あっという間に駆け出していった。雨に濡れる背中は瞬く間に小さくなり、追いかけることもできなかった。

夏物の制服の下で、歩の心臓はドキドキと鳴り、頬は熱くなっていた。もう一度話してみたい。心の奥に、他者への願望が生まれたのは何年ぶりだっただろう。

ささやかなその願いごとを、歩はその夜日記に書いた。もっとも明日、教室で顔を合わせても、きっと大和は自分を覚えていないだろうし、気づきもしないだろう。

そうして翌日、やっぱり大和は歩を忘れていたし、借りた傘も直接渡せずに、机の上に置いてしまったのだけれど――それでも書かずにはいられなかった。

――大和くんと、もう一度、話してみたい。

日記に願いを書き綴った最初は、本当に純粋に、心からの気持ちを書いた。こっそり嘘の内容を書き始めたころも、やっぱり本心から願っていた。

けれどあまりに叶わないことだったし、叶うことも信じられなくなって、傷つきたくなくて、変えられないことを恨みたくなくて、いつの間にか歩は日記に書いた願いごとを笑い、笑うことでその願いから距離をとった。やっぱり現実には、こんなことはありえないなと思えば、予防線を張れたからだ。

（……でも、叶ったじゃないか）

ふと、夢の中でそう思う。最初にもう一度大和と話したい、そう思ったその願いは、二年の時を経て、きちんと叶っていた。

十五

もう一度日記をつけることにしよう、歩《あゆむ》はそう思い立った。

ちょうど、大和《やまと》の帰国日のことだった。

「えっ、そんな妄想の日記つけてたの？　歩、かわいいね」

「マジかよ……お前の隠れた少女趣味、また一つ知ってしまった……」

スオウとチグサの反応は正反対だったが、歩はあまり気にならなかった。

日記のノートは寮の自室に置いてきているので、歩は寮監《りょうかん》の先生に電話を入れて荷物を取りに行く許可をもらった。付き添おうか、と言ってくれたスオウとチグサを断り、一人で電車で行くことにする。外に出ると夏の日射しは凶暴なほど強かった。けれどそんな焼けるような暑さも、今朝届いたメールを思い返すと吹き飛んだ。大和はとうとう最後の試合も勝ったという。

およそ三週間ぶりに入った寮は、閑散《かんさん》としていた。夏休み中だけ管理を任されている管理人が鍵を開けてくれ、「用が終わったら声かけてね」と言って一階の用務室に引っ込んでしまうと、空気の音さえ聞こえるほど静かになった。あまり長時間いると怒られてしまうので、歩は急いで三階の自室に向かった。中に入ると、ちょっとの留守だったのに、もう空気の匂いが埃っぽい。

（えーと……ノートはここに片付けたんだっけ……）

スオウとチグサと復縁してから、歩はやっと荷物を解いた。けれどそのときはまだ日記を辞めていたので、ノートは棚の一番下に入れていた。しゃがみこんで確かめると、ずらっとノートが並べてある。もともと几帳面な性格なので、きちんと時系列に並んでいる。

向かって右のノートをとると、半分くらいしか書かずに止まっている。これが最新の日記帳だ。辛いことが多いときにやめてしまったので、見直すのは胸が痛む。

（でも、新しいページには、もっと楽しいことが書けるはずだよな……）

まずは大和の試合成績、もうすぐ帰ってくることや、スオウやチグサと仲直りできたことなどを書こう、と思った。今度はねつ造じゃなく、本当のことを書けるだろう。

ふと思い立ち、歩は並べたノートの、真ん中より少し右に並んだ一冊をとった。七歳からつけはじめたので、そこは十四歳ごろの日記だった。開いて読み、歩はあれ、と思った。

（これ……大和くんと初めて話したときより、ちょっとあとの日付だ。あの時のノートはどこだろう）

隣のノートをとって開く。日付は中学二年にあがるより前だった。歩はノートの表紙右上にそれぞれ番号を振っている。探しているノートは十二番だったが、その番号のノートだけが見つからない。

まさかと思うが、部屋替えの際に忘れてきて、その一冊だけ元の部屋に残っている可能性がある。ただでさえ真夏の、締め切った部屋の中だ。汗が噴き出るほど暑いのに、とうとう冷たい汗まで脇の下ににじんできた。

（……どうしよう。管理人さんに言えば、あっちの部屋も開けてくれるかな）

いや、さすがに無理だろう。寮監や寮長ならともかく、夏期休暇だけの管理人には、歩が以前どの部屋を使っていたかなんて分からない。大和の私物が置かれている以上、盗難を恐れて開けないに決まっている。うろたえていたとき、急に電話がかかってきた。びくっとしながら取り出すと、画面にはスオウの名前が表示されていた。

「あ、ス、スオウ？」

出ると、スオウが『おー。日記見つかったか？　お前今日、このあと病院だったよな。やっぱ車で迎えに行こうかと思って』と言ってくれる。思ったより暑いからさー、と言いながら、スオウは電話越しに、歩の不安を感じ取ったようだ。なにかあったかと訊かれ、歩は日記帳が一冊、前の部屋に残っているかもしれない、と話した。

『そんなことかよ。べつに見られてもいいじゃん。村崎《むらさき》にとったら嬉しいんじゃね』

「そんなわけないだろ……気持ち悪がられるって」

弱った声を出しながらも、スオウに話したことで少し落ち着いた。気がつくと汗はますますひどく、全身ぐっしょりと濡れてしまっていた。立ち上がると、くらくらと目眩を感じた。

『とりあえず迎えに行くから、お前部屋は出て、水分とってろ――』

そこまで聞いたところで、不意に視界がぐらっと揺れた。手から電話が落ちる。

心臓が大きく鼓動し、膝から力が抜けていく。頭からすーっと血の気が退いていき、眼の前が暗くなる。まずい、これは、熱中症かもしれない。考えるより前に、意識を失っていた。落ちた電話の向こうで、スオウが『歩！　おい！』と声を荒げていた。

額に冷たく、柔らかな手が当たっている。長く細い指がゆっくり前髪を梳き、頭を撫でてくれる。まどろみの中で、歩はふとお母さんと呼んだかもしれない。

眼を開けると、そこは学校の保健室だった。

冷房がついており、天井では空調用の大きなプロペラがくるくると回っていた。薬剤の匂いが鼻をつき、視界には点滴台が映る。

誰かが横で動いたのが気になり、顔を向けた歩は固まった。

「……姉さん」

歩と似た色の髪に、緑の瞳。緩《ゆる》く髪を編み、夏物の単衣《ひとえ》を着て、歩のそばに腰を下ろしているのは最も年の近い姉だった。起き上がろうとすると、目眩がした。姉が静かな声で「寝てなさいな」と囁いてくれたので、歩は驚きながらもそのままベッドに寝ていた。

「七雲《なぐも》先生から連絡をいただいたの。たまたま私が電話に出たから……お祖母さまには内緒で来たのよ」

「……は、はあ。でも、ただの熱中症ですよ」

ただそれだけのことで、なぜ姉がわざわざ来たのだろう。不思議に思って、枕に頭を乗せたまま視線を巡らせた。いるかと思っていたスオウやチグサの姿がない。と、保健室の扉が開き、白衣を着た澄也《すみや》が入ってきた。

「ああ、眼が覚めたか。スオウくんから連絡をもらってね、俺が直接学校に来たほうが早いかと思ったから」

真耶《まや》に頼んで保健室を使わせてもらったのだと、澄也は説明した。歩は澄也と姉を交互に見た。思っていることが顔に出ていたのかもしれない。澄也は苦笑し、「悪かったな。でも一応は、きみの将来に関わることだから連絡したんだ」と呟いた。

「なんの話ですか？」

すまないが、診察の一環《いっかん》で、確認したんだ、と澄也が言う。

「異形再生《いけいさいせい》が思ったより早く進んでてね」

歩が眼を瞠るのと同時に、姉が口を開いた。

「……もしもう一度、今すぐにきちんとした治療をすれば……お前、ヤスマットビナナフシの子どもを生めるかもしれないそうよ」

言われた歩は、一瞬なんのことか分からなかった。思考が停止し、ぽかんと口を開ける。体はだるくて熱っぽい。気絶している間に、注射を打たれたからというのもあるのだろう。体調はあまり良くない。

――もしかしたら、ヤスマットビナナフシを生めるかもしれない。

それはつまり、姉たちと同じ土俵《どひょう》にあがれると言うことだろうか？

「……そうなったらどうなるの？」

思わず子どものように、姉に訊いていた。姉は少しの間黙り、それから「家に帰れるわ」と呟いた。

「ヤスマットビナナフシを生めば、お祖母さまはお前を……孫として認めるでしょうね」

歩は混乱していた。姉は本気で言っているのだろうか。けれど彼女に限って、嘘などは言わないことも分かっている。

「でも、お前の人生だわ」

黙っている歩に、決めるまでお祖母さまには言わないから、と姉は続けた。

歩は困惑し、うろたえて、もう一度澄也の顔を見た。澄也にもなにが正解か分からないのだろう。だから姉に連絡を入れたに違いない。

（――ヤスマットビナナフシを生めるなら、俺は一人で生きなくても、いい？）

祖母にも愛してもらえ、姉たちにも認められ、もしかしたら母も許される？　ナナフシとして生まれてきた意味があったと言えるのだろうか。

けれど歩の脳裏には、スオウやチグサの笑顔、黄辺《きべ》や志波《しば》の顔、申し込んだばかりの書道の検定のこと――そうしてなにより、大和のことが浮かび上がってきた。半年近くかけて、悩みながら出した自分の答えが、もう一度振り出しに戻されようとしている。心臓がドキドキし、なにを言えばいいか分からず硬直していたそのとき、

「いや、生ませねーよ！　そりゃいくらなんでも勝手すぎるだろ！」

大きな声と一緒に、保健室の扉がドン、と開かれる。

そこには大荷物を持って息を切らしている大和と、怒った顔のスオウとチグサが立っていた。大和は汗だくで、どう見ても空港から直接ここへ来たという様子だ。一体どうして、と歩は眼を見開いたが、一緒にいるところを見るとスオウから連絡を受けたのだろう。

最初に生ませない、と怒鳴ったのはスオウだった。ずかずかと部屋の中に入ってくると、

「お姉さん！」と声を張り上げる。

「歩はもう、自分の人生を生きてますから！」

「そうだそうだー」

スオウの後ろで、チグサが棒読みのような声で援護《えんご》している。ちらっと大和を見ると、半分話が分からない、という顔をしている。けれどその体は以前より日に焼けて引き締まり、逞しさが増して見えた。全身から、充実した張りのようなものが溢れている。アメリカでの合宿が、良いものに終わった証だろう。歩は自分も嬉しくなり、ホッとした。そしてそうすると不意に勇気が出て、冷静になれた。

（……なにを迷ってるんだろう。もうとっくに、答えは出ているのに）

家のために役に立って、少しでも愛され、認められたい自分。そんな淋しい自分が今も心の中にいるから、一瞬惑《まど》った。その気持ちは一生消えないだろうけれど、大事なのはそうやって認められることではないと、歩はもう知っている。

「……スオウ、チグサ、ありがと。でも、自分で言うよ。言わせて」

気がつくと、静かな声が出ていた。静かだけれど意志に満ちた、強い声。双子が心配そうに振り返ったが、歩は安心させるよう、微笑んだ。

「姉さん。俺ね……好きな人がいるんだ」

そう言うと、入り口に立った大和から、息を呑む気配がした。

「付き合ってはないけど、好きになった人がいる。俺、好きな人と……俺を好きになってくれる人と、生きていきたい。その人とそうなれるかは、分からないけど……」

もう決めたから、ごめんなさい。ぺこりと頭を下げると、

「ああそう……」

姉は静かに呟いた。それからなにを思ったか、後ろに立っている大和を振り返る。姉にじっと見つめられた大和は、あきらかにうろたえながら頭を下げた。

「……そうなの。歩が決めてるなら、べつにいいのよ」

姉はすっと立ち上がると、傍らに置いていた日傘を持ち上げた。日傘の柄は竹で、真っ直ぐだ。先端には鈴がついており、姉が持ち上げると、ちりんちりんときれいな音が鳴った。それは先日、歩が手紙と一緒に送った鈴だった。

ふと姉は振り返り、歩を見つめた。緑の眼と眼が合う。いつもどおりの、静かな、波立たない声で、姉は言った。

「歩。――一緒に生きてく人はね。お前がその人を好きな以上に、お前のことを、好きになってくれる人じゃなきゃダメよ。ね」

姉はわずかに唇の端を持ち上げて、淡く微笑んだ。

同じ言葉を小さいころ、聞いていた。歩はそう気づく。

考えが変わったら、いつでも私に電話しておいで、と姉は言い、部屋を出て行く。脇によけた大和が、慌てて姉の為に扉を開ける。

「……姉さん」

ベッドの上に少しだけ体を起こし、歩は思わず呼び止めていた。

お母さんが、小さいころ、俺に言ってくれていた言葉を覚えていたの？　それとも、覚えていなくても、姉さんもそう思ってくれていただけ――？

訊きたかったが、言葉が出ない。振り返った姉の左手の薬指に、指輪が光っている。姉は来月には結婚する。もう何年も前から決まっていたことなので、歩も知っている。

「……幸せになって」

他に言葉がなくて言ったけれど、それは本心だった。歩を見ると、姉は優しく微笑する。小さな唇が動き、「お前もね」そう言われた気がした。

姉の日傘に結ばれた鈴が、ちりんときれいな音をたて、扉が閉まった。

「点滴が終わったら出る約束なんだ。悪いけど、きみらで七安《ななやす》くんの休めるところまで連れていってあげてくれるか」

なんなら真耶に連絡を入れるよ、と言ってくれた澄也に、「いえ、大丈夫です」と断ったのはスオウだった。そうしていざ部屋を出る段になって、「ほら、村崎。歩のこと負ぶってよ。その大きな体はなんのためにあるの」と煽ったのはチグサだ。

歩は真っ赤になったが、結局大和に負ぶわれて保健室を出た。そうして出ると、スオウとチグサは「面白くない図だね」「まあ仕方ないよね」と言いながら、

「じゃ。俺ら帰ってるから、ごゆっくり」

「歩に無理させないでよ、村崎」

歩と大和を置き去りにして、帰ってしまった。二人きりになると、なにを話せばいいのか分からなかった。大和の背は、アメリカから帰ってきてまた一際、逞しくなったようだ。

「か、帰ってきてたんだな」

そう言うと、

「さっきな。お前に電話したら、後家《ごけ》……スオウのほうが出て、お前が保健室にいるって」

それで急いで、大和は学校に来たらしかった。疲れているだろうに、すぐ来てくれたことが歩は素直に嬉しかった。荷物を置きに寮に入る許可をもらっている、というので、歩は大和の部屋で休ませてもらえることになった。管理人はナナフシの歩には気づかなかったようで、再度戻ってきたにも関わらず、特に変な顔もせず中に入れてくれた。

大和の部屋に入り、ベッドに下ろしてもらって初めて、歩は真正面から大和の顔を見た。するとなんだか以前と比べ、迷いが晴れてスッキリして、大人びた顔立ちになったように感じる。

「……し、試合おめでとう。全部勝ったんだろ」

「あー……お前からメールもらってから、だけどな」

荷物を部屋に置きながら、大和が言う。なんだか変な感じだった。毎日メールで話をしていたのに、いざ顔を合わせると緊張し、ドキドキして大和の顔を真っ直ぐ見られない。

「……プロな、目指してみようって決めた」

不意に大和が言い、歩は顔をあげた。少し照れたように、大和が頭を掻いている。

「単純かもしれねえけど……やっぱりテニスしてんの好きなんだ」

「そっか」

歩はホッと胸が緩むのを感じた。黄辺も言っていたことだが、単に素質があるとか、体格に恵まれているというだけでは、大和の場所に立てるはずがない。まずは好きで、そして本人の努力が伴ってこそ、プロになれる道が拓けているはずだ。

「……それより、さっきの話なんなんだ？　す、好きな人がどうとかって——」

上擦った声で大和に訊かれて、歩はドキリとした。大和が顔をあげ、「それって、俺と別れるときに好きって言ってたやつのことか？」と、重ねて訊いてくる。なんだか妙に切羽詰まった声だ。

「メールでは、俺以外とはしてないって言ってたよな？　あれは嘘か？　……結局、なにが本当なんだよ」

苦しそうに眉をしかめ、唇を噛む大和がなんだかかわいそうになり、歩は慌てて「嘘じゃないよ」と言った。

「えっと……俺、大和くんに抱いてもらうのやめてからは、ずっと薬でフェロモンを抑えてたんだ。だから本当に、抱いてくれたのは大和くんだけ。俺は大和くんしか知らない」

「……薬」

本当に？　と大和に訊かれ、歩は信じてもらいたくて、深く頷く。

「俺以外とは、してない？」

繰り返されてもう一度頷くと、大和の体からみるまに力がぬけていく。

「でも……、その薬の副作用で、俺の異形再生が成功しそうで……」

「……子ども生めるってことか？」

歩はその一言に、ムッとした。黄辺に向かって、歩とは、歩が生めないから恋愛にはならないと言っていた大和の言葉を、今になって思い出した。

「そしたら付き合ってやるって言うの？　……黄辺さんに言ってたよな。俺とじゃできないから添《そ》い遂《と》げる相手じゃないって」

「は⁉　なんのことだよっ？」

大和がぎょっとしたので、歩はぷいっと顔を背けた。

「ホテルのロビーで話してたろ」

数秒、大和は考え込んだようだ。しばらく黙っていたが、やがってハッと思い当たったように慌てた声を出した。

「あれは違うって。俺言ったろ。同性婚しようって。お前相手なら寝取り癖出ないし、べつに相手と子ども作らなくてもいいやと思ってたんだよ」

　歩はなにを言っているのだ、という顔になってしまう。

「責任感からだろ。だって、俺のこと、恋じゃないって言ってた。それで結婚しようって言われても、嬉しいわけない」

「それは仕方ないだろ。俺はもうセックスとか飽きるほどやってたし、そういうの全部うんざりしてたんだ。恋とか分かんなかった。だけどお前とは嫌じゃなかったし、一緒にいて楽しいし、お互い利害も一致してる。だったら一生お前でいいかって思ってて──」

「利害の一致⁉　それひどい言いぐさじゃないか⁉」

　歩はムッとして、思わず怒鳴っていた。

「……結局、都合いいから、俺でいいってことか」

　ぷいっと横を向くと、大和が「はあっ？」と怒った声を出す。

「どこが都合いいって⁉　お前なんか、ままなんねーことばっかりだわ！」

　イライラと怒鳴り返されて、歩は一瞬、絶句した。大和はぐしゃぐしゃと前髪をかきむしり、「おとなしいくせに、根はガンコで」と呻く。

「俺は結婚しようって言ってんのに、聞かねーし。なに考えてんだか、腹の中見せねえから分かんねー、それが急に、抱かれてて幸せだったとか言いやがるし。俺は振り回されてぐるぐるして」

「……それは、大和くんが俺を好きじゃないのに、責任とるとか言うから。俺だって、ちゃんと好きだって言ってくれる人と、一緒にいたいと思うだろ」

「仕方ねーだろ、初恋だから、よく分かんなかったんだよ！」

突然告白する形になって、大和の顔が、かあっと赤く染まっていく。

「体から先に入っちまって、ただの本能なのか、愛情なのか区別つかねえし……そもそも、俺には恋愛なんて無理だと思ってた」

でもお前と別れたあと、これが恋なんだって気付いた、と大和は呟いた。

「誰に誘われてもその気にならなくて、お前以外抱く気になれなかった。お前が他の……それも好きな男に抱かれてると思うと妬《や》けて……忘れるためにテニスして、でも勝てない。だからアメリカで……俺以外とはしてないって聞いたときは、死ぬほど嬉しかった……」

そのとき、はっきり意識した、と大和は続けた。

「心と本能って、分けられないんだ。どっちの俺も、お前がほしいと思ってる」

顔をあげると、大和がじっと歩を見つめていた。青紫の、燃えるような強い瞳は、思い詰めた光を宿している。

「……本能は愛って言ってたよな」

小さいけれど真剣な声で、確かめるように大和は呟いた。

「本能も本心なんだ。難しく考えるより……自分を信じたほうがいい。そういうことなら……答えはとっくに出てた」

大和は歩に近づいてきて、ベッドに膝を乗せた。オオムラサキの大和には幾分小さめのベッドが、ぎしと音をたてる。

「飽きるほどセックスしてたけど……かわいいって思って抱いた相手は、お前だけだ。――最初から」

――最初から。だから、もうそのときから、本当は分かってたんだ。

囁かれると、息が止まった。額に額を押しつけられ、大和の息が歩の鼻にかかる。どこか緊張した眼で、大和は「お前は……？」と、訊いてきた。

「なんで、俺に抱かれてた……？　全勝したら、今までのこと、ちゃんと教えてくれるんだったよな？」

大和の大きな手が、少し怖がるようにおずおずと歩の耳の下に触れた。歩、とすがるように呼ばれて、ぞく、と肌が粟立《あわだ》つ。大和は切羽詰まった瞳で、歩の答えを待っていた。

「……俺の言ってた、好きな人って、大和くんのことだよ」

ずっと、初めからそうだった。

そうだ。心と本能を、分けることなんてできない。歩もそうだった。初めから抱かれたいのは大和一人で、今でもそうだ。

「俺はずっと、大和くんが好きだから、抱かれてたよ――……」

答えると、心臓がドキドキと鼓動して、息が詰まりそうになった。好き。その一言を言うと、切ない気持ちがこみ上げてくる。

歩の言葉に、大和が息を止める。やがてその頬に赤みがさし、青紫の瞳に明るい色が宿った。長く逞しい腕が歩の細い体に回され、ぎゅ、と強く抱き締められる。

「そっか。嬉しい――」

搾り出すように言う声は、これまで聞いたことがないほど深く、優しさがにじんでいた。

そっと体を離され、瞳を覗かれる。

「なあ……抱いていい？」

囁かれると、体の奥から、ぞくぞくしたものが走ってくる。それは歩の心と体の芯を、一瞬にして蕩《とろ》かせてしまう。自分が今どんな顔をしているのか、少なくともとてもだらしない顔だろうということは分かった。瞳が潤み、頬は赤くなり、心臓はドキドキと逸っている。

今は具合が良くないとか、もっとちゃんと、将来のことを話し合わなきゃとか。

そもそも本当に、大和が自分を好きなんて、信じていいのかとか。

そういうことは思った。母が言っていたように、自分が大和を好きな以上に、大和が自分を好きなのかは分からないとか。そういうことも思った。

けれど歩の、もっとずっと深いところ、本能と呼べる部分が、今、たった今大和に抱いてほしいと訴えてくる。

（……俺は、この人の気持ち、信じたいって思ってる）

きっと疑う自分より、たとえ傷ついても、今大和を受け入れられる自分のほうが、歩は好きになれる。そう思う。

こくん、と頷いた瞬間、顎をすくわれてキスされた。ゆっくりと押し倒され、二人重なってベッドに落ちる。

「ん、ん、う、ふ……」

厚い舌で口の中を激しくなめ回され、じゅるじゅると唾液ごと吸われるような、激しい口づけだった。それだけで、ずっと忘れていた性感が呼び起こされて、歩の背がぴくぴくと揺れる。

「……俺な」

唇を離し、歩の胸元をまさぐりながら大和が言う。

「他のやつらじゃ勃たなかったけど」

大きな手のひらの親指と薬指で、器用に両方の乳首をこねられると、そこから甘い痺れがジンジンと広がり、歩は「あ、あん」と喘いでしまう。

「今はこれ……もう」

そう言って、大和は歩の脚を広げた。広げられた場所に大きな体を入れられ、閉じられなくなってしまう。それだけでも恥ずかしいのに、服越しに大和の性器が歩の性器に押しつけられて、歩はドキン、と震えてしまった。大和のそこは、もうガチガチに硬くなっていて、ごりごりと押しつけられると、歩の性器も膨らんでくる。

「あ、ん……う、大和く……は、恥ずかし……」

「よかった。フェロモンなくても、興奮してるな」

それは大和だから――と言う前に、歩は下半身を剝かれ、Tシャツもめくりあげられてしまっていた。太ももを大きく広げられると、半勃ちになってとろとろと露をこぼしている性器だけでなく、はしたなくひくついている後孔、そして以前より深度の増した異形再《いけいさい》生《せい》の部分が丸見えになる。

「ここ、どんな感じなんだ?」

痕の部分を、大和がべろ、と舐める。歩は「ひゃっ」と声をあげて内腿を震わせた。大和が舌の先を尖らせて、その襞の中をちろちろと舐める。すると、そこには切ない快感が走り、とぷとぷといやらしい蜜がこぼれてきた。

「まだ入れるには……早そうだな」

顔を離した大和は、その場所に浅く親指を食い込ませたまま、その下でひくついている後孔に、ぬぷっと中指を潜らせてきた。

「あ……」

歩はぶるっと震えた。大和は中の、歩が感じる部分を覚えていたらしい。

「俺の中指の……第二関節、このくらい曲げて……ここ」

囁きながら、中をぐいっと擦る。とたんに、強烈な快感が歩の芯を駆け抜け、脳を突き抜ける。

「あっ、あーっ」

「ここ、いいとこだったよな？」

ぬくぬく、と指を動かされ、歩は真っ赤になった。恥ずかしいと思うのに、体はその刺激を悦んでいる。足が勝手に開いて、後ろがじゅくじゅくと濡れてくるのを、尻に伝うつゆの感触で知る。

「すげ……アナルもちゃんと濡れてるぜ」

発情してなくても大丈夫なんだな、と言いながら、大和が指を増やした。二本では足りないと思ったのか、一気に三本入れられて、歩は「ああっ」と仰け反った。

とたんに、勃起した前から、ぴゅくぴゅくと白濁液が飛ぶ。

（あ、ダメ……あ、あ）

気がつくと歩は腰を持ち上げ、ゆらゆらと尻を振っていた。

「あ、あん、あ、や、大和く……ダ、ダメ」

歩の眼に、羞恥で涙が浮かんできた。アニソモルファの血のせいだとは、今は言い訳できない。

「なにがダメ？　お尻揺らしてるの、恥ずかしいのか……？」

「……は、はずかしい、よ」

　まっ赤になって震えると、

「恥じらってんのも、かわいいな」

　くすっと笑い、大和は体をずりあげると、歩の乳首を口に含んだ。

「あっ、あん！」

　ころころと乳首をねぶられて、歩の体は甘い刺激に崩れていく。乳首と性器、後孔が繋がって、どこか一つを弄られるたび、そのすべてに快感が走ってしまう。

（俺って……フェロモンないときでも、こんなに淫乱なのか――）

　それとも相手が、大和だからそうなるのか。

　体からはじわじわと、普段は香らない歩の匂いが湧き立ってくる。鼻を動かしてその匂いを嗅いだ大和が「ああ……これ、お前の匂いだったのか」と囁く。

「あ、あっ、そこ、な、舐めながら……喋んな……いで、あっ」

「無臭が普通だと思ってたから……他の男とやってついたのかって、勘違いしたんだよな」

　こっちの香りも、そそるよ、と囁いて、大和が歩の後ろから指を抜く。

「優しくしたいけど……もちそうにないわ。……悪い、優しいのは、二回目でいい？」

——二回目って、一体何回、するつもり。

とは、訊けなかった。後孔に熱いものが押し当てられ、なにか言うより先に、一息に貫かれていたからだ——。

「あっ、あ……あーっ」

いいところを強く擦られながら突き入れられ、歩はただそれだけで、びくびくと震えながら達してしまっていた。


結局、大和は歩の中で、少なくとも三度は達した。

歩自身は前を擦られ、乳首をつままれ、ありとあらゆる方法でイカされて、アニソモルファのフェロモンが出ているわけでもないのに、最後はあまりの悦楽に、気絶してしまった。

意識を取り戻したのはどのくらいあとか、気がつくと体は以前と同じようにきれいに清められ、服は一回り大きな、大和のジャージに着替えさせられていた。

(大和くん……?)

起き上がると、なぜだか体調がよくなっていた。注射と点滴ではなく、精液を体にたくさん注がれたせいだろう。顔を赤くしながら、きょろきょろと部屋を見回したが、大和の姿はない。時計を見ると、この部屋に入ってから三時間ほどが経っていて、窓辺からは西日が差し込んでおり、歩は内心慌てた。

（管理人さんに怒られる……）

急いで寮を出ねば、と思い、そろそろと床に下りた。腰は何度も揺すられてだるく、後孔にはまだなにか挟まっているような感じはあったが、動けないほどではなかった。

「……大和くーん」

小さな声で呼びながら、仕切りのカーテンを開ける。ふと見ると、以前歩が使っていた部屋のカーテンが開いている。まさかこちらにはいないだろうと思いつつ、念のために覗いた歩は、飛び上がるほど驚いた。

大和はいた。今は空き部屋となったスペースの椅子に座り、なにか読んでいる。それは――たしかに見間違えようもなく、歩の日記だった。しかも右上には、「十二」の番号。

「や、ややややや、大和くん！」

気がつくと歩は上擦った声をあげていた。顔をあげた大和が、「あ、歩」と微笑む。思わず、体当たりするようにして、その日記を奪い返す。

「なに読んでるんだよ!?」

大和は、どこか嬉しそうな顔でへらへらと笑っていた。

「後家が教えてくれてさ。お前からのラブレターがこの部屋に隠されてるって。引き出しの奥にあったから……俺に見て欲しくて、わざと残しておいたんじゃねえの？」

「ち、違うに決まってるだろ！」

歩は真っ赤になり、日記を後ろ手に隠すと、地団駄《じだんだ》を踏んでいた。なんてことだろう。よりによって一番見られたくない相手に、一番見られたくないものを見られてしまった。

（スオウのやつ……いや、案外チグサかもしれない）

どちらにしろ、よけいなことをしてくれた。顔から火が出そうなほど恥ずかしい。真っ赤になっている歩を見ている大和は、楽しげにニヤニヤしていた。

「知らなかったぜ。お前、ずいぶん前から俺のこと好きだったのな」

その得意げな顔を見ていると腹が立ち、歩は小さな声で「覚えてなかったくせに……」と、責めそうになった。けれどそう言う前に大和がため息をつき、「あれ、お前だったのか」と呟いた。

「傘貸した相手。グループ学習で一緒になったのに、翌日探しても見つからなかった」

（……すぐ後ろの席だったことも、あるんだけど）

と、歩は思ったが言わなかった。それよりも、大和がうっすらとでもあの出来事を覚えていたことに驚いた。

「また話したかったから、傘貸したんだよ。返してくれるときに話す口実《こうじつ》になると思って」

レポートは出してしまえば発表もなくおしまいだったので、このままでは仲良くなるきっかけがなくなると思い、大和は帰りがけ、歩に傘を押しつけたのだと話した。歩は驚いてしまった。
「なんで俺と、また話したいと思ったんだ？」
あのころの大和は、もうテニスでも活躍していたし、黄辺や志波もいたはず。当時から
やっかみも多かったが、同じくらい憧れられてもいた。その大和がどうして自分なんか、
と思う。すると大和は不思議そうに、どうしてだろうな、と首を傾げた。
「分かんねえけど、もう一度話してみたかった。たぶん、それこそ、本能かもな」
最初から求めていたのだと大和に言われると、歩はもう怒れなくなった。ずるい、と思
ったけれど嬉しい、の気持ちのほうが勝っている。
「……軽蔑しないのか？　ありもしない妄想日記なんて書かれて……」
大和は「なんで。好かれてたら嬉しいだろ」とあどけなく笑う。
「そこに書いてあること、全部しようぜ。他にもあるなら、それも」
（……大和くんのこういうところが、俺はすごく好き……）
あんまり素直な反応に、もうそうとしか思えず、くすっ、と笑ってしまう。もじもじしな
がら近づき、それから大和の膝の上にちょこん、と腰掛けた。これはしてみたかったこと
の一つだ。
大和は嬉しそうに、歩を後ろから抱き寄せて言った。

「新しい日記のページには、『大和くんと幸せになる』って書いとけよ」

そうなるように生きていこう。

歩を見つめる大和の眼には、夕日が差してきらきらと輝いている。見たことがないほど満ち足りた、甘い眼差しだ。胸の奥に、熱いものがこみあげてくる。

――好きな人を見つけて、そしてそれ以上に好いてくれる人を見つけて、一緒に生きていきたい。

ずっとそう思ってきた。そうやって、自分を好きで生きていたいと……。

自分はいずれ、滅んでしまう一つの命だ。

それはヤスマツトビナナフシだからではなく、どんな命にも言えること。それでもすべての命は、明日を信じて生きようとしている。それが命の本能だから。

「……俺のこと、俺がきみを好きな以上に、好きになってくれる？」

抱き締めてくれる腕に、そっと手を沿わせて囁く。すると大和は、少し拗ねた口調で言ってくれた。

「とっくにそうだと思うけどな。お前が嬉しいってだけで、俺は試合に勝てるんだぜ」

俺、自分のためじゃなく、お前のために闘ったよ。

誰かのために闘ったのは初めてだと言われて、歩は頬を緩めて、笑った。その答えが嬉しかった。嬉しい気持ちを、今はただ信じていたい。

顔をあげると、優しい口づけが瞼に、鼻の上に、そして唇に落ちてくる。
……本能と愛に従って。
歩は素直に眼を閉じた。
そうしてしばらくの間、大和とのキスに酔いしれていた。

あとがき

みなさまこんにちは、はじめまして！　樋口美沙緒《ひぐちみさお》です。今回もまた、ムシシリーズの新刊でお会いできて、嬉しいです。なんと五冊目です。わー、すごい。（自分で拍手）

今回は既存キャラか新キャラか迷って、新キャラで書かせていただきました。ついに出ました国蝶オオムラサキ！　と、ナナフシです。ナナフシで書きたい、と言ったら、担当さんは数秒の沈黙のあと「……なんか枝みたいなやつですか？」と仰《おっしゃ》いました。そうですよね、ナナフシ、よく知りませんよね。よく知らないうえに、興味もあまり持たれない……それがナナフシ。なにしろ隠れる以外ほとんどなにも特徴がないのです。卵まで、植物の種に擬態《ぎたい》していたりします。なんて控《ひか》えめなんだ！　まずそこで、地味萌《も》えのわたしの心を直撃しました。

歩《あゆむ》の魅力は、本人はまるで分かっていない部分にあるので、少し書くのに苦労しました。聞き上手、ってものすごい魅力だと思うし、人の話を否定しないから聞き上手になれるんだと思います。今回はわたしの周りにいる聞き上手な人たちを思い浮かべながら書いていました。わたしは聞き上手じゃないので自分にはない引き出しを開ける気持ち……。

大和《やまと》くんは、オオムラサキでイメージしたところ、力強いアスリートの姿しか思い浮かびませんでした。アスリートだし、思考回路《しこうかいろ》がシンプルだしで、今までになく無邪気というか良いヤツに……。でも体の相性は抜群だし良かったね。この二人は里久《りく》と綾人《あやと》と同じくエロ要員かな～って気がします。たくさんしないといけないって……大変だね……。

ずっと書きたかったゴケグモの二人（分類がヒメグモ科ってとこがまた可愛い）、黄辺《きべ》くんや志波《しば》さんも書けて楽しかったです。この人たちも幸せになるといいのですが……。

毎回素敵なイラストを描いてくださる街子《まちこ》先生。今回も神がかってました！ありがとうございます。感謝でいっぱいです！

ムシ嫌いなのに奮闘してくださる担当さん。最後まで妥協しない姿勢、本当に助かっています。そして支えてくれた家族、友人知人、読んでくださってるすべてのみなさまに感謝をこめて。

樋口美沙緒

本能は恐ろしい

村崎大和《むらさきやまと》、十六歳。恋を知ってから、大和には初めて、怖いものができた。

「だから、そのうち連れてくって言ってるだろ。べつに遊ばれてるわけじゃねーよ」

フロリダから、飛行機で十数時間。八月の全日本ジュニアを終えたあと、短期テニス留学に出ていた大和は、その日二ヶ月ぶりに日本の土を踏んでいた。

子どもの頃から、将来は世界を相手にする選手と目《もく》されてきた大和は海外にも行き慣れていて、持っているのはスポーツバッグ一つ。あとはすべて航空便で送ってあった。

十月の東京はフロリダほどではないが、体温の高い大和にはまだ暑い。イミグレーションを出てすぐのところで、飛行機に乗っている間中考えていた、恋人のところへ連絡を入れようとした矢先、大和に電話をかけてきたのは十二歳上の兄だった。

大和には年の離れた兄が二人いて、電話をかけてきた長兄は医者をやっている。インテリだが中身は典型的なオオムラサキ。とはいえ子どもが一人いるので、寝取り癖はない。もっともその妻にはさっさと離婚され、今は独り身なせいか、先日、アメリカに発《た》つ前の家族そろった晩餐《ばんさん》の席で、「結婚しようと思ってる相手がいるから」と告白してからというもの、いつ連れてくるんだ、相手はどんな人間なんだと口うるさかった。

『本気ならきちんと捕まえとかないと、お前も捨てられるぞ』

電話口で兄が言うのに、大和はムッとした。兄貴が離婚されたのは兄貴のせいで、俺の歩《あゆむ》はそんなことしない――と喉まで出かかった言葉を飲み込む。

オオムラサキというのは厄介《やっかい》なのだ。それは大和も分かっている。

そもそも、決まった相手ができたら弱冠十六歳でも親に報告、高校卒業と同時に結婚を考える、というのだから、これが異常なことは一応知っている。寝取り癖があるせいで、妻が婚前に浮気を繰り返されたことを根に持ち、子どもが生まれたあとに離婚されるケースはしばしばある。大和の兄は二人が二人とも、離婚経験者だった。

『お前なんか、海外にいることも多い。あっちで浮気しても分からないからな』

「……テニスでアメリカ行ってんだぜ、日本の練習とはわけが違う。セックスなんかする元気、残らねーよ」

実際この二ヶ月――大和は毎日くたくただったので、性欲なんて昇華《しょうか》されてしまってほとんど起こらなかった。あっても、夏から付き合い始めた歩のことを思い出し、一人で扱くだけで満足する程度。が、兄の次の一言に、大和はうっと言葉をつまらせた。

『お前だけじゃなくて、向こうだって浮気できるんだぞ。忘れるなよ。俺らみたいな面倒な種と付き合うメリットなんて、そんなにないってこと』

——嫌なことを言うヤツめ。

まさにそれこそ、大和がアメリカで過ごしていた二ヶ月、どうしても拭い去れなかった不安だった。大和は怖い。歩を誰かに奪われること。歩が大和なんて、べつにそれほど大した男じゃないと気がつくことが——。

「あっ、ジュニア一位の村崎大和だ！」

「マジか？　こないだの国際大会でベスト4《フォー》になってなかったか⁉」

空港の到着ロビーに出ると、人だかりのほうからそんな声が聞こえてくる。アメリカでオープン戦にワイルドカードで出場し、世界ランキング六百位がついた大和は、こちらに帰ってくると一気に有名人だった。来年はプロ転向予定で、既に何社からも資金契約の話は来ている。けれど大和はそんなことより、と思った。

（歩に電話しねーと。迎えに来るって言ってたけど……）

心配で、大和はきょろきょろとした。離れている間、歩は薬でアニソモルファの発情を抑えている状態だった。それだと少し匂いが残る。歩はまったく分かっていないが、普段あまり眼に入ってこない歩を、きちんと見たときの衝撃といったら——いまだ大和は忘れられない。あれはたしか、歩と同室になったばかりのころだ。志波《しば》にしかけられて、黄辺《きべ》を抱いてしまい、その現場を歩に見られた。うるさい双子がギャーギャーと怒っている間までは、大和のなかで、歩は「よく分からない、目立たないやつ」でしかなかった。けれどそのあと、歩は大和の性癖に理解を示してくれた。

優しい声で言われた。

――大和くんは大丈夫だよ。自分に勝ちたくて、テニスやってるんだろ？

ふわふわした髪に囲まれた。それがやけに心地よくて、初めてまともに歩の顔を見つめた。

小さめの顔は色白だった。皮膚が薄いのか、頬は淡い桃色。さくらんぼのような唇も可愛かったが、なにより長い睫毛に縁取られた緑の瞳が印象的でハッとした。五月の若草を思わせる、明るい色の、丸い瞳はこぼれ落ちそうに大きかった。

（なんだこいつ……めちゃくちゃかわいいな）

なんでこんなきれいな顔したやつが、こうも目立たないのか？

思わず、考え込んでしまったほどだ。そしてなんといっても、大和が他人のことを「かわいい」と思ったのは、それが生まれて初めてのことだった。

歩は大和とは、なにもかもが違う。体はハイクラスにしてはかなり小さい。ハイクラスの女性がちょうど、歩くらいだ。体も薄い。声もひっそりしていて、優しく喋る。というか、ほとんど喋らない。うるさいところがまったくなくて、大抵聞き役に回っている。相槌は、「へえ」「そうなんだ」「ふうん」……。歩が誰かの話を遮《さえぎ》って反論をするところを、大和は一度も見たことがない。ケンカの最中ならあるかもしれないが、基本は言葉少なにじっと聞いている。なので大和もついつい、自分のことを話してしまう。とにかく、存在から動作からすべてにおいて、歩はそっとしている。そっとしているから知らないうちに心を開いてしまい、そうしてよく見てみると可愛いのだ。あの意外性にやられている人間は多いと思う。たとえばゴケグモの双子、それに黄辺や志波、歩のクラスメイト。ハイクラスなんてみんな、自己主張の塊《かたまり》なので、まるで主張してこない歩といると癒されてしまう。誰かがまた歩の愛らしさに気付いたら……と思うと、大和はこの二ヶ月も、ずっと心配でたまらなかった。

兄から言われた浮気、の言葉が胸にずしっと重くのしかかる。

（……浮気。浮気か。歩にその気はなくても、周りがなー……）

そのとき視界の中を見慣れた影がよぎり、大和はドキリとした。ロビーの売店で、歩がハイクラスらしき背の高い男に話しかけられていた。相手は地図を持っているから、観光客だろう。相手の顔が緩み、歩を見ている眼に好色《こうしょく》そうな色がある——無意識のうちに、大和は足を速めていた。

「歩！」

鼻先にうっすら、本当にわずかだが薫ってきた匂いに、大和は冷や汗が出た。ハイクラスの中でも下位種で、匂いに鈍い歩はまだ気付いていないが、道を訊ねている男は気付きかけている。鼻の下が伸びたその男の前で、歩はパッと大和を振り返った。注視しなければ背景に溶け込みそうな、不思議な存在感の薄さ。けれどよく見ると本当に可愛いその顔に、歩は満面の笑みを浮かべた。

「大和くん……っ」

耳触りのいい、柔らかい声。歩は男にぺこりと頭を下げ、大和のほうへ駆け寄ってくる。相手は不満そうな顔で大和を見たが、そこはオオムラサキ——警告も含めてギロリと睨みつけてやると、おとなしくなってすごすごと去っていった。

歩は相手のそんな様子にも気付かず、途中までは駆けてきたのに、近くに来ると、そそっと小さな足取りで、控えめに大和のそばに寄ってくる。その小動物のような動きも、大和にはたまらなく、ぐっとくるものがある。肉食獣しか見たことがなかった大和の世界で、歩は初めての草食動物、という感じだった。

「……お帰りなさい」

眼はきらきらしているのに、声は落ち着いていて静かだ。「おう」と返しながら、大和はやっぱりこいつ、かわいいなあと思った。二ヶ月ぶりに見ると、ますますそう思う。いやしかし、感動している場合ではない。

「歩お前、ちょっと来い」

大和は歩の腕を掴むと、強引に引っ張って空港内のトイレの個室へと押し込んだ。そこまで歩く道すがらも「村崎大和じゃないか?」「期待の新星」という声が聞こえ、歩は「やっぱり大和くんてすごいね」と感心していたが、大和はまるで興味がなかった。

「おい、お前どういうことだ。薬は？　アニソモルファの匂いがしてんぞ」

個室に閉じ込め、便器のフタの上に歩を座らせると、大和は覆い被さるように長身を屈めて訊いた。幸い、室内には他に人がいない。

「うそ、匂いしてる？」

歩は慌てたように、自分の腕を鼻にあててくんくん、と嗅いだ。微弱だがしている。ちょうど、フェロモンが活発化して発情するちょっと前くらいの香りだ。歩より歩の匂いに敏感な大和はそう分析した。

(俺が他のヤツに奪われないか心配してるときに、なんだってこんな匂い……)

叱ってやろうか。しかし、きつく言い過ぎて泣かせたくはない。珍しくなにをどう言うか考えていると、歩が困った顔で、大和を見つめた。その顔が申し訳なさそうだ。

「なんだよ。言えよ。怒らねーから」

促すと、歩は言いにくそうに呟いた。

「……今日、大和くんと会えると思ったら……その、だ、抱いてもらえないかなって思って……薬、やめたんだ」

フェロモンがあれば誘えるし、大和もその気になるかと思ったと、歩は小さな声で言う。

「……呆れた？」

いや――。ぐっときた、と大和は思った。心臓がずくんと大きく鼓動し、下半身が疼《うず》く。

ああ、と大和は降参した。

　気がつくと、体が動いていた。大和は歩の腕をとると、抱き上げて、便座に腰を下ろしていた。自分の胸に背を凭《もた》れさせるようにして、膝の上へ歩を下ろす。宝物みたいにそっと。けれど手を放すとき、大和はその宝物の乳首を、意地悪く擦《こす》りあげていった。

「……あ」

　歩の小さな体が、大和の上でぴくんと跳ねた。とたんに、性器が膨らみ、歩の尻の割れ目に服越しに食い込むのが、自分でも分かる。微弱だった歩のフェロモン香が、少し強まる。清楚《せいそ》なはずのナナフシが、今は体を揺らめかせて、割れ目に入ってきた大和の杭《くい》を、後孔に擦りつけるように動いていた。

「しょうがねーな……薬で抑えてても、発情してるじゃねーか」

　耳たぶを囓《かじ》りながら囁くと、ごめんな、でも、と歩が喘いだ。大和は歩のシャツをたくしあげて、乳首を弄《いじ》った。ちょっと触っただけで、そこは硬くコリコリと勃ちあがる。

「ずっと……淋しくて」

　そう言われたら、頑張るしかない。大和は背後から回した腕で歩の顎をさらい、強引に口づけた。本能とは恐ろしい。こんな空港のトイレで、俺たちは何ラウンドするつもりだろうと頭の隅で思いながら——大和は、この可愛い歩を自分に引き留めるためにどうすればいいか、考えなければな、と、感じていた。

Hanamaru Bunko
作家・イラストレーターの先生方へのファンレター・感想・ご意見などは
〒101-0063 東京都千代田区神田淡路町2-2-2
白泉社花丸編集部気付でお送り下さい。
編集部へのご意見・ご希望などもお待ちしております。
白泉社のホームページはhttp://www.hakusensha.co.jpです。

白泉社花丸文庫
愛の本能に従え!

2015年8月25日　初版発行
2018年2月15日　3刷発行

著　者　樋口美沙緒©Misao Higuchi 2015
発行人　高木靖文
発行所　株式会社白泉社
〒101-0063 東京都千代田区神田淡路町2-2-2
電話 03(3526)8070(編集)
03(3526)8010(販売)
03(3526)8020(制作)
印刷・製本　株式会社廣済堂
Printed in Japan　HAKUSENSHA　ISBN978-4-592-87738-7
定価はカバーに表示してあります。

●この作品はフィクションです。
実在の人物・団体・事件などにはいっさい関係ありません。